Über den Autor:

Dr. med. Bünyamin Özgören ist Arzt und Autor, welcher sich auf das Schreiben von Thrillern spezialisiert hat. Als gebürtiger Bremer zog es ihn zum Studium der Humanmedizin nach Hamburg, wo er einige Jahre seines Lebens verbrachte.
Seit jeher beschäftigt er sich mit politischen Fragestellungen und bringt die daraus entstehenden Konflikte zu Papier. So nimmt er den Leser mit auf eine spannende Reise durch die menschliche Psyche.

Dr. Bünyamin Özgören

Das perfekte System

Impressum
3. Auflage 2017
© 2015 Dr. med. Bünyamin Özgören
Lektorat: Lektorat & Korrekturbüro Unverzagt-Nagel
Coverillustration: © Sergey Nivens / fotolia.com
Coverdesign: Eike Damm
Herstellung und Verlag:
BoD – Books on Demand, Norderstedt

ISBN 978-3-7347-9032-4
Bibliografische Information der Deutschen Nationalbibliothek
Die Deutsche Nationalbibliothek verzeichnet diese Publikation in der Deutschen Nationalbibliografie; detaillierte bibliografische Daten sind im Internet über http://dnb.d-nb.de abrufbar

Das perfekte System

„Wir müssen uns irgendwie organisieren! So geht das nicht weiter..." Kapitän Weber sprach diesen entscheidenden Satz voller Tatendrang. Er stand erhöht auf einer umgestülpten Bierkiste, sodass er die versammelte Menge fest im Blick hatte. Entschlossen sah er von einem zum anderen. Im rötlichen Licht der untergehenden Sonne hatte seine Haltung etwas Heroisches, fast schon Mystisches.
Sicherlich hatte er recht. Ich ließ mich mitreißen und stimmte in den zustimmenden Jubel ein. Zeit, sich mit der Situation abzufinden, Zeit zu handeln, Zeit, das Beste daraus zu machen.

Doch ich sollte mit meinen Schilderungen früher beginnen. Am besten an dem Punkt, als alles noch in Ordnung war. Das war vor rund drei Wochen. Auf den ersten Blick eine kurze Zeitspanne, doch für mich lagen Welten dazwischen.
Mein Name ist Karl Friedrich, und ich bin Versicherungsvertreter (oder sollte ich besser sagen: ich war?).
Eigentlich hatte der sechste Kalendermonat recht verlockend für mich angefangen, nämlich mit einer Kreuzfahrt auf hoher See. Das Reiseticket dazu hatte ich gewonnen. Total überraschend, dass es tatsächlich noch Gewinnspiele

gibt, bei welchen man auch wirklich etwas gewinnen kann und nicht nur von freundlichen Call-Center-Damen über den Tisch gezogen wird.

An Bord machte man sich mit seinen Mitreisenden bekannt und freundete sich an. So ist das eben auf Kreuzfahrten – wochenlang lebt man auf begrenztem Raum zusammen, kommt sich näher, knüpft Freundschaften, verabschiedet sich und sieht sich trotz gegenteiligem Beteuern nie wieder. Doch diesmal kam alles anders.

Eines Abends lag ich auf einem Liegestuhl an Deck und genoss die untergehende Sonne. Das Schiff war weit weniger luxuriös, als es auf dem Werbeprospekt ausgesehen hatte. Vielmehr handelte es sich um einen alten Containerfrachter, den man etwas herausgeputzt hatte. Neben der üblichen Handelsware unter Deck wurden nun eben noch zusätzlich zahlende Gäste transportiert, die auf der Suche nach etwas Erholung waren. Ich störte mich jedoch nicht weiter daran, denn es war schließlich einer der wenigen Urlaube, die ich mir in den letzten Jahren hatte erlauben können und für mich war der Komfort an Bord mehr als ausreichend.

Gedankenverloren ließ ich meinen Blick schweifen und bemerkte Joseph, einen der Matrosen, an mir vorbeilaufen. Wir hatten uns bereits nach wenigen Tagen angefreundet und dass, obwohl es speziell bei den Gästen der ersten Klasse nicht üblich war, sich mit dem Personal über mehr als nur über die noch zu verrichtenden Tätigkeiten zu unterhalten.

„Der Kapitän befiehlt nach seinen Untergebenen", rief er mir augenzwinkernd im Vorbeilaufen zu: „Wahrscheinlich

war ihm mal wieder das Deck nicht sauber genug geschrubbt…"
Ich erwiderte sein Lächeln freundlich und dachte darüber nach, wie es wohl wäre, hier Angestellter zu sein und schuften zu müssen, während alle anderen Urlaub machen können. Aber wenn man auf das Geld eben angewiesen ist, bleibt einem wohl kaum etwas anderes übrig.
Aus dem Augenwinkel schielte ich rüber zu einem dicken Erste-Klasse-Passagier, der sich die Sonne auf seinen gut genährten Bauch scheinen ließ, während er von der Bordmasseurin den Nacken gekrault bekam - ja, reich sollte man sein. Die einen bedienen, die anderen lassen bedienen. So ist unsere Welt halt aufgebaut. Entscheiden tat letzten Endes das Konto, zu welcher Gruppe man selbst gehörte. Kapitalismus – wie der Name schon sagt – die Herrschaft des Geldes.
Ich wollte mich gerade umdrehen, um mir den Rücken zu bräunen, da hastete Joseph erneut vorbei: „Doch kein Schrubben…es kommt wohl ein Unwetter auf uns zu! Da heißt es Vorbereitungen treffen!"
Während die Mannschaft ihre Vorbereitungen traf, saßen der Kapitän und die meisten Offiziere in der bordeigenen Bar und spielten Karten. Gelangweilt vom Sonnen gesellte ich mich dazu. Der dicke Erste-Klasse-Passagier saß inzwischen auch schon hier. Sein Name war Friedhelm von Wanzen. Er war gerade in ein Gespräch mit Kapitän Weber verstrickt. Man kannte sich.
Ein Offizier am Nebentisch gab den Matrosen per Funk Anweisungen. Ein angenehmer Job. Viel angenehmer jedenfalls als der der übrigen Seeleute; denn von draußen

hörte man bereits die ersten Vorboten eines heraneilenden Gewitters.

An der Bar jedoch sah man jeden Abend das Gleiche und doch immer noch faszinierende Bild: Passagiere, die hier saßen und sich amüsierten sowie die Besatzung symbolisierten aus meiner Sicht eine Gesellschaft. Ich lachte innerlich, so gut passte dieser Vergleich. Draußen, im inzwischen strömenden Regen, schufteten die Matrosen. Keiner zwang sie dazu. Zumindest nicht vordergründig. Sie hatten es sich doch schließlich selber ausgesucht, auf diesem Schiff hier beschäftigt zu sein, waren vielleicht sogar noch froh darüber, den Job bekommen zu haben. Sicherlich, irgendeiner musste die Arbeit ja auch machen. Letzten Endes jedoch waren sie schmerzlich auf das hier zu verdienende Geld angewiesen und damit natürlich auch auf diesen Job. Das führte zu Abhängigkeit und diese zur Unfreiheit. Waren sie nun also freie Bürger einer freien Gesellschaft? Immerhin wurden sie ja nur indirekt zur Arbeit gezwungen. Oder waren sie eigentlich nur moderne Sklaven?

Auf der anderen Seite die Oberschicht. Die Erste-Klasse-Reisenden. Sie hatten es in der Gesellschaft zu etwas gebracht. Hatten geerbt oder den Aufstieg geschafft. Es sei ihnen gegönnt. Sicherlich hatten sie eine bessere Bildung im Vergleich zu den armen Schweinen, die man aufgrund des dichten Regens und des grollenden Donners nun nicht mehr sehen, geschweige denn hören konnte. Auch trugen sie eindeutig mehr Verantwortung. Klar sollten sie dann auch mehr Geld verdienen. Das war doch nur gerecht! Die Frage lag jedoch im Verhältnis. Diese Menschen waren im Gegensatz zu den Arbeitern draußen um einiges freier. Wenn sie mal nicht arbeiten wollten, dann taten sie dies auch nicht, denn Geld war bei ihnen genug vorhanden und selbst wenn sie arbeiteten, dann war dies in der Regel sehr viel angenehmer für sie. Geistige Arbeit ließ sich bequem in einer Bar erledigen, wie es der Offizier am Funkgerät gerade vormachte. Körperliche dagegen sah, als ich den Blick gen Unwetter schwenken ließ, weitaus unangenehmer aus, selbst wenn ich die luftzerreissenden Blitze, die man mittlerweile beobachten konnte, mal außer Acht ließ. Wäre es nicht gerechter, wenn Herr von Wanzen nur das Dreifache von dem verdienen würde, was Joseph verdiente? In Wahrheit dürfte es wohl das Dreißigfache sein.

Die Offiziere hingegen fungierten in meiner Vorstellung als Beamte. Als Schergen des Staates, die penibel auf die Durchführung der Gesetze achteten. Gesetze, die in diesem „Schiffsstaat" vom Kapitän gemacht wurden. Doch wurden sie wirklich nur vom Kapitän gemacht? Ich sah zu ihm hinüber. In seiner schicken Uniform saß er da und plauderte noch immer ausgelassen mit Herrn von Wanzen. Hatte sich von Wanzen nicht letzte Woche über den Wein zum Abendessen beschwert? Er sei zu trocken, hatte er gesagt. Wenn das so weitergehe, dann würde er seine nächste Schifffahrt woanders buchen. Der Kapitän persönlich hatte sofort befohlen, dass ein Matrose am nächsten Tag an Land gehen musste und neuen Wein nach dem Geschmack des Herrn kaufen sollte. Jaja, die Politik als Diener der Wirtschaft; auch das könnte man Kapitalismus nennen.

Der Seegang wurde immer stärker, das Unwetter immer heftiger und langsam wurden auch die Herren in der Bar unruhig. Das Schiff begann unerträglich zu schaukeln. Tische stürzten um, Gläser zerbrachen. Unter einem erneuten schaurig hallenden Donnerschlag stürzte Herr von Wanzen

in die Arme des Kapitäns. Plötzlich wurde die Tür aufgerissen. Ein eisiger Luftzug durchschoss die Bar. Wieder fielen Gläser. Ein junger Matrose stand auf der Schwelle. Sein Name war Frank. Ich kannte ihn vom Sehen. Er hatte leuchtend rotes Haar und ein rundliches, freundliches Gesicht. Doch nun war es blass vor Entsetzen.
„Mann über Bord!", schrie er aus Leibeskräften in die angsterfüllten Gesichter. Im selben Moment brach der Tumult aus! Die Menschen begannen scheinbar alle gleichzeitig hektisch und vollkommen planlos herumzurennen und wild zu gestikulieren.
„Einer von den Passagieren?", fragte der Kapitän schroff. Frank entgegnete: „Nein! Einer von uns: der Joseph!"
„Werft die Rettungsringe aus!", befahl ein Offizier sofort.
Doch tatsächlich sah es schlecht aus. Joseph war nur noch als ein kleiner, sich ständig überschlagender Punkt in einigen hundert Metern Entfernung auszumachen und auf Deck traute sich sowieso keiner mehr. Alles saß zusammengekauert in den Aufenthaltsräumen oder in der Bar, um nicht weggeweht zu werden. Als dann auch noch die ersten Fensterscheiben zerbarsten, fasste sich Herr von Wanzen ein Herz. War er in wilder Angst die letzten zehn Minuten lediglich planlos gestikulierend immer im Kreis gelaufen, so bäumte er sich nun auf und rief mit vor Panik bebender Stimme: „Ich wünsche, dass das aufhört! Ich…ich will, dass dieser Unsinn sofort ein Ende hat, oder ich buche das nächste Mal meinen Urlaub woanders!"
Der Kapitän, sonst von dieser Drohung zur Unterwürfigkeit getrieben, sah jetzt nur noch verächtlich auf seinen Erste-Klasse-Gast nieder und wandte seinen Blick schließlich, ohne ein Wort zu sagen, von ihm ab. Dies schien von Wanzen das letzte bisschen Verstand zu rauben. Ohne ei-

nen Rest Farbe im Gesicht ließ er sich in einer Ecke nieder und redete wütend murmelnd mit sich selbst. In seinen Augen lag der Blick eines Wahnsinnigen.
Anstatt abzuflachen wurde der Sturm jedoch noch stärker. Blitze durchzuckten immer häufiger die tiefschwarze Wolkendecke und der starke Regen verringerte die Sichtweite enorm. Plötzlich ein gewaltiges Krachen, woraufhin die Zeit stillzustehen schien. Dann Schreie und Gekreische. Man verstand sein eigenes Wort nicht mehr. Wankend verlor ich das Gleichgewicht und kippte nach vorne. Mein Kopf prallte frontal gegen etwas sehr Hartes. Plötzlich wurde mir schummrig zumute. Das Letzte, was ich noch wahrnehmen konnte, war die schallende Stimme des Kapitäns: „Das Boot sinkt! Rette sich wer kann!"

Als ich endlich wieder zu mir kam, war es schon fast Mittag. Jedenfalls stand die Sonne hoch am Himmel und weckte mich mit ihrer sanften Wärme.
„Hey, er ist wieder bei Sinnen!" Ich blickte in das freundliche Gesicht eines der Küchenjungen.
„Verdammt, wie lange liege ich schon hier?", fragte ich, langsam zu mir kommend.
„Ungefähr 'ne Stunde", entgegnete der Junge.
Ich sah mich um und bemerkte verdutzt, dass ich an einem Strand lag. Überall Sand, Palmen und tiefblaues Meer. Wie im Film. Toll! Die Überraschung schien mir wohl ins Gesicht geschrieben und mein Gegenüber erklärte beklommen. „Wir sind hier gestrandet. Ein Glück, dass wir über-

lebt haben. Viele haben es nicht geschafft." Er blickte bedrückt in die Runde.
„Höchstens ein paar hundert Menschen, ein bisschen Proviant und einige Container Fracht sind uns geblieben."
Ich richtete mich mühsam auf, und langsam dämmerte mir, in welcher Situation wir uns eigentlich befanden. Wir waren Gestrandete, irgendwo auf einer einsamen Insel.
Verzweifelt fragte ich: „Haben wir noch ein Boot oder wenigstens ein Funkgerät?" Der Junge schüttelte beklommen den Kopf. Würde uns in dieser Einsamkeit dann jemals jemand finden? Wir schienen hoffnungslos verloren…
„Wie heißt du?", fragte ich. „Robert", gab er zurück. „Mein Vater ist Viktor, der Küchenchef. Er sitzt hinten bei den anderen Männern."
Ich sah mich um. Die Gestrandeten saßen in Grüppchen zusammen und wirkten allesamt planlos und verzweifelt. Ich beschloss zu der Menschentraube zu gehen, die sich um Kapitän Weber versammelt hatte.
Beim Näherkommen hörte ich die Stimme des Kapitäns im gewohnten Befehlston. „Nein, Schulze, jetzt hilft kein Jammern. Auf, auf! Besorgen Sie uns Feuerholz! Und wir sollten uns Nahrung organisieren! Viktor, suchen Sie nach irgendetwas, das Sie später zu was Essbarem verarbeiten können und nehmen Sie am besten ihren Sohn mit." Dann fiel sein Blick auf mich und er ergänzte. „Aah, schön, dass Sie wohlauf sind. Wollen Sie Viktor nicht behilflich sein?"
Ich nickte stumm, wenn auch etwas irritiert, nun anscheinend auch unter der Befehlsgewalt des Kapitäns zu stehen. Was solls, wenigstens konnte ich etwas Nützlicheres tun, als nur tatenlos hier rumzusitzen.
Ich machte mich also mit Viktor und Robert auf den Weg vom Strand weg und hinein in einen angrenzenden Wald.

Die Insel war noch größer, als ich erwartet hatte. Neugierig schaute ich mich um. Ein traumhaftes Fleckchen Erde. Die Sonne stand hoch am Himmel und ihre Wärme vollendete den Eindruck von einer paradiesischen Ferieninsel. Man hätte es hier bestimmt recht schön haben können, zumindest wenn man nicht gerade ein nahrungssuchender Schiffsbrüchiger gewesen wäre.
Viktor sprach beim Laufen im Gegensatz zu seinem Sohn nicht mehr als unbedingt nötig. Er war ein breitschultriger Schrank von einem Mann, der, wenn auch recht mürrisch, einen in seinem Kern durchaus freundlichen Charakter hatte.
Wir waren kaum hundert Meter gelaufen, da sahen wir schon die ersten Sträucher mit Beeren sowie Bäume voller Obst. Während wir noch sammelten und die köstliche Ausbeute in unsere ausgezogenen und zu Beuteln zusammengewickelten Hemden gleiten ließen, lief Robert bereits weiter und suchte nach den nächsten Sträuchern.
Ich blickte unsicher zu Robert hinüber, denn mir erschien es recht unvorsichtig, den Jungen alleine vorlaufen zu lassen, doch Viktor machte es offenbar nichts aus, und so sagte auch ich nichts weiter dazu. Ohne den ständig drauflos plappernden Robert jedoch, begann mich der Kummer allmählich zu überkommen.
„Ein schöner Schlamassel", begann ich und versuchte, zwanghaft Konversation zu betreiben, um nicht von der Stille erdrückt zu werden. Viktor blickte nur kurz von seinem Johannisbeerstrauch auf, antwortete mit einem knappen „Jo" und wandte seine Aufmerksamkeit dann wieder den Beeren zu.

„Aber wenn wir alle zusammenhalten, schaffen wir das schon!", begann ich einen zweiten, tapferen Versuch, doch nun sah Viktor nicht einmal mehr auf.
Ich schaute mich um. An Nahrung würde es uns hier erst mal nicht fehlen. Es gab Bäume und Sträucher voller Früchte und mit Sicherheit auch genügend Tiere, die man jagen könnte. Doch andererseits waren wir auch viele Menschen. Würden wir uns mit Obst durchfüttern können, bis wir gerettet werden? Würden wir überhaupt gerettet werden? Wie wahrscheinlich war es, dass man hier nach uns suchen würde und vor allem, wie lange würde es dauern, bis die Rettung eintrifft? Wochen? Monate? Vielleicht sogar Jahre?
Ich teilte meine Sorgen Viktor mit, welcher mit einem unverständlichen Grunzen antwortete. Sehr redselig schien mein neuer Freund jedenfalls nicht zu sein, daher wandte ich mich erneut der Umgebung zu. Wie lange hatte ich schon nicht mehr selbst gepflücktes Obst gegessen? Und überhaupt – eigentlich war es doch recht schön hier. Unter anderen Umständen könnte man bestimmt einen schönen Urlaub unter Palmen verbringen.
Während ich so pflückte und vor mich hin träumte, hörte ich plötzlich einen lauten Schrei! Hell, wie aus dem Mund eines Kindes! – Robert!!!
Viktor sprang sofort auf und rannte, ohne ein Wort zu sagen, los. Ich hechtete hinterher und probierte Schritt zu halten; mit nur mäßigem Erfolg. Bald schon hatte ich Viktor im dichten Wald verloren. Da war es plötzlich nochmal! Ein lauter Schrei, direkt neben mir. Der wie wild rennende Küchenchef musste vorbeigelaufen sein. Ich bog nach links ab und erreichte eine kleine Lichtung. Da sah ich Robert zusammengekauert am Boden hocken.

„Die haben mich geschlagen!", rief der Junge empört und deutete auf zwei Männer, die mitten auf der Lichtung standen und Bananen sammelten. Ich erkannte sie sofort. Sie waren Passagiere auf unserem Schiff gewesen.
„Wieso schlagt ihr ihn?", wollte ich wütend wissen.
Die beiden sahen mich streitlustig an. „Das sind unsere Bäume! Wir haben sie zuerst gesehen!", erwiderte der eine trotzig.
Na wunderbar, dachte ich. Kaum sind wir eine Stunde hier, beginnen wir uns ums Essen zu streiten.
„Der Junge gehört zu mir. Wir sammeln für ALLE Gestrandeten. Ihr könnt also wieder zurückgehen. Außerdem gibt es in diesem Wald mehr als genug Bäume mit Früchten."
„Pah!", entgegnete diesmal der andere: „Von wegen! Wie viele Früchte, glaubst du, wirst du hier auf die Dauer finden? Genug, damit du alle durchbringen kannst? Das kann doch nicht dein Ernst sein! Wir sind auf einer einsamen Insel gestrandet, man! Wer hier überleben will, muss sich durchsetzen können!"
Ich bemerkte erschrocken, dass er vielleicht Recht haben könnte. Wie hart es auch klingen mochte. Diese Strandung würde offenbar das Ende aller gewohnt geordneten Verhältnisse bedeuten. Der Anfang der Anarchie! Jeder nimmt sich was er braucht! Ohne zu fragen, ohne Rücksicht auf andere, um letztendlich derjenige zu sein, der überlebt.
Ein schrecklicher Gedanke! Oder war dies nur ein natürlicher Prozess der Auslese? Das Überleben des Stärkeren?
Ein wütender Schrei riss mich aus meinen Gedanken. Wie ein gewaltiger Grizzlybär kam Viktor brüllend durch die

Bäume gestürmt, erreichte die Lichtung und stand mit einem gewaltigen Satz vor den beiden völlig verschreckten Männern. Mit der Entschlossenheit eines tollwütigen Tieres holte er aus und beförderte den Ersten durch die Luft. Ich muss dazu sagen, dass ich noch nie einen Menschen soweit habe fliegen sehen. Mit einem ungesunden Krachen schlug er gegen einen Baum und blieb regungslos liegen. Der zweite Mann hatte nicht so viel Glück…

Er probierte sich auf Viktor zu stürzen, dieser wehrte ihn jedoch ohne Mühe mit dem Ellenbogen ab und stieß ihm mit der anderen Hand in die Magenkuhle, worauf sich der Ärmste schmerzerfüllt krümmte. Ein erneuter Hieb gegen den Kopf des Mannes sorgte zweifellos dafür, dass sein Kiefer gebrochen sein musste. Regungslos lagen nun beide Erste-Klasse-Kreuzfahrtgäste auf dem Boden, niedergestreckt von ihrem im Fahrtpreis inbegriffenen Fünf-Sterne-Koch.

„Nun gut", begann ich atemlos und blickte mich völlig verunsichert um. „Sammeln wir die Beeren hier und dann nichts wie zurück, oder?" Viktor sah mich kurz und durchdringend an. Dann antwortete er schließlich mit einem knappen „Jo".

Tatsächlich reichten die paar gesammelten Früchte lange nicht, um alle satt zu bekommen. Zum Glück hatte man einige Kisten Proviant vom Beiboot retten können. Doch auch diese Vorräte würden irgendwann verbraucht sein und wie sollte es dann weitergehen? Ich bekam die Worte der beiden Männer nicht aus dem Kopf: „Wie viele Beeren, glaubst du, wirst du hier auf Dauer finden? Genug, damit du alle durchbringen kannst? Das kann doch nicht dein Ernst sein!" Sie hatten verdammt noch mal recht… „Wer

hier überleben will, muss sich durchsetzen können!", hatten sie gesagt.
Und wirklich: Bereits einige Tage später vertraute man nicht mehr auf die langsam zur Neige gehenden Proviantkisten und den paar ebenfalls immer spärlicher werdenden Gemeinschaftsbeeren, sondern begann, für sich selbst zu sorgen. Immer wieder sah man einzelne Grüppchen vom Strand, wo man ein provisorisches Lager aus Decken errichtet hatte, in den Wald verschwinden und später mit satten Gesichtern zurückkehren.
„Die haben bestimmt neue Sträucher gefunden", hörte ich einen jungen Matrosen neidisch murren, als gerade eine Gruppe besonders zufrieden dreinblickender Männer aus dem Wald stolzierte.
„Die Penner sollten ihren Fund mit allen Teilen", knurrte er zornig und blickte mit verächtlichem Blick auf die fünf Männer, die sich nun fröhlich plaudernd auf ihre Decken niederließen. Einer der erfolgreichen Sammler war Frank, jener Matrose, der mir schon wegen seines stets fröhlichen Gesichtsausdrucks aufgefallen war. Seine roten Haare schimmerten in der prallen Sonne.
„Jetzt reicht's! Ich verhungere hier doch nicht, während die's sich gut gehen lassen, wie im Paradies!", fing er erneut an und stapfte nun wutentbrannt auf die Gruppe zu.
„Hey, bleib sachte", probierte ihn einer zu beruhigen, doch der hungrige Matrose war schon außer Hörweite.
„Ihr da!", schrie er die Gruppe an: „Was fällt euch ein, euer Essen nicht zu teilen? Ich weiß, dass ihr im Wald was versteckt habt!"

Mit der guten Stimmung der Männer war es umgehend vorüber. Man sah sich beschämt an, bis Frank schließlich die Initiative ergriff und seinem Kollegen freundlich entgegnete: „Hör mal, hier gibt es keine Regeln! Jeder muss selber sehen, wie er über die Runden kommt."
Ja. Jeder musste selbst sehen, wie er überlebte und wer überleben wollte, musste sich durchsetzen. Durchsetzen nach dem Recht des Stärkeren.
„Pah!", der Matrose hatte Frank plötzlich am Kragen gepackt und hochgezogen. „Glaubst du, dass ich hier stumm verrecke? Du wirst dich noch wundern!!" Damals hatte ich noch keine Ahnung, wie ernst er diese Drohung meinte. Jedenfalls stieß er Frank wütend wieder zu Boden und machte schnaubend auf dem Absatz kehrt, um sich den anderen Matrosen anzuschließen, die nun begannen, die Köpfe zusammenzustecken und hin und wieder verächtlich herübersahen.
„Tz tz! Wir haben doch noch genug Proviant. Als ob er am Verhungern wäre! Soll er doch seine eigenen Sträucher finden, oder?", Frank sah fragend in die Runde. Ich zuckte nur mit den Achseln und ließ mich ein paar Meter weiter auf einem Stein nieder. Lieber hielt ich mich aus solchen Angelegenheiten heraus. Und überhaupt, um Panik zu schieben, war doch ein viel zu gutes Wetter und so schlecht ging es uns ja auch nicht. Noch jedenfalls nicht.
Doch als ich mich an diesem ersten Abend in meine Decke einrollte, hatte ich ein ungutes Gefühl.
Die Wunden der beiden Passagiere, die Viktor im Wald verprügelt hatte, hatten kaum aufgehört zu bluten und schon bahnte sich der nächste Konflikt an. Wenn das so weitergehen würde, könnte unser schönes kleines Strandlager im Nu im völligen Chaos versinken. Es würde werden

wie im Tierreich. Der Stärkste isst und die anderen bekommen die Reste. Wie heißt es noch so schön? Der Klügere gibt nach. Naja...darauf sollte ich hier lieber nicht hoffen, denn die Stimmung unter den Gestrandeten war auf dem Tiefpunkt.
Tatsächlich hatte ich nie verzweifeltere Gesichter gesehen als heute. Es dämmerte langsam jedem, dass man mit den Proviantkisten nicht mehr weit kommen würde und in diese Verzweiflung mischte sich Misstrauen. Misstrauen gegenüber dem Nebenmann, der vielleicht irgendwo Essbares gebunkert hatte, ganz gleich, ob Passagier, Matrose oder Kapitän, man traute niemandem.

Ich konnte nur schwer einschlafen. So heiß es tagsüber auch wurde, nachts war es bissig kalt. Ein eisiger Wind fegte über den Strand und übermannte seine Eindringlinge mit Kälte und Sand. Ich bibberte unter meiner Decke, doch es half alles nichts. Neidisch schielte ich zu Viktor rüber, der für sich und seinen Sohn gleich vier Decken beansprucht hatte. Aber bei seiner Statur und dem zweifelhaften Ruhm, den er seit der Schlägerei im Wald genoss, traute sich sowieso keiner, sich mit ihm anzulegen.
Im Gegenteil – mir kam es so vor, als suchten die Leute sogar seinen Schutz. Er war umworben wie vorher höchstens Herr von Wanzen oder gar der Kapitän.
Was Herrn von Wanzen anging, so hatte sich in seinem Wesen so einiges geändert. Hier interessierte es keinen mehr, wie viel Geld auf seinem Konto lagerte, denn auf dieser Insel war es völlig nutzlos. Und mit dem Wertverlust des Geldes verschwand auch seine Autorität mitsamt sei-

nem Selbstbewusstsein. Er kauerte tagsüber nur noch einsam auf einem kleinen Stein am Rande des Lagers und jammerte sinnlos vor sich hin. Doch keiner beachtete ihn groß.

Was solls – ich drehte mich auf die andere Seite und blickte gen Meer. Nach einigen endlosen Minuten schlief ich endlich ein und vergaß die Kälte, vergaß den Hunger, vergaß sogar die hoffnungslose Lage, in der ich mich befand. Ein Zustand, der zu meinem Bedauern nur viel zu kurz anhielt, denn abermals verlangte ein lauter Schrei nach meiner Aufmerksamkeit.

Benommen öffnete ich die Augen und versuchte den Urheber ausfindig zu machen. Da hörte ich den Schrei erneut, diesmal noch erregter: „DIIIIEEB!".

Ich raffte mich auf und blickte umher. Die Leute um mich herum taten es mir gleich. Es war Franks Stimme. Der Matrose schrie nach Leibeskräften. „Sie wollten mir mein Essen wegnehmen, diese Schweine!"

Und dann sah ich ihn. Frank stand da, umringt von drei feindselig dreinblickenden Männern. Ich erkannte einen von ihnen als denjenigen, der ihn einen Tag zuvor am Kragen gepackt hatte. Diesmal jedoch hielt er einen kurzen silbernen Gegenstand in der Hand. Es dauerte einige Sekunden, bis ich erschrocken registrierte, um was es sich dabei handelte. Es war ein Messer! Die Klinge blitzte im Licht der aufgehenden Sonne.

„Her mit dem Essenskorb", schrie der Matrose Frank an und kam ihm bedrohlich nahe.

„Nein, niemals! Die Beeren habe ich gesammelt! Ich geb' sie nicht her!", entgegnete dieser trotzig. Einer der Zuschauer sprang plötzlich Frank zur Hilfe und stürzte sich auf den Bewaffneten. Es gab eine kurze Rangelei, dann griffen auch die beiden anderen Männer ein und es entstand ein hektisches und vollkommen unübersichtliches Handgemenge, an dem sich immer mehr Menschen beteiligten. Ich versuchte, dem Geschehen zu folgen, jedoch kam ich schon nach einigen Sekunden nicht mehr mit, wer hier eigentlich alles gegen wen kämpfte. Ich sah Viktor in die Menge spurten, und er schien eine Schneise im Getümmel zu hinterlassen. Hier und da blitzte das Messer auf, bis es schließlich zu Boden fiel. Schreie – von überall her Schreie und Kampfgeräusche. Es erinnerte mich an einen Schwarm Fliegen. Vollkommen übersichtslos und durcheinander. Menschen, Schläge, Gerangel. Ein wildes Durcheinander um einen Korb voll Beeren.

Dann endlich ein letzter panikerfüllter Aufschrei, der alles übertönte. Es folgte eine fast gespenstische Stille. So schnell wie alles begonnen hatte, endete es auch wieder. Die Menge glitt auseinander und hinterließ zwei Menschen in ihrer Mitte. Es bildete sich eine Traube um sie herum. Ich drängte nach vorne und sah in das entsetzte Gesicht von Frank. Er war käsebleich. Seine eine Hand hatte sich krampfhaft um den Griff des Beerenkorbes gelegt. Es schien, als hätten sich seine Finger schraubenartig um ihn zusammengezogen und würden sich nie mehr lösen.

In der anderen Hand jedoch hielt Frank das nun bluttriefende Messer. Seinem Gegenüber, dem bemitleidenswerten Matrosen, hatte es gerade ein Loch in die Gurgel gerissen. Blut sprudelte aus seiner Wunde in Form einer großen roten Fontaine, ehe er langsam, wie in Zeitlupe, auf die Knie sank und schließlich vornüber kippte.

So lag er nun. Das Gesicht im Sand. Er würde nie wieder aufstehen…
Totenstille! Dann schließlich und ganz allmählich zeigte die Menge erste Regungen. Ich vernahm einige panische Schreie. Hier und da hörte man Gemurmel, etwas wie „Er hat ihn tatsächlich umgebracht" und „Mörder!"
Frank blickte hilfesuchend in die Runde und unsere Augen trafen sich kurz. Sein Blick war flehend, als forderte er mich auf, etwas zu seiner Verteidigung zu sagen. Doch ich hielt ihm nicht stand und schaute betreten weg. Das schien Frank die letzte Kraft zu rauben. Er ließ das Messer fallen. Die Klinge bohrte sich senkrecht in den Boden. Blut tropfte auf den Sandstrand. Dieser verlor für mich in diesem Moment seine Unschuld. Er wurde vom rettenden Ufer zum quälenden Gefängnis.
Was ist nur aus uns geworden? In so kurzer Zeit sind wir von einer kultivierten Gesellschaft zum anarchistischen Haufen mutiert.
Frank sackte auf die Knie und begrub sein Gesicht in den Händen. Das Blut auf dem Boden vermischte sich mit seinen Tränen und sickerte in den heißen Sand.
„Was geht hier vor?"
Es war die feste Stimme von Kapitän Weber, der sich seinen Weg durch die Menge bahnte, gefolgt von einigen, erschrocken dreinblickenden Offizieren.
Schließlich war Weber in der ersten Reihe angekommen und blickte vollkommen ruhig auf das Schauspiel, welches sich ihm hier bot. Er sah von Frank auf das Messer, zum toten Matrosen und wieder zu Frank. Eine Minute Schweigen, dann befahl er entschlossen. „Ergreift ihn!"
Die Offiziere gehorchten ohne zu zögern und packten Frank an den Armen. Dieser ließ es ohne Gegenwehr mit

sich geschehen, bis ihm einer der Offiziere den Korb mit den Beeren abnehmen wollte, welchen er immer noch eng umschlossen in seiner Hand hielt. Plötzlich schien er wie vom Teufel besessen. Wild schlug er um sich. „Nein!!! Das sind meine! Aufhören!" Seine Augen funkelten bösartig in ihren Höhlen.

Der Offizier sah seinen Kapitän fragend an, dieser überlegt kurz und nickte dann langsam.

Eine entschlossene Faust wirbelte durch die Luft und traf Frank direkt an der Schläfe, woraufhin dieser in sich zusammensackte. So lag er nun bewusstlos auf dem Sand, direkt neben dem Toten. Blut rann ihm aus einer Wunde am Kopf. Den Korb jedoch hielt er fest in seiner verkrampften Hand, ohne auch nur eine Beere verloren zu haben…

„Fesselt ihn!", befahl Kapitän Weber und einige Matrosen eilten sofort mit Tauen heran.

Sie banden Franks Arme und Beine zusammen, dann zogen sich die Offiziere und der Kapitän wieder in ihr Zelt zurück, welches kurz nach der Strandung provisorisch aus übereinander gelegten Decken errichtet worden war. Doch sie sollten nicht lange verschwunden bleiben.

Die Menschenmenge blickte schweigend auf den Toten. Wir konnten es alle nicht fassen. Schließlich entschieden wir, dass irgendetwas getan werden musste. In den Frachtkisten fanden wir einige Werkzeuge, darunter auch Schaufeln. So begannen wir damit, ein notdürftiges Grab auszuheben.

Keiner redete. Alle blickten betreten zu Boden. Manchmal war ein leises Schlucksen zu hören. Merkwürdig, denn zu

Lebzeiten schien der rauflustige Matrose nicht viele Freunde gehabt zu haben. Vielleicht war es jedoch auch nur die übliche Trauer, die jemandem entgegengebracht wird, wenn er tot ist. Eine typische Gabe von uns Menschen, wie ich finde. Wenn wir leben, sind wir uns egal, lediglich, wenn wir tot sind, kommen plötzlich alle zusammen, um zu trauern. Fällt uns gerade dann ein, dass der Mensch uns wichtig war? Oder trauern wir aus Anstand? Quasi zur Gewissensberuhigung? Seht mich an! Keiner kann mir vorwerfen, nicht getrauert zu haben! Lediglich die nahen Angehörigen wissen in diesen Momenten wohl, was Trauern eigentlich bedeutet. Da jedoch keiner von seinen Angehörigen anwesend war, gehe ich nicht von wirklich echter Trauer aus, wohl aber von aufrechter Verzweiflung über die eigene Situation.

Als die Kuhle schließlich fertig gegraben war, hievte Viktor den Leichnam hoch und legte ihn sanft in seine neue Ruhestätte. Wir sahen uns unsicher an. Irgendwelche letzten Worte? Keinem viel etwas ein. Ich sah betreten zu Frank hinüber, welcher bewusstlos und gefesselt etwas weiter abseits der Menge lag.

„Nun gut", einer der Matrosen fasste sich ein Herz. „Bringen wir's hinter uns!" Er nahm eine Schippe voll Sand und schüttete sie auf den Toten. Kurzes Schweigen, dann taten es ihm die anderen nach. Die erste Schippe Sand auf die Leiche zu schütten fiel schwer. Mit jeder weiteren jedoch wurde es immer leichter.

Am Abend dann tauchten die Offiziere wieder auf. Man hatte viel gemunkelt darüber, was nun geschehen würde. Was sollte man mit dem Gefangenen machen? Man hatte Frank an einen Baum gefesselt, eine Entscheidung, die jedoch keine Dauerlösung sein konnte. Wie sahen die Chancen aus, jemals von hier wegzukommen? Und was würde der Kapitän zu den Nahrungsmittelproblemen sagen? In Wahrheit wartete man wohl auf eine Art Retter. Auf einen Erlöser, mit der perfekten Idee.

Der Kapitän ging, flankiert von seinen Offizieren, auf einen Sandhügel zu. Von hier aus hatte er optimale Sicht über sein „Volk". Ein Matrose spurtete eilig los und legte ihm eine umgestülpte Bierkiste vor die Füße. Kapitän Weber stellte sich darauf, sah in die gespannten Gesichter und begann langsam, aber mit fester Stimme zu sprechen:

„Wir müssen uns irgendwie organisieren! So geht das nicht weiter..."

Der Bund der Gerechten

Das Volk lauschte gebannt seiner Rede. Mal schweigend, mal zustimmend klatschend. Weber hatte recht mit allem was er sagte. Er sprach über Zusammenhalt und Gemeinschaft, Einigkeit und Vernunft.
„Wenn wir überleben wollen, müssen wir uns gegenseitig stützen. Das Überleben des Einzelnen verlangt den Einsatz für die Gemeinschaft!"
Ich blickte mich um und sah zustimmendes Nicken der Zuhörer.
„Entweder stirbt hier jeder für sich, oder wir überleben alle zusammen! Das heißt, keine Nahrungsmittelhortung mehr! Es wird ab jetzt gemeinsam gesammelt, gemeinsam gelagert und gemeinsam gegessen. Wir müssen endlich einsehen, dass wir zusammen stärker sind als alleine! Ab jetzt herrscht Gerechtigkeit bei der Nahrungsvergabe und -beschaffung. Wir müssen zusammenhalten bis Rettung kommt! Alle haben sich in eine Liste einzutragen und sich gemäß dieser zum Jagen bzw. Sammeln zu melden. Zudem wird es einen Baudienst geben. Dort beschäftigt man sich mit dem Errichten von Zelten und Hütten sowie dem Beschaffen von Holz. Arbeiten für die Gemeinschaft! – Gestrandete! Packen wir´s an! Es gibt noch viel zu tun! Und denkt immer daran: Nur in Gemeinsamkeit und Gerechtigkeit werden wir überleben können!"

Applaus…tosender Applaus! Hoffnung! Es wird bergauf gehen! Wir werden überleben!
Zufrieden blickte Kapitän Weber in die johlende Menge. Er genoss die Zustimmung sichtbar. Er war der Retter.

Gleich am nächsten Morgen ging es dann schon los mit der Gemeinsamkeit. Ein Offizier mit streng wirkendem schwarzem Schnauzbart ging mit einer Liste herum und teilte die Menschen in Gruppen ein, in sogenannte Arbeitsgemeinschaften. Ich wurde zum Baudienst berufen. Meine Arbeitsgemeinschaftsgruppe bestand aus zehn Männern. Zwei davon kannte ich noch vom Schiff. Einer der beiden war Francois, ein Franzose, der als Sänger an Bord gearbeitet und die Gäste der Bar mit seinem Gesang unterhalten hatte. Er kam mir immer etwas eingebildet und arrogant vor. Der andere hieß Lutz, ein Matrose, der auf mich eher sonderbar wirkte, zumal er wenige Freunde unter den anderen Matrosen zu haben schien. Jedenfalls war er ständig nur alleine unterwegs gewesen.
Zu zehnt machten wir uns dann schließlich auf den Weg zum Kapitänszelt, wo wir erneut auf den schnurbärtigen Offizier treffen sollten.
Dieser gab uns eine kurze Einweisung: „Mein Name ist Herbert Stahl", verkündete er mit gewichtiger Miene. „Und meine Aufgabe ist es, Ihnen Ihren Dienst für die nächsten Wochen zu erläutern. Im Gegenzug für ihre harte Arbeit sind sie berechtigt, an den gemeinschaftlichen Mahlzeiten teilzunehmen."
„Na, Gott sei Dank!", scherzte einer, woraufhin er sich einen tadelnden Blick von Offizier Stahl einfing, welcher

sich laut räusperte, um dann in exakt demselben strengen Tonfall fortzufahren. „Ihre erste Aufgabe wird es sein, eine Hütte für den geschätzten Kapitän und seine Offiziere zu bauen. Diese Aufgabe ist von hoher Bedeutung, da eine zufriedene Führung sich in einer zufriedenen Gemeinschaft widerspiegelt. Danach werden sie Zelte aus Holzstämmen und Decken für die restlichen Gestrandeten errichten. Sie holen also das Werkzeug aus unserem Vorrat und Holz von der Holzsammelstelle, die von den Holzhackern täglich gefüllt wird. Sie sehen, meine Herren, wir sind auf dem besten Wege, eine funktionierende und erfolgreiche Gesellschaft zu werden!" Er blickte entschlossen in die Runde und sah in die nickenden Gesichter. Wir waren voller Tatendrang! Für unser Überleben waren wir bereit zu arbeiten! Endlich ist Besserung in Sicht! Dem Kapitän sei Dank!

Die Gestrandeten sägten, sammelten, bauten und jagten, was das Zeug hielt. Wir schufteten ohne Pause, getrieben von dem einen Ziel – zu überleben, bis Rettung kommen würde!

Die Zeit strich voran, und wir waren den Umständen entsprechend glücklich. Morgens und abends wurde gemeinsam am Lagerfeuer gegessen. Wir sangen Lieder im Schein der untergehenden Sonne und fühlten uns gut. Jeder wurde satt! Es war genug für alle da und das schöne Wetter auf dieser traumhaften Insel tat sein Übriges. Ein herrliches Gefühl! Als wäre der Urlaub gar nicht unterbrochen worden. Die Stimmung war wirklich ausgelassen.

Frank beobachtete den neuen Geist von einem Baumstamm aus, an den man ihn gefesselt hatte. Für ihn konnte man noch keine Lösung finden. So stand er dort Tag für Tag, wie ein Problem, das man zwar wahrnahm, aber an dem man lieber vorbeisah. Doch er bekam gut zu essen und so wirklich wollte man sich auch keine Gedanken um ihn machen. Dafür ging es allen zu gut. Vielleicht waren wir tatsächlich von einem zusammengewürfelten Haufen zu einer Art Gesellschaft geworden. Eine Gesellschaft, beseelt durch den Geist der Gemeinschaft und der Gerechtigkeit!

Eines Abends, es war so gegen acht, sägte ich gerade an einem besonders hartnäckigen Stamm, als der Kapitän höchstpersönlich an mir vorbeischritt. Er blickte im Vorbeigehen kurz in unsere verschwitzten Gesichter und nickte mir kaum merklich zu. Ich ließ instinktiv die Arbeit ruhen und grüßte mit einem ehrlich erfreutem: „Guten Abend, Herr Kapitän!"
Die anderen taten es mir gleich. Die Meisten hatten ihre Hemden um die Hüften gebunden und waren, wie ich auch, mit dem Zeltbau beschäftigt. Inzwischen standen schon drei große Zelte und eine Holzhütte. Die Hütte war selbstverständlich für den Kapitän. Wer so viel geleistet hatte, verdiente es schließlich auch, in der besten Behausung zu schlafen. Zwei Zelte waren für die Offiziere gedacht und das dritte wurde als Lagerraum für die Nahrungsmittel genutzt, welche schließlich vor der beißenden Sonne geschützt werden mussten. Natürlich würden wir auch für alle anderen Gestrandeten noch Zelte bauen. Es herrschte bei uns schließlich Gerechtigkeit. Das galt auch für die Zeltverteilung.
Ich wollte mich gerade wieder meiner Arbeit zuwenden, da erblickte ich Francois aus dem Augenwinkel. Der Sänger schien alles andere als motiviert zu sein. Sein Stapel mit fertig zugesägtem Holz war der kleinste, der ganzen Ar-

beitsgruppe und die anderen blickten auch schon immer öfter und immer missbilligender zu ihm hinüber.

Ich machte mich wieder ans Sägen. Es war schließlich noch viel zu tun. Mein Stapel wurde größer und größer, doch mein steigender Eifer wurde durch ein jähes Krachen unterbrochen. Ich blickte überrascht auf und wurde schnell auf den Ursprung dieses, den allgemeinen Frieden durchbrechenden, Geräusches aufmerksam. Francois hatte seine Säge offenbar wütend auf den Boden geworfen. Jetzt blickte er verbissen in die Runde und beantwortete die fragenden Gesichter mit einem zornigen Lachen.

„Ich bin ein Künstler und kein Bauarbeiter!", polterte er wütend, während er merklich versuchte, seinen französischen Akzent zu unterdrücken. „Es ist unter meiner Würde, hier im Dreck zu stehen und Bäume zu zersägen…ich bin schließlich ein Star! Menschen aus der ganzen Welt bewundern mich und zahlen Unmengen, um meine Stimme einmal live zu hören! Und jetzt seht mich an? Ich schufte im Dreck wie ein billiger Arbeiter!"

Stille – die anderen "Arbeiter" sahen sich hilflos um, doch war man zugleich wohl auch sehr erbost über diese egoistische Einstellung.

Ich musste schmunzeln. Schon früher hatte ich mich oft über diese sogenannte Stars-und-Sternchen-Industrie aufgeregt. Ich nehme mir an dieser Stelle die Zeit, noch einmal zu rekapitulieren, was ich über solche Menschen denke. Denn sollte man sich wirklich wundern, wenn sich diese Leute besser fühlen als andere? Arroganz wird hier in den meisten Fällen wohl selbst geschaffen. Zum einen durch die Konzerne im Hintergrund, die ihre Idole als Übermenschen verkaufen, zum anderen durch das Publikum selbst. Menschen, die sich überlebensgroße Plakate ihrer Stars an die

Wände kleben oder Unmengen für Eintrittskarten ausgeben, merken nicht, wie sehr sie eigentlich betrogen werden. Sie produzieren durch das über ihre fanatische Anhängerschaft hervorgerufene Konsumverhalten einen zweifelhaften Reichtum und überzogenes Ansehen für Menschen, die, wenn man es mal ganz nüchtern betrachtet, nicht mehr leisten als der einfache Maurer von nebenan. Im Gegenteil – was bleibt der Gesellschaft für ein Nutzen, nachdem jemand ihnen etwas besonders gut vorgesungen hat? Was haben wir eigentlich davon, wenn jemand überdurchschnittlich begabt gegen einen Ball treten kann?
Eine Mauer steht ewig…
Nichts gegen Kultur oder Sport. Doch warum muss ein begabter Fußballer das Tausendfache von dem verdienen, was der begabteste Maurer der Welt jemals verdienen könnte? Ist es nicht ungerecht, dass beispielsweise ein Mensch mit voller akademischer Ausbildung und weitreichendem Nutzen für die Gesellschaft niemals das Ansehen eines Popstars erreichen kann?
Und ist dieses hohe Ansehen etwa gerechtfertigt? Dinge, die wir im Alltag verurteilen, werden von vielen dieser Pseudovorbilder doch tagtäglich praktiziert. Ich spreche von Drogen und Alkoholmissbrauch, Körperverletzung und schlimmerem. Und so jemanden himmeln wir an? Irgendetwas läuft hier gehörig falsch in unserem Denken. Die Vorbildfindung ist ein natürlicher Vorgang, nur leider wird dieser nur allzu oft fehlgeleitet.
Ich wurde in meinen Überlegungen jäh unterbrochen, denn zu meiner Überraschung hörte ich Lutz, der sonst nie rede-

te, plötzlich losbrüllen. „Hier muss jeder arbeiten! Einer für alle und alle für einen!"
Vom Lärm alarmiert sah ich Offizier Stahl von weitem herbeirennen. Sein großer, schwarzer Schnurrbart wackelte beim Laufen, bis er schließlich prustend vor unserer Arbeitsgruppe zum Stehen kam.
„Was ist hier los?", fragte er scharf.
„Francois weigert sich zu arbeiten!", entgegnete Lutz, wie aus der Pistole geschossen.
„Ist das wahr?" – Stille – dann ein zögerndes Räuspern. „Nun ja…ich habe mich nur gefragt, warum ich…ich meine…man kennt mich! Ich bin Francois Edouard! Meine Stimme ist weltberühmt! Und ich soll hier im Dreck arbeiten? Ich verfüge schließlich über mehr Ansehen und Talent als jeder andere hier!" Der Sänger redete sich offenbar immer stärker in Rage und wurde dabei immer lauter. „Dieses ganze Lagerleben ist eine Frechheit! Ich sollte in einem Zelt leben, wie die Offiziere!", brüllte er nun schon fast. „ Sie haben kein Recht, mich zu behandeln wie jeden anderen gewöhnlichen Arbeiter!!!" Francois blickte angriffslustig in die Runde. Als ich die Miene von Offizier Stahl sah, lief mir ein kalter Schauer über den Rücken. Seine Wangen waren weiß vor Zorn und sein Schnurrbart zitterte erneut. Diesmal jedoch vor Entrüstung.
„Lagerarbeiter Francois", schrie er, wobei er das Wort „Lagerarbeiter" merklich überbetonte: „Sie melden sich beim Kapitän und zwar sofort! Er wird entscheiden, was ihre Strafe sein wird!"
Francois' Wut verpuffte und ein ängstliches Schaudern machte sich in ihm breit. „Aber ich…ich wollte sie doch nur darauf aufmerksam machen, dass…", doch weiter kam er nicht.

„Zum Kapitän! - SOFORT!", unterbrach ihn Stahl.
Francois blickte hilfesuchend in die Runde, doch keiner sagte etwas zu seiner Verteidigung. Er verstand die Welt nicht mehr. Sonst tanzte immer alles nach seiner Pfeife. Selbst, dass er Stahl schließlich in einem Akt der Verzweiflung mit einem aufgesetzten, aber gönnerhaften Lächeln eine handsignierte Autogrammkarte zustecken wollte, half nichts mehr. Im Gegenteil – es schien den Offizier nur noch stärker in Rage zu versetzen. Wütend schlug er die Karte in den Dreck, packte Francois am Hemd und schleifte ihn in Richtung Kapitänszelt.
Verblüfft sahen wir uns an. Lutz unterbrach mit einem höhnischen Lacher als Erster das Schweigen. „Was für ein Idiot, dieser Francois!", gluckste er und blickte feixend in die Runde. Nach und nach stimmte man ins Lachen ein, welches schließlich zu einem lauthalsen Gelächter anschwoll.
Mir fiel sofort Lutz' Gesichtsausdruck auf. Er schien sehr zufrieden mit sich zu sein. Fast wirkte es so, als wäre er ein bisschen stolz darauf, der Erste gewesen zu sein, der mit dem Lachen angefangen hatte.
Ich wandte mich wieder meinem Holz zu. Die Arbeit war sehr kräftezehrend, und ich kam ordentlich ins Schwitzen. Nach zirka zehn Minuten angestrengtem Sägen hörte ich Schritte. Offizier Stahl war zurückgekehrt. Er begrüßte uns grinsend mit den Worten. „Lagerarbeiter Francois wird die nächsten drei Mahlzeiten aussetzen müssen. Das soll allen eine Lehre sein, die sich dem Dienste für die Gemeinschaft verweigern wollen!" Stahl blickte mahnend umher. „Im Wiederholungsfall hat der Kapitän sogar noch härtere Stra-

fen angekündigt!", ergänzte er stolz. „Und nun zu Ihnen, Lutz!" Matrose Lutz ließ vor Schreck seine Säge fallen. Der schwere Holzgriff prallte dumpf auf seinen Fuß, woraufhin er jaulend in die Hocke ging, stolperte und schlussendlich kopfüber im Sand landete. Alle lachten, abgesehen von Offizier Stahl. Noch immer auf dem Bauch liegend, die Arme seitlich von sich gestreckt, legte er den nun peinlich erröteten Kopf in den Nacken und blickte ängstlich nach oben. „Ii…iich habe immer fleißig gearbeitet, Ssss…Sir!" Der Offizier schaute kurzzeitig etwas irritiert auf den flach auf dem Sand liegenden Matrosen, fing sich aber gleich darauf wieder und blickte mit gewichtiger Miene auf die Stelle, an der eigentlich Lutz' Gesicht hätte sein müssen, wäre dieser nicht gerade unbeholfen zu Boden gestürzt. „Das weiß ich, Matrose. Der Kapitän und ich sind von ihrer geleisteten Arbeit sehr angetan. Wir haben beschlossen, Sie zum Aufseher der Arbeitsgruppengemeinschaft zu ernennen!"
Voll von aufgesetztem Stolz blickte er einige Sekunden in die Luft, doch als der völlig perplexe Lutz immer noch keine Anstalten machte, sich aufzurichten, fauchte er barsch. „Meine Güte, stellen Sie sich gefälligst hin, wenn ich mit Ihnen spreche, Herrgott…"
Lutz sprang so plötzlich auf die Beine, sodass es fast lächerlich schien und er von Glück sagen konnte, nicht gleich wieder umgefallen zu sein. Er klackte die Füße zusammen und stand nun völlig stramm und gerade dar, während er Offizier Stahl unterwürfig, aber vor Glück strahlend, anblickte. Wie ein Soldat beim Morgenappell. „Es ist mir eine große Ehre, Sir!"
„In Ordnung, Aufseher Lutz! Weggetreten!", rief Stahl, der sich in seiner neuen Rolle als eine Art Brigadegeneral offen-

bar sehr wohl fühlte. Schließlich machte er auf dem Absatz kehrt und stolzierte in Richtung Offizierszelt davon.
Ich war mir nicht sicher, was ich nun davon halten sollte. Wozu brauchten wir denn einen Aufseher? War es nicht Sinn und Zweck unserer Gemeinschaft, dass alle die gleichen Rechte hatten? Selbst die Offiziere waren uns doch letztendlich gleichgestellt, oder etwa nicht? Doch dann dachte ich an Francois und mir wurde plötzlich bewusst, dass ein bisschen Autorität wohl unabdingbar sei.
Schließlich wandte ich mich einmal mehr meinem Holzstück zu und tat es damit den anderen gleich, die leise murmelnd weitermachten. Lutz stand noch eine Weile wie eingefroren auf der Stelle und blickte Stahl gebannt hinterher, bis dieser wieder im Offizierszelt verschwunden war.

Die nächsten Tage brachten wenig neues, außer dass sich das Arbeiten unter dem frischgebackenen Aufseher Lutz als anstrengender erwies als gedacht. Jener „Aufseher" ließ nämlich keine Gelegenheit aus, seine neu errungene Stellung jedem auf die Nase zu binden, ob er es hören wollte oder nicht. In meinem Innersten konnte ich ihn nur zu gut verstehen. Der Arme war nie sonderlich geachtet gewesen. Seine neue Position jedoch bescherte ihm wenigstens eine Art von Akzeptanz in der Gruppe. Wenn diese Akzeptanz sich auch zum Großteil nur darauf beschränkte, dass man wütend die Nase rümpfte, wenn man ihn sah. Doch mein Ärger überwiegte spätestens als Lutz „befahl", man solle doch vor jedem Arbeitstag strammstehen und das Gemeinschaftslied singen, ein Lied, dessen Text er sich eigenhändig ausgedacht hatte und welches uns von Anfang an gehörig auf den Wecker ging. Zudem bestand er darauf, dass man ihn mit „Herr Aufseher" anzureden hatte, was den Bogen eindeutig überspannte.

Eines Abends platzte einem Arbeiter der Kragen. Sein Name war Jochen. Ein früherer Passagier. Er stand neben mir und sägte Holz, als Lutz plötzlich ganz nah an ihn herantrat, wie er es sich zum Leidwesen aller inzwischen angewöhnt hatte und ihn anschnauzte, er solle gefälligst schneller machen. „Schau dir doch mal die anderen Holzstapel an, Jochen! Die sind alle viel weiter als du! Hältst den ganzen Laden auf mit deiner Trödelei. Hier soll doch jeder die gleiche Arbeit leisten!"

„Ach ja?", entgegnete Jochen genervt: „Und wo ist dein verdammter Stapel, Lutz? Du stehst nur dumm rum und gibst unnütze Kommentare..." Verdattert hielt Lutz für einen Moment inne. Eine freche Antwort hatte er schon länger nicht mehr bekommen. Seine Autorität schien gefährdet. „Ich...", begann er, als suchte er nach einer schlüssigen Erklärung. „...also erstens mal heißt es „Aufseher Lutz" und zweitens trage ich hier schließlich die Verantwortung für eure Arbeit."

„Pah! Darauf können wir gut verzichten! Verantwortung ist um einiges leichter als Holzstämme!", hörte ich einen der anderen Arbeiter rufen. „Mir wird's hier langsam zu bunt! Ich glaub', ich lass mich in eine andere Gruppe einteilen." – „Nichts da!", schrie Lutz aufgebracht: „Die anderen Gruppen haben inzwischen auch alle Aufseher, da bin ich noch der, der am meisten durchgehen lässt!"

„Als wenn...", prustete Jochen. „Man, Lutz, du bist echt die größte Flasche hier!"

„AUFSEHER Lutz", schrie Lutz mit hochrotem Kopf. Er bebte vor Wut. Ich war mir sicher, dass er kurz davor war,

mit dem Heulen anzufangen. Mein Mitleid jedoch hielt sich verständlicherweise in Grenzen. Es hatte sich eben so einiges bei uns angestaut.
„Oh, ich bitte vielmals um Entschuldigung, Aufseher Schwachkopf!", lachte Jochen und die anderen stimmten belustigt mit ins Gelächter ein. Ich sah, wie es in Lutz' Kopf arbeitete. Plötzlich wurde er von einem geachteten Mann wieder zu der Witzfigur, die man üblicherweise in ihm sah. Das wollte er nicht zulassen! Das konnte er nicht zulassen! Wütend holte er aus, um Jochen einen Faustschlag zu verpassen. Doch da sich dieser gerade in genau demselben Moment wieder zu seinem Holzstück umgedreht hatte, ging der Schlag ins Leere. Durch die Wucht mit der Lutz ausgeholt hatte flog seine Faust durch die Luft, hinein ins Nichts, und er verlor zum zweiten Mal innerhalb weniger Tage das Gleichgewicht. Schließlich stürzte er unbeholfen zu Boden, wo er prustend und sandspukend liegenblieb. Die Arbeitsgemeinschaftsgruppe war außer sich vor Lachen. Wir johlten und klatschten sarkastisch Applaus.
Der Lärm rief Offizier Stahl erneut auf den Plan. Dieser kam von weitem herbeigeeilt, blieb vor unserer Gruppe stehen und begutachtete die Szenerie, woraufhin alle schlagartig mit dem Lachen aufhörten. Grimmig sah Stahl in die Runde, hob schließlich den vor Wut bebenden Lutz auf und schleifte ihn, ohne ein weiteres Wort zu verlieren, am Kragen gepackt zum Kapitänszelt, so wie er es einige Tage zuvor auch mit Francois gemacht hatte.

Danach hörte man erst einmal einige Tage nichts mehr von Lutz. Die Arbeit jedoch ging weiter. Tatsächlich hatten alle

Arbeitsgemeinschaften Aufseher zugeteilt bekommen. Zur Verbesserung der Arbeitsmoral, hieß es. Auch wir bekamen einen Neuen, denn jetzt wurde Jochen zum Aufseher ernannt. Er war zwar keinesfalls so nervig wie Lutz, doch auch er entwickelte mit der Zeit einigen Ehrgeiz, die Truppe zu Höchstleistungen anzuspornen. Und tatsächlich, sie hatten schon viel geleistet. Neben den Offizierszelten und dem Nahrungsmittelzelt waren nun auch schon ein paar Unterkünfte für die „normalen" Gestrandeten errichtet worden. Etwas kleinere zwar, aber trotzdem gemütlich. Eine kleine Zeltstadt, die man zu Ehren des Kapitäns, der für unser aller Wohl verantwortlich war, „Weberstadt" getauft hatte.

Auch ansonsten funktionierte das Lagerleben sehr gut. Ich war überzeugt davon, dass es sich so aushalten ließ, bis endlich die ersehnte Rettung kommen würde. Es gab klar verteilte Aufgaben und jeder wusste, was wann zu tun war. Die Jäger und Sammler sorgten dafür, dass alle genug Nahrung bekamen. Einige Frauen bereiteten das Essen über einem großen, von den Feuerholzsammlern errichteten, Lagerfeuer und man aß zu den geregelten Zeiten gesellig beisammen vor den durch uns erbauten Zelten und Hütten. Jeder bekam das Gleiche und alle Portionen waren gleich groß. Ein Traum von glücklicher Gemeinsamkeit!

Doch was keiner verstand, Lutz war nach seinem peinlichen Auftritt als Aufseher offenbar befördert worden. Vielleicht hatte sein überzogener Einsatz den Kapitän beeindruckt. Jedenfalls nannte man Lutz nun den „Verkünder", einen Titel, den man eigens für ihn erfunden hatte. Seine Aufgabe war es, dem Kapitän über alle Vorgänge im Lager persönlich Bericht zu erstatten und auf der anderen Seite die Weberschen Befehle allen Zeltplatzbewohnern gegenüber zu verkünden. Aus irgendeinem Grund schien der Kapitän ihm wohl zu vertrauen. Vielleicht spürte er, wie sehr Lutz von ihm abhängig geworden war und wollte ihm dafür danken.

Zur weiteren Überraschung aller wurde das von Lutz verfasste Lied vom Kapitän persönlich zum offiziellen „Lagerlied" ernannt. Der Verkünder-Lutz platzte fast vor stolz, als er den entsprechenden Befehl vor der am Lagerfeuer versammelten Gemeinschaft laut vorlas. Er stand dabei auf derselben umgestülpten Bierkiste, wie Kapitän Weber, als dieser seine, bei den Gestrandeten inzwischen fast schon legendär gewordene, Rede gehalten hatte. Voller Übereifer stimmte Lutz auch gleich sein Lagerlied an, welches er kurzerhand über die Melodie von „Freude schöner Götterfunken" getextet hatte. Widerwillig stimmten wir schließlich ein, als wir sahen, dass die Offiziere allesamt aus vollem Halse mitsangen.

„Seht, was du uns hast bescheret, unser edler Kaaapitän;
ohne dich wärn wir verloren, Führer, ja wir daaanken dir;
Durch dich werden wir ü-berleeben;
Gemeinsam und in Eiiinigkeit;
Gerechtigkeit ist unser Ziiiiel
Nur zusammen siiiind wir stark!"

Nach der ersten Strophe hörte ich auf mitzusingen und sah mich stattdessen um. Ich blickte in entschlossene Gesichter. Eine seltsame Stimmung ging um. Ein ungewohntes Gefühl von Glück überströmte das Lager. Ich war mir sicher, dass dies die anderen um mich herum genauso spürten wie ich. Sie begannen, alle immer lauter und entschlossener mitzusingen. Wie aus dem anfänglichen Widerwillen plötzlich helle Begeisterung geworden war, war einfach großartig mitanzusehen. So wie wir alle gemeinsam sangen, spürte ich sie plötzlich – die Gemeinschaft, von der sie immerzu sprachen.

Der Gesang kam schließlich zum Erliegen und wurde durch anschwellenden Applaus ersetzt. Man hörte die Menge klatschen. Einheitlich Klatschen! In immer gleichen Abständen. Wie ein immer wiederkehrendes Donnergrollen. Bedrohlich, geordnet und irgendwie aber auch beruhigend zugleich.

Dann kam er! Die Tür zur Kapitänshütte wurde geöffnet und Weber trat heraus. Er ging ruhig und erhaben auf die Bierkiste zu. Lutz sprang, um ihm Platz zu machen, so schnell von der Kiste, dass er fast erneut gestürzt wäre. Doch diesmal lachte niemand mehr. Gebannt schauten alle auf Weber, der den frei gewordenen Platz einnahm und Lutz ein deutlich vernehmbares „Danke sehr, Verkünder!" zumurmelte, welcher daraufhin vor Glück beinahe in Tränen ausbrach. Mit angehaltenem Atem warteten alle darauf, dass der Kapitän anfing zu sprechen, um jedem Wort begierig zu lauschen. Für einen Außenstehenden mag diese Art der Verehrung vielleicht lächerlich vorkommen, vielleicht auch unrealistisch – doch ich muss sagen, dass wir nun mal genauso dachten, wie ich es eben beschrieben habe. Wir waren Menschen in einer Extremsituation. Unsere Voraussetzungen waren denkbar schlecht und in einer ausweglosen Lage sucht der Mensch eben nach einem Retter. Einer, der alles Bestehende umkippt, das Alte und nicht Funktionierende wegwirft und etwas Neues erschafft! Eine Art Messi-

as, dem man in eine glorreiche Zukunft folgen kann. Blind und ohne jede Verantwortung. Doch waren wir das wirklich? Nein, natürlich nicht…wir konnten ohne Zweifel sehen. Wir wollten es nur nicht. Wer im Nachhinein sagt, er wurde willenlos verführt, der lügt. Der Mensch weiß, was er tut und ist zu jeder Zeit verantwortlich. Wir wollten, was wir taten!
Weber begutachtete sein Volk mit Stolz. Lutz zu seiner Linken und Stahl zu seiner Rechten schauten achtungsheischend in die Menge. Dann begann der Kapitän seine Rede. Er sprach von dem Erreichten, vom Überleben, von den Errungenschaften in Weberstadt. „Uns ist es gelungen, aus einem Haufen von Individualisten, eine Gesellschaft zu formen. Alle sind gleich und alle kämpfen für das Überleben jedes Einzelnen! Und um diesen Gemeinschaftsgeist weiter zu festigen, haben wir beschlossen, eine Lagerfahne aufzustellen – Verkünder?"
Lutz fuhr erschrocken zusammen und blickte den Kapitän unterwürfig an.
„Hol die Flagge!"
Der Verkünder nickte eifrig, verschwand in einem der großen Offizierszelte und kam kurz darauf mit geschwellter Brust und stolz grinsend wieder heraus. In seiner Hand hielt er einen improvisierten Fahnenmast, bestehend aus einem langen, geraden Ast, an dem ein roter Stofffetzen befestigt war.
Er marschierte strahlend in die Mitte des Lagers und rammte den Ast in den Boden. Wie auf Bestellung kam plötzlich eine kalte Brise auf. Der Wind fegte über das Lager und über die gebannt blickende Menge hinweg. Der rote Fetzen

spannte sich an seinem Ast und das Symbol auf der Flagge kam zum Vorschein. Es handelte sich um zwei goldene, aufgestickte Kreise. Einer der beiden war etwas kleiner. Er wurde von dem anderen umschlossen. Der kalte Wind streifte durch unsere Glieder. Wir zitterten. Doch ob es wirklich der Wind war, der mich zum Zittern brachte, kann ich nicht sagen. Vielleicht war es auch die Ehrfurcht vor diesem Moment.

„Der äußere Kreis symbolisiert die Insel, der innere die Gesellschaft", erklärte Lutz wichtigtuerisch. Wieder applaudierte die Menge.

Schließlich kehrte Ruhe ein im Lager. Die Gestrandeten zogen sich in ihre Decken zurück. Die Nacht brach ein. Selbst die eingeteilte Nachtwache schlief seelenruhig auf einer warmen Decke vor dem Lager. Nur Lutz saß noch einsam vor seinem Zelt, den Blick starr auf die Fahne gerichtet. Das Emblem wellte sich leise im Wind…

Der Krieg gegen den globalen Terrorismus

So vergingen die Tage. Reibungslos. Jeder wusste, was er zu tun hatte. Alle waren zufrieden und überzeugt, dass es in dieser Euphorie ewig so weitergehen würde. Wir würden durchhalten, bis die erhoffte Rettung kam. Es gab auch keine besonderen Vorkommnisse mehr, bis zu dem einen Tag, an dem Frank verschwand.

Viktor hatte wie üblich eine Suppe für ihn gekocht, die er dann dreimal täglich zum Gefangenen hochbrachte, der auf einem kleinen, abgelegenen Hügel an einen Baum gefesselt war. Oft unterhielten sich die Beiden bei dieser Gelegenheit noch eine Weile, doch diesmal kam alles ganz anders.

Eine richtige Lösung hatte man für den Umgang mit Frank nicht finden können und allmählich machten sich alle Gedanken, wie es mit ihm weitergehen sollte. Man konnte ihn schließlich nicht für immer an einen Baumstamm gefesselt lassen.

Als Viktor am besagten Tag von Frank zurückkehrte, war er für seine Verhältnisse sehr erregt, ja, fast schon aufgelöst. So hatten wir Viktor noch nie erlebt. Mit den schlichten Worten „Er ist weg" berichtete er uns aufgeregt, dass Frank verschwunden sei.

„Wie soll das denn gehen? Er war doch gefesselt!", wollte einer wissen. Viktor hob stumm seine Arme und zeigte vielsagend die zerschnittenen Fesseln in seiner Hand.
„Er wurde befreit!", Lutz war unbemerkt hinzugekommen. „Jetzt läuft ein Mörder frei im Wald herum! Wir müssen etwas unternehmen!"
„Unsinn!", rief ein Matrose aus dem Hintergrund. „Frank ist doch völlig harmlos…"
„Da wäre ich mir nicht so sicher", erwiderte Lutz. „Schließlich haben wir ihn wochenlang an einen Baum gefesselt. Er wird sich rächen wollen!"
Bei diesen Worten machte sich ein angstvolles Raunen in der Runde breit. Betreten sahen wir uns an.
„Vielleicht war es ein Fehler, ihn so lange gefesselt zu haben?", fragte ein Umstehender.
„Unsinn, wir hatten keine Wahl", entgegnete ein anderer: „Aber wer von uns soll ihn bitte eigenmächtig befreit haben? Das ist hier doch die Frage!"
Allgemeines Schulterzucken.
„Ein Verräter ist unter uns!", schrie Lutz plötzlich und völlig unerwartet in die instinktiv zusammenzuckende Menge. Wir schauten uns an. Einige sahen nun tatsächlich etwas beängstigt aus.
Zunächst einmal beschloss man jedoch, nichts Weiteres zu unternehmen und erst einmal abzuwarten, was der Kapitän entscheiden würde.
Doch gab es für die Gestrandeten nur noch ein Thema: Frank. Wie konnte er sich befreien? Hatte er Hilfe? Gab es möglicherweise einen Verräter in den eigenen Reihen? Und was würde er jetzt tun? Alleine im Wald… Würde er wirklich versuchen, sich an den anderen Gestrandeten zu rächen?

Am Nachmittag dann, als alle schon wieder bei der Arbeit waren, sah man den Verkünder eilig aus der Kapitänshütte schreiten. Lutz hatte sich den gesamten Vormittag offenbar mit den Offizieren beraten.
Schließlich erreichte er die Bierkiste, die man neben der Lagerfahne von Weberstadt positioniert hatte. Er stellte sich darauf und alle verstummten schlagartig. In der Hand hielt er ein voll beschriebenes Blatt Papier.
„Ich zitiere jetzt eine direkte Anordnung des Kapitäns", berichtete er mit gewichtiger Miene:

„Liebe Gestrandeten!

Unsere Gemeinschaft steht nun einer wichtigen Herausforderung gegenüber. Ein geflohener Mörder läuft in unseren Wäldern herum. Dieser Mann, im nachfolgenden „Terrorist" genannt, gefährdet die Sicherheit unseres gesamten Dorfes. Es ist mit Vergeltungsakten gegenüber der Gesellschaft zu rechnen. Das Schlimmste jedoch ist, dass dieser gesetzlose Terrorist Unterstützung aus den unsrigen Reihen erhalten haben muss. Anders ist seine Flucht nicht zu erklären. Daher ist es im Interesse aller anständigen Gestrandeten, dieser Gefährdung unserer Ordnung mit Entschlossenheit entgegenzutreten und den Terroristen sowie den/die Terroristenunterstützer so schnell wie möglich zu fassen! Aus diesem Grunde erlassen meine Offiziere und ich das Gesetz zur allgemeinen Lagersicherheit. Das Gesetz wird zu gegebener Zeit öffentlich ausgehängt werden.
Auf dass wieder Ruhe und Sicherheit in unser Lager einkehren wird!
Kapitän Weber"

Kaum hatte Lutz zu Ende gesprochen, drehte er sich auf dem Absatz um und stolzierte davon in die Richtung, aus der er gekommen war. Zurück ließ er ein vollkommen verunsichertes Volk…
Frank, ein Terrorist? Das hielten viele für übertrieben. Aber vielleicht hatte der Kapitän wirklich recht damit, dass er sich an ihnen rächen wollen würde. Schließlich hatten sie ihn wochenlang an einen Baumstamm gefesselt. Und Hilfe schien er jawohl auch gehabt zu haben, sonst hätte er sich wohl kaum befreien können. Es musste demzufolge wirklich einen Verräter unter uns geben…

Im Laufe der Zeit einigte man sich darauf, misstrauisch zu sein. Misstrauisch gegenüber dem Wald und auch misstrauisch gegenüber den anderen Gestrandeten.
Schon innerhalb der nächsten Tage begannen besorgte Mütter damit, ihren Kindern zu verbieten, sich außer Sichtweite zu begeben. Ansonsten hole sie „der böse Frank".
Doch wer war der Verräter? Jeder konnte es sein, doch keiner wusste es genauer. Man konnte nur Vermutungen anstellen und das taten viele auch. Man hörte Sätze wie: „Mit dem war Frank doch immer befreundet!", „Der hat sich doch immer mit Frank so lange unterhalten!", „Kennst du den? Ich glaub, der war noch nie so zufrieden mit dem Kapitän!" oder „Dem da trau ich's zu! Letztens hatte er sich doch tatsächlich unzufrieden über unsere Gemeinschaft geäußert!"
Eines Morgens erblickte ich an der Lagerfahne eine große Menschentraube. Neugierig drängte ich mich nach vorne.

Am dicken Ast unter unserer Flagge war ein weißer Zettel angeheftet. Hier stand in leuchtend roten Buchstaben:

Gesetze zur allgemeinen Lagersicherheit
1. Zur Sicherheit eines jeden Individuums der Gemeinschaft ist es untersagt, ohne Genehmigung der Offiziere oder einer klaren Arbeitsanweisung, den umliegenden Wald zu betreten.
2. Die Offiziere bekommen zum Schutze des Lagers ein absolutes Weisungsrecht, dem sich alle Gestrandeten zu fügen haben.
3. Um das allgemeine Vertrauen in jeden einzelnen Gestrandeten wiederherzustellen, wird eine „Gemeinschaft zur allgemeinen Sicherheit" (kurz: GaS) gegründet. Zu ihrem Vorsitzenden wird Offizier Stahl ernannt. Dieser wird die weiteren Mitglieder der Lagersicherheitsgemeinschaft in den nächsten Tagen bestimmen.
Die GaS wird ab sofort jeden Gestrandeten zu seiner Meinung über unsere Gesellschaftsordnung befragen. Dies dient der Wiederherstellung des allgemeinen Vertrauens in Weberstadt, was eine der zentralen Aufgaben der GaS sein wird.

„Endlich wird mal hart durchgegriffen, damit dieser ganze Spuk aufhört", hörte ich einen Mann neben mir sagen, der gerade zu Ende gelesen hatte.
„Aber was hat unsere Meinung über die Gesellschaftsordnung mit Franks Verschwinden zu tun?", entgegnete ein anderer.
Lutz sah ihn daraufhin verächtlich an. „Mensch, begreifst du das denn nicht? Der Terrorist sucht doch nach einer Schwäche bei uns, denn sobald wir Schwäche zeigen, sind wir angreifbar!"

„Nun aber mal halblang. Wir reden hier von Frank und nicht von irgendeinem Terroristen!"
Ich war mir zu dieser Zeit nicht sicher, ob wirklich alle die neuen Gesetze zur „Lagersicherheit" so gut hießen, dennoch waren wohl die meisten dafür. Wenn der Kapitän eine Bedrohung für unsere Gemeinschaft sah, dann schien es wohl auch eine zu geben. So war zumindest die gängige Meinung.

Schon am nächsten Tag standen die Mitglieder der GaS fest. Stahl hatte sich für einige Matrosen entschieden, die ich nicht näher kannte, zudem gehörten mein Arbeitsgemeinschaftsaufseher Jochen und der Koch Viktor zu der Truppe. Sie hatten sich allesamt zur Kennzeichnung unser Lagerzeichen auf die Oberarme ihrer Shirts gemalt. Nun war jedem klar: Die mit den zwei Kreisen gehörten zur GaS.
Francois wurde als Erster vernommen. Gegen den Sänger hegte Offizier Stahl offenbar einen besonderen Hehl. Er wurde früh morgens in Stahls Offiziersbehausung gerufen, wo die Befragungen allesamt durchgeführt wurden. Das ehemalige Zelt war inzwischen zu einer stattlichen Hütte ausgebaut worden. Beleuchtet durch schwaches Fackellicht standen links und rechts neben dem Eingang zwei GaS-Matrosen und blickten mürrisch auf den Ankömmling.
Es dauerte ganze zwei Stunden bis Francois endlich wieder herauskam. Sein Gesicht war kreidebleich.
„Drei Monate Sonderdienst", keuchte er den Umstehenden zu. „Warum das denn?", wollte man wissen. „Bist du etwa der Verräter?"
„Natürlich nicht", entgegnete Francois zähneknirschend. „Aber ihnen gefällt meine Einstellung zur Gesellschaft

nicht. Solche Saftsäcke! Ich bin dafür geschaffen, auf den großen Bühnen dieser Welt zu singen und nicht, um für andere im Dreck zu wühlen!"
„Hast du ihnen das etwa so gesagt?", lachte ich. „Dann ist ja auch kein Wunder, wenn sie dich dafür bestrafen."
Der Sänger stampfte wütend mit dem Fuß auf und murrte deutlich vernehmbar. „Diese Sklaventreiber!"
„Hüte deine Zunge!", hörte ich plötzlich einen der GaS-Matrosen sagen, der alles mit angehört hatte. „Der Sonderdienst ist lediglich eine Chance für dich, dich in unser System zu integrieren! Du solltest stolz sein, ihn absolvieren zu dürfen! Und wenn ich noch einmal etwas Derartiges von dir höre, sorge ich höchstpersönlich dafür, dass du an einen Stamm gefesselt wirst, genau wie Frank!" Bei diesen Worten traute sich Francois, nichts mehr zu erwidern. Er blickte lediglich trotzig zu Boden und schnaufte verächtlich.

Das Lagerleben lief in seinem gewohnten Trott weiter. Aufstehen, Essen, Arbeiten, Essen, Schlafen und das jeden Tag. Zwischendrin wurden immer wieder einige Gestrandete in Stahls Hütte geholt, wo sie Stunden später mit erschöpften Gesichtern herauskamen.
Langsam sehnte man sich die erhoffte Rettung immer stärker herbei. Wir waren zwar inzwischen hinreichend organisiert und das Überleben stellte nun auch keine besondere Herausforderung mehr dar, doch das tägliche Leben auf der einsamen Insel wurde zunehmend mühseliger. Die Offiziere hatten beschlossen, dass es zur nachhaltigen Versorgung an der Zeit wäre, Landwirtschaft zu betreiben. Dazu hatte man sich eine in der Nähe des Waldes gelegene Ebene ausge-

guckt. Hier wurden wir von der Hüttenbaukompanie nun mit Ackerarbeiten beschäftigt, denn inzwischen war es uns gelungen, alle Offiziershütten fertigzustellen. Die Hütten für die einfachen Gestrandeten wurden offenbar hinten angestellt. Diese würden zwar noch gebaut werden, so versicherte uns Offizier Stahl, doch die landwirtschaftliche Versorgung von Weberstadt hätte erst einmal Vorrang. Dafür hatten wir natürlich Verständnis.
Nun wurden also Äcker angelegt, Saatgut ausgeworfen (dieses war zum Glück Teil des geretteten Frachtbestandes gewesen) und kräftig gegossen. Doch ohne professionelles Gerät war die Arbeit natürlich sehr anstrengend und unbeliebt. Bald schon wurde erstes Gemurre laut.
„Hoffentlich werden wir schnell gerettet, damit ich mir diese ganze Schufterei nicht mehr antun muss", hörte ich eines Tages einen meiner Arbeitskollegen sagen. Selbst unser Arbeitsgemeinschaftsaufseher Jochen schien ausgelaugt. Als frischernanntes Mitglied der GaS und somit auch als allgemeines Vorbild, ließ er sich diese Müdigkeit aber natürlich nicht anmerken und trieb uns immer wieder an, bis zur totalen Erschöpfung zu schuften.
Eines Tages dann, als ich gerade damit beschäftigt war den Boden umzugraben und vor Schweiß nur so triefte, nahm mich Jochen kurz zur Seite.
„Eigentlich darf ich's ja nicht sagen, aber du bist heute dran mit der Befragung…", sagte er.
Ich schaute zu ihm auf, wohl sichtbar erleichtert über die bevorstehende Pause, doch Jochen wirkte besorgt. „Du hast dir doch nichts vorzuwerfen, oder? Ich meine…naja… das würde ein schlechtes Licht auf deine Arbeitsgruppe und natürlich auch auf mich als deinen Aufseher werfen."
Ich schüttelte artig den Kopf und Jochen schien beruhigt.

„Na schön. Dann betrag dich ordentlich, weil andernfalls kann´s da ganz schön zur Sache gehen. Wir hatten letzte Woche einen, der wollte Stahl dumm kommen und… naja…wie auch immer. Bei dir muss ich mir ja keine Sorgen machen", sagte er schließlich mit einem Gesichtsausdruck, der so wirkte, als würde er sich sehr wohl Sorgen machen.

„Was ist denn mit dem von letzter Woche passiert?", wollte ich wissen.

„Darüber sprechen wir nicht", entgegnete Jochen sofort und signalisierte mir mit einer eindeutigen Kopfbewegung, dass das Gespräch nun zu Ende sei.

Ich wollte mich gerade wieder meinem Acker zuwenden, als ich eine Gruppe von Menschen auf mich zusteuern sah. Sie trugen, weithin sichtbar, die beiden Kreise auf ihren Hemden. Ich war erleichtert, als ich Viktor unter ihnen erkannte. Wenigstens ein bekanntes Gesicht. Die Männer kamen direkt vor mir zum Stehen.

„Lagersicherheit!", brüllte einer der GaS-Männer in völlig übertriebener Lautstärke, wobei eine Menge Spucke in meinem Gesicht landete. Viktor nickte mir zur Begrüßung zu. Mit seinen zwei Metern Körpergröße überragte er die anderen um Längen. Ich signalisierte mit einem Kopfnicken, dass ich verstanden hatte.

„Heute findet eine unangemeldete Überprüfung ihrer Person im Namen der Gemeinschaft zur allgemeinen Sicherheit statt", fuhr der GaS-Mann in unveränderter Lautstärke fort. Erneut nickte ich und wischte mir das feuchte Gesicht ab.

„Mitkommen!"

Wortlos schloss ich mich der Gruppe an. Sobald wir losgelaufen waren, wurde ich links und rechts von je einem GaS-Mann flankiert. Ich kam mir etwas bescheuert vor, muss ich sagen. Sie behandelten mich schließlich wie einen Straftäter auf seinem Weg zum Henker.

Ich wurde nun also zu Offizier Stahls Hütte eskortiert, über deren Eingang jemand mit großen Buchstaben das Wort „GaS – Hauptquartier" geschrieben hatte.

Dieses „Hauptquartier" bestand aus einem großen Tisch, hinter dem ich Offizier Stahl sitzen sah und einem vor dem Tisch positionierten Hocker (bestehend aus einem kleinen Baumstumpf). Der Raum wurde von den zwei Fackeln am Eingang beleuchtet. Das Feuer warf sein düstern flackerndes Licht auf die irgendwie skurril erscheinende Szenerie. In der rechten und linken Ecke des Raumes standen zwei weitere GaS-Männer und blickten wie Wachleute starr an die Wand gegenüber.

„Friedrich, Karl?", las Stahl von einer Liste ab. Ich nickte artig. „Sie wissen, warum Sie hier sind?".

„Nun, ich denke, weil sie herausfinden wollen, ob ich Frank befreit haben könnte", antwortete ich unsicher. Stahl schnaubte. „Jaja, das auch." Hastig strich er sich durch seinen Schnurrbart und fuhr fort. „Aber in erster Linie geht es darum, ihre Meinung zu unserer Gesellschaftsordnung zu erfragen."

„Okay", sagte ich und sah ihn erwartungsvoll an.

„Was halten Sie von Kapitän Weber?"

Ich dachte scharf nach. Von der Beantwortung dieser Frage hing es wohl ab, wie viel Zeit ich in diesem unangenehmen Raum verbringen musste. Ich entschloss mich daher zu folgender Aussage. „Kapitän Weber ist unser weiser Führer,

der uns durch seine ebenso weisen Befehle das Überleben sichert und uns schützen wird, bis Rettung kommt."
Stahls Gesicht hellte bei diesen Worten sichtbar auf. „Sehr richtig, mein Junge, sehr richtig!" Eifrig begann er sich Notizen zu machen. „Ich denke, dass sollte es gewesen sein. Sie können gehen!"
Verdutzt sah ich ihn an. „Wollen Sie mich denn gar nichts zu Frank fragen?", rutschte es aus mir heraus, und ich bereute die Frage im selben Moment schon wieder.
„Haben Sie denn nicht gehört? Sie können gehen hat der Herr Offizier Ihnen befohlen!", mischte sich einer der GaS-Matrosen lauthals ein.
Ich nickte hastig, machte auf dem Absatz kehrt und eilte aus dem Raum, während ich hörte, wie Stahl eifrig weiter Dinge in seinen Notizblock schrieb.

Rückblende:
Die Sonne stand tief und war kurz davor zu verschwinden, doch nichtsdestotrotz waren ihre Strahlen noch ausgesprochen heiß. Frank schwitzte aus all seinen Poren, hatte er diese Hitze nun schon seit Tagen aushalten müssen. Ohne Aussicht auf Befreiung – ohne Aussicht auf Schatten.
Zwar bekam er regelmäßig Essen, doch die tägliche Suppe hatte er bereits mehr als satt. Viktor brachte sie ihm immer und immer wieder. Trotz des schlechten Essens waren diese paar Minuten Gespräch mit dem Koch die einzige Abwechslung am Tag und so genoss er sie, auch wenn es

durchaus redseligere Gesprächspartner gab, als den hünenhaften Mann.
Viktor hatte ihm in wenigen Worten erklärt, dass er Anweisungen hatte, nichts anderes zu bringen, als die heiße Suppe, und Frank wollte auch nicht, dass sein neuer großer Freund Probleme bekam. Also aß er Tag für Tag gierig sein viel zu heißes Essen und schwitzte in der Sonne, während Viktor ihm stumm dabei zusah.
Am besagten Abend jedoch geschah etwas sehr Sonderbares. Viktor verspätete sich. Auch wenn Frank keine Uhr hatte, hatte er doch ein Gefühl für die immer gleichen Tageszeiten bekommen, an denen er „gefüttert" wurde. Wut stieg in ihm hoch. Die Sonne war schon fast untergegangen, und er hatte immer noch nichts zu Essen. Wollten Sie ihn hier etwa verhungern lassen und sich so einem unangenehmen Problem entledigen?
Schließlich wurde es dunkel und noch immer kein Viktor in Sicht. Er konnte das sonst so eifrige Treiben in Weberstadt bereits kaum mehr beobachten. Bei Tag sah er den anderen Gestrandeten gern aus der Ferne bei ihrer Arbeit zu und wurde sogar regelrecht neidisch auf sie. Alles war besser, als hier an einem Stamm gefesselt zu sein. Sogar harte körperliche Arbeit.
Da plötzlich ein Rascheln. Ein Knacken der umliegenden Äste. Er wollte sich instinktiv umschauen, was seine gefesselte Position jedoch nicht zuließ. Stattdessen stieß er heftig mit dem Kopf gegen seinen Stamm, den er mittlerweile zu hassen gelernt hatte.
„Wer ist da? Zeig dich!", rief Frank aufgebracht und die Gestalt zeigte sich. Er blickte in das Gesicht von Viktor. Doch der Koch war nicht allein! Aus dem Augenwinkel sah er zwei weitere Gestalten – die eine war offenbar Lutz, der,

wie er gehört hatte, zum Verkünder aufgestiegen war. Was wollte dieser Kerl hier oben bei ihm? Und wer war der andere? Die Person stand außerhalb von Franks Blickfeld und machte auch keine Anstalten sich zu zeigen.
„Gefangener Frank!", sprach Lutz ihn unfreundlich an. „Wir haben mit dir über deine Zukunft zu sprechen."
Frank grunzte nur unsicher, als Zeichen, dass er gehört hatte.
„Wir haben vor, dich heute freizulassen! Freu dich. Du bist jetzt ein freier Mann!"
„Was?", fragte Frank misstrauisch. „Woher kommt dieser Sinneswandel?"
„Wir haben dir ein Angebot zu machen, das über den Verlauf deines weiteren Lebens entscheiden wird", meldete sich plötzlich der Unbekannte aus dem Hintergrund und Frank erkannte schockiert, wer er war. Normalerweise kannte er die Stimme von feurigen Reden oder scharfen Befehlen.
Kapitän Weber trat dicht an ihn heran und begann zu flüstern. „Ich möchte, dass du dich ab heute aus Weberstadt fernhältst. Wir haben dir in aller Heimlichkeit eine Hütte im Wald gebaut. Weit genug weg, damit niemand dich zufällig finden kann. Viktor hat dort genug Proviant für die nächsten Monate hinterlegt. Sobald es aufgebraucht ist, wird er dir neues bringen."
Frank war wie aus allen Wolken gerissen.
„Wieso wollt ihr das?", fragte er verdutzt. „Lasst mich doch einfach zurück nach Weberstadt. Ich verspreche euch, ich werde nie wieder Ärger machen."

Doch der Kapitän schüttelte nur den Kopf. „Nein! Wir brauchen dich im Wald. Entweder du tust was ich sage, oder du wirst hier elendig verrecken."
Er blickte abfällig auf Franks Stamm und sah ihn finster an. Der Gefangene überlegte kurz, dann erwiderte er hastig. „Okay! Okay! Ist ja schon gut. Ich werde im Wald leben und mich von Weberstadt fernhalten! Aber warum? Was habt ihr davon?" Er blickte fragend in die Runde.
„Das lass mal meine Sorge sein. Du lebst erst einmal in deiner neuen Hütte. In Zukunft habe ich dann vielleicht noch andere Aufträge für dich. Ein paar Gestrandete erschrecken, oder so." Der Kapitän lachte gehässig, woraufhin Lutz begann, übereifrig mitzulachen. Viktor jedoch blickte nur mit versteinerter Miene von einem zum anderen. Frank verstand nicht wirklich, was das alles bedeuten sollte. Was meinte der Kapitän damit, er solle die anderen erschrecken? Aber was solls, dachte er. Immerhin bin ich dann wieder in Freiheit. „Okay! Ich mach´s."
Beide hörten schlagartig auf zu lachen. Der Kapitän sah plötzlich wieder bedrohlich drein und rief „Also ist es beschlossene Sache!" Dann wandte er sich noch einmal Frank zu und ergänzte mit todernster Stimme. „Solltest du dich unserer Abmachung widersetzen, werde ich dich töten lassen!"
Frank dachte kurz darüber nach, ob diese Worte wohl ernst gemeint sein konnten, dann entschied er sich, besser artig zu nicken, woraufhin der Kapitän befahl. „Viktor, lös die Fesseln und bring Frank in sein neues Heim!"
Der Koch trat mit einem großen Messer an den Gefangenen heran und zerschnitt mit einem kräftigen Ruck die Fesseln von den mittlerweile taub gewordenen Handgelenken.

Die Seilstücke fielen auf den sandigen Boden und blieben dort liegen, bis Viktor nach gut einer Stunde wiederkam, sie aufhob und zurück nach Weberstadt trug. Die zerschnittenen Fesseln sollten die Nahrung für die Angst des Volkes liefern.

Die Sonne war bereits untergegangen. Ich lag noch eine Weile am Strand und blickte in die Sterne. Der Tag war anstrengend gewesen. Das Lagerleben wurde von Tag zu Tag mühseliger. Wir mussten immer härter arbeiten. Felder bestellen, gießen, ernten und alles unter den strengen Augen der GaS-Männer. Schuften für das Wohle aller, wie man es nannte.
Heute hatte es einen kleinen Aufruhr gegeben, als den müden Arbeitern mitgeteilt wurde, dass eine neue Behausung für den Kapitän und seine engsten Offiziere gebaut werden sollte. „Er hat doch längst seine eigene Hütte", hatte einer der Gestrandeten wütend gerufen. Sein Name war Sven. Ein junger, blonder und eigentlich ganz taffer Bursche. „Die Hütten für die anderen sind doch noch nicht einmal fertig. Ich schlafe immer noch unter einer Plane und einige sogar nur auf einer Decke am Strand. Das ist doch nicht gerecht."
Daraufhin war einer der GaS-Matrosen auf ihn zugekommen und hatte ihm unvermittelt ins Gesicht geschlagen.
„Bist du wohl ruhig, du Unruhestifter? Sonst gibt es wieder gekürzte Essensrationen, wie beim letzten Mal."

Sven hatte sich daraufhin vor Wut zitternd das Blut aus dem Gesicht gewischt, aber nicht mehr gewagt, etwas zu entgegnen.

Mir war aufgefallen, dass die GaS-Matrosen in den letzten Wochen immer selbstbewusster und auch brutaler vorgegangen waren. Kaum einer traute sich noch zu widersprechen oder gar eine Entscheidung des Kapitäns öffentlich zu kritisieren. Selbst unter guten Freunden herrschte Misstrauen. Jeder hatte Angst, der andere könnte ihn verpfeifen, wenn er schlecht über den Kapitän sprach. Daran schuld waren neue Gesetze, die zur „allgemeinen Lagersicherheit" erlassen wurden. Jedem, der eine weberfeindliche Äußerung hörte und der GaS davon Bericht erstattete, wurden eine eigene Hütte und vergrößerte Essensrationen angeboten. Dies führte natürlich zu verstärktem Argwohn gegenüber seinen Mitgestrandeten. Keiner vertraute keinem mehr, und alle, die seit neustem über eine Hütte verfügten, wurden böse angeguckt. Doch etwas gegen diese Praktik zu sagen, traute sich wie gewohnt niemand.

Ich drehte mich müde auf die andere Seite und betrachtete die Fundamente der neuen Behausung des Kapitäns. Seine Residenz würde riesig werden. Fünfzig Arbeiter sollten von nun an Tag und Nacht damit beschäftigt sein, auf dem Bau zu schuften. Ein glückliches Volk braucht einen glücklichen Führer, war der Slogan zum Bau. Aber mir war die kippende Stimmung, dem Kapitän gegenüber, deutlich aufgefallen. Kaum einer war noch wirklich zufrieden mit ihm. Viele fragten sich insgeheim, ob er noch der richtige Mann für unsere Gesellschaft sei. Zudem erschien die Bedrohung durch Frank nicht mehr allzu akut. Monate waren vergangen, ohne dass der „Terrorist" etwas gegen unser Lager unternommen hatte, doch trotzdem wurde die GaS nicht

aufgelöst. Sicherlich war der Wunsch da, sich zu beraten, oder sogar gemeinsam über den Erhalt der GaS abzustimmen. Doch außerarbeitsgemeinschaftliche Versammlungen von mehr als drei Personen waren, laut einem vom Kapitän vor ein paar Wochen erlassenem Gesetz, strengstens untersagt.
Ich schloss die Augen und dachte an mein früheres Leben. So viel hatte sich verändert. Ich war nun Teil einer anderen Welt. Doch wo ich so darüber nachdachte, fiel mir auf, dass letztendlich doch auch vieles beim Alten geblieben war. Auch in dieser Welt gab es nun mächtige Männer in großen Häusern… Mit diesem Gedanken schlief ich schließlich ein; auf meiner kargen Decke und unter freiem Himmel. Ich träumte von einer gerechteren Welt. Einer Welt, in der es diese Unterschiede nicht mehr gab. Ich träumte einen Traum, den wir alle einmal gemeinsam geträumt hatten, in dem Moment, als wir beschlossen hatten, uns zu organisieren. Was war nur aus unserem Traum geworden?

Am nächsten Morgen machte ich vor meiner Arbeit einen kleinen Strandspaziergang. Die Sonne war gerade aufgegangen und das Klima angenehm. Gerade so, dass es nicht zu kalt erschien, Hemd und kurze Hose zu tragen, aber auch noch nicht so schwül heiß, wie es oft gegen Mittag wurde. Ich hatte mir diese frühen Spaziergänge inzwischen zur täglichen Gewohnheit gemacht und genoss die Ruhe vor dem lauten und geschäftigen Alltag, der sich bald darauf einstellen würde.
So kam es also, dass ich an der Küste entlangging und dem Rauschen des Meeres lauschte.

Ich blickte hinaus in die nicht enden wollenden blauen Weiten des Wassers. Sehnsüchtig streiften meine Augen über den Horizont, mit einer Begierde, die stärker denn je in meinem Magen brannte. Wie wäre es doch unbeschreiblich schön, wenn ich irgendwo in den entfernten Wellen ein rettendes Schiff erspähen könnte. Doch so verzweifelt ich auch suchte, nichts konnte ich entdecken als tanzendes Blau.

Die Hoffnung auf eine Rettung hatte sich bei den Gestrandeten in den letzten Monaten zur resignierenden Enttäuschung gewandelt. Niemand war gekommen. Keiner, der nach uns suchte. Viel zu lange saßen wir schon auf dieser Insel fest. Viel zu lange, um ständig nur zu hoffen. Gab es denn niemanden, der uns vermisste?

Irgendetwas musste es geben, dass sie daran hinderte zu kommen. Etwas, das die Außenwelt in Bann hielt. Etwas musste geschehen sein, dass die Suche nach uns überflüssig machte. Dachten sie vielleicht, wir seien allesamt verstorben? Oder gab es da etwas anderes?

In den letzten Wochen hatten wir mehrfach schauriges Donnergrollen gehört. Grollen, wie von ganz, ganz fernen Explosionen. Verbunden mit einem Zittern der Erde.

In den nächsten Monaten und Jahren würden wir solche Phänomene noch öfter zu beobachten bekommen, doch ohne jemals wirklich zu verstehen, was sie bedeuteten. Man konnte nur mutmaßen. Vielleicht eine große Katastrophe? Oder war gar ein verheerender Krieg ausgebrochen?

Das Einzige, das uns unmissverständlich bewusst wurde, war, dass niemand kam. Und Tag für Tag, Monat für Monat und Jahr für Jahr begannen wir diese Erkenntnis einzusehen. Es war wie ein stilles Abkommen, das wir miteinander geschlossen hatten. Wie ein Vertrag, der uns dazu zwang, nicht mehr unsere Gedanken an die alte Welt zu verschwenden, um uns auf unsere neue Welt zu konzentrieren. Und wer weiß, wenn wir all unsere Hoffnungen zurückdrängten und keiner von uns mehr damit rechnete, vielleicht würde dann eines guten Tages tatsächlich einmal ein einsames Schiff am Horizont auftauchen und uns auflesen. Doch dieser Tag, wenn es ihn denn gäbe, lag in weiter Ferne. Eine Tatsache, mit der wir uns schlichtweg abzufinden hatten.

Mühsam wandte ich meinen Blick von den Wellen ab, als ich plötzlich ein Geräusch vernahm. Jemand sprach. Die Stimmen waren sehr leise, weshalb ich davon ausgehen konnte, dass ihre Quelle noch ein gutes Stück weit entfernt sein musste. Wer war wohl zu so früher Stunde schon auf? Abgesehen von mir zogen es die meisten Gestrandeten vor, bis zum Arbeitsbeginn auf ihren Decken oder in den Zelten zu bleiben. Wer konnte ihnen das auch verübeln. Die Arbeit, die auf sie wartete, war ja auch anstrengend genug, sodass es sich durchaus lohnen konnte, vorher noch ein wenig Kraft zu tanken.

Ich blickte in den Himmel. Die Sonne warf ihre roten Strahlen über den morgendlichen Strand, bis hin zum Fuße des Waldes. Wie spät mochte es wohl sein? Vielleicht sechs oder sieben Uhr früh?

Ich entschied mich, noch ein Stückchen weiterzulaufen als gewöhnlich, um den Stimmen folgen zu können. Ich sah ungefähr hundert Meter weiter vor mir eine steinerne Klippe, die über den Strand hinweg bis ins Wasser ragte. Von hier schien der Ursprung des geheimnisvollen Gespräches zu kommen, dessen Zeuge ich geworden war. Nun hörte ich jedoch nichts mehr, abgesehen von der malerischen Brandung, die sanft über den Sand hinwegstrich.

Schließlich war ich an der Klippe angekommen und meinte erneut ein Flüstern von der anderen Seite erahnen zu können. Ich entschloss mich also, auf den Felsen zu klettern und als ich dann von oben herunter auf die andere Seite spähen konnte, traute ich meinen Augen nicht. Direkt unter mir saß eine Gruppe von sechs Gestrandeten. Sie hockten geduckt hinter dem Steinvorsprung und waren wild am Gestikulieren. Als sie mich erblickten, brachen sie abrupt ihr Gespräch ab und schauten schuldbewusst zu mir herüber.

Ich erkannte drei von ihnen. Sven, der den Tag zuvor von einem GaS-Mann geschlagen worden war und noch immer Blutspuren an seiner Nase kleben hatte, war einer von ihnen. Ebenfalls erkannte ich Francois, den Sänger und einen jungen Küchengehilfen. Sein Name war Paul oder so. Er hatte sich an Bord immer um den kleinen Robert kümmern müssen, den Sohn des Kochs Viktor. Die drei anderen Männer kannte ich nur vom Sehen.

Sven blickte gequält drein und fragte unsicher. „Wirst du uns verraten?"

Ich hatte offenbar gerade ein Treffen von mehr als drei Personen enttarnt. Eine Gesetzeswidrigkeit laut dem Gesetz zur allgemeinen Lagersicherheit (§6 oder so ähnlich). Kurz überlegte ich und schüttelte dann langsam den Kopf.

„Nein. Das ist eure Sache. Ich verpfeif euch nicht. Aber was treibt ihr denn um Himmels Willen zu dieser Zeit hier draußen? Einer der GaS-Männer könnte euch erwischen und dass, wo das Blut an deiner Nase doch noch kaum ganz getrocknet ist…", sagte ich an Sven gewandt.

Dieser blickte kurz in die Gesichter seiner Mitstreiter und zögerte. Dann jedoch entschloss er sich, mir zu vertrauen und erwiderte: „Wir organisieren den Widerstand!"
Ich verstand nicht recht und blickte ihn fragend an.
„Na, bist du etwa damit zufrieden, wie es momentan so läuft?", mischte sich Paul ins Gespräch ein. „Wir müssen schuften und an Essen und Trinken sparen, während in der Kapitänshütte gefeiert und gesoffen wird. Ich habe letztens gesehen, wie Viktor ihnen sogar köstlichsten Braten serviert hat. Es ist einfach ungerecht. Die Offiziere bekommen ihre eigene Residenz und uns hält man wie Sklaven."
„Ihr wollt also rebellieren?", fragte ich ungläubig.
„So ist es!", antwortete Sven mit einer Spur Stolz in der Stimme.
„Und wie wollt ihr das anstellen? Ihr seid zu sechst!"
„Das ist nicht ganz wahr", meldete sich einer der anderen. „Der Herr von Wanzen wollte vielleicht auch mitmachen. Ihm sind die Treffen nur zu riskant, hat er gesagt…und wenn du noch mitmachst, dann wären wir schon zu acht."
Ich dachte über seine Worte nach. Diese Handvoll Männer vor mir, egal ob es nun sechs oder sieben waren, waren offenbar fest entschlossen, eine Art Putsch anzuzetteln.
„Nun, ich fürchte, das ist zu heikel für mich", sagte ich schließlich und ergänzte hastig, als ich ihre nun ängstlichen Gesichter sah. „Aber ich werde euch natürlich auch nicht verraten! Darauf geb' ich mein Wort."
Die Verschwörer sahen zwar nicht gänzlich überzeugt aus, doch nach einer kurzen Pause ergriff Sven erneut das Wort.
„Nun gut, du kannst es dir ja noch überlegen! Aber glaub mir. Wir haben Großes vor. Bald schon wird es in „Weber-

stadt" sehr viel gerechter vor sich gehen, das kannst du uns glauben."
Nachdenklich geworden machte ich mich auf den Rückweg. Soweit war es schon gekommen. Eine Rebellion unter Palmen... Das wäre schon was.
Als ich dann endlich wieder in Weberstadt ankam, gab es die nächste Überraschung zu erleben. Ich erreichte das Lager gerade rechtzeitig, um mitanzusehen, wie Arbeitsgruppenführer und inzwischen auch begeisterter GaS-Mann Jochen, gemeinsam mit dem Verkünder Lutz, damit beschäftigt war, ein neues Gesetzesblatt an den Fahnenmast anzubringen, auf dem inzwischen kaum noch ein freier Platz zu finden war.
„Guten Morgen", begrüßte mich mein Arbeitsgruppenführer, und ich nickte ihm bemüht freundlich zu. Sein GaS-Abzeichen leuchtete sichtbar im Licht der inzwischen vollends aufgegangenen Sonne. Mit düsterer Vorahnung blickte ich auf den neuen Gesetzestext in der gewohnten Handschrift des Kapitäns.

Sehr geehrte Gestrandete,

sicher ist euch aufgefallen, dass die schönen Zeiten des Sommers langsam zu Neige gehen und mit ihnen unsere überschüssigen Vorräte. Der Winter rückt nun immer näher und trotz des immensen Fleißes unserer Jäger, Sammler und Bauern (ein Hoch auf unsere fleißigen Arbeiter) müssen wir alle für die nächste Zeit einige Abstriche machen. Dies bedeutet, dass wir an Lebensmitteln sparen sollten und das gute Essen gezielter einsetzen müssen. Ich selbst werde natürlich mit gutem Beispiel vorangehen und nur noch Suppe essen.

Doch ein Opfer, lediglich von meiner Seite aus, wird natürlich nicht genügen. Um diesen Versorgungsengpass gut zu überstehen, werdet ihr sicher Verständnis dafür haben, dass ich gezwungen bin, folgendes Gesetz zur Lagerversorgung zu erlassen:

Notstandsgesetz zur Lagerversorgung
(§1)
Hiermit wird eine Kürzung der Essensrationen angeordnet, um über den harten Winter zu kommen. Auf Fleisch wird ganz verzichtet werden müssen. Lediglich jene, die sich nachweislich für die Gesellschaft verdient gemacht haben, dürfen weiterhin mit ihren Fleischrationen rechnen.

Ich hoffe auf euer Verständnis.
Kapitän Weber

Diese Nachricht hatte gesessen. Kaum einer war mit dem neuen Gesetz zufrieden. Klar musste man damit rechnen, dass das Nahrungsmittelangebot gegen Winter zur Neige geht, aber als wir die neuen und vor allem kläglichen Essensrationen sahen, ging ein Aufschrei um in Weberstadt. Weiter aufgeheizt wurde die Stimmung von Gerüchten, die den Umlauf machten. Es hieß, eine der Köchinnen könnte bezeugen, dass der Kapitän mit seinen Offizieren ein Festmahl verschmaust hätte. Es soll gebratenen Schweinerücken gegeben haben. Sven erzählte diese Geschichte jedem, der sie hören wollte und machte sich dadurch noch unbeliebter bei den GaS-Männern, als er es ohnehin schon war.
Die Stimmung kochte sich so sehr auf, dass sich die Offiziere gezwungen sahen, den „normalen" Gestrandeten immer-

hin ein Stück Fleisch die Woche zuzugestehen. Als Lutz diese Nachricht verkündete, grinste er fröhlich in die Runde und machte ein Gesicht wie ein Weihnachtsmann.
Als er merkte, dass die Freude darüber eher mäßig ausfiel, denn der Zorn der Gestrandeten war noch immer nicht abgeklungen, drehte er sich rasch um und stapfte, etwas eiliger als sonst, zurück in die Kapitänshütte.

Ich beobachtete die Vorgänge in Weberstadt jetzt mit wachsendem Argwohn. Die schlechter werdende Stimmung gefiel mir auf Dauer ganz und gar nicht. Die tägliche harte Arbeit, der immer gleiche Rhythmus und nicht zuletzt das schlechte Essen machte die Menschen zunehmend gereizter. Oft beobachtete ich heimlich Sven und die anderen. In der täglichen Arbeit ließen sie sich nichts anmerken und verhielten sich unauffällig. Während meines morgendlichen Spaziergangs allerdings hörte ich immer wieder ihre Stimmen aus der Ferne. Ich ging nicht noch einmal rüber zu ihnen, war mir aber dennoch sicher, dass sich hinter dieser Klippe etwas zusammenbraute. Sie würden irgendwas aushecken, da war ich mir sicher. Aber was war es?

Große Feste schöpfen Kraft und Freude

Die Stimmung blieb auch über die nächsten Tage hinweg schlecht und offenbar schien ich nicht der Einzige zu sein, der darüber besorgt war. Kapitän Weber hatte sich anscheinend ähnliche Gedanken gemacht und war zu dem glorreichen Schluss gekommen, ein Fest könnte die allgemeine Stimmung aufhellen.
Ein Geheimnis großer Politik ist schließlich die Ablenkung. Nichts stimmt ein Volk milder, als ein Grund ausgelassen zu feiern. Das wussten schon die alten Römer mit ihren eindrucksvollen Arenen. Und egal ob Gladiatorenkampf oder Fußball-WM im eigenen Land, ein gesellschaftliches Großereignis spielt einer Regierung immer in die Karten.
Ein Fest musste also her und welcher Anlass schien besser dafür geeignet, als die Fertigstellung der neuen Residenz des Kapitäns.
Das für unsere Verhältnisse geradezu pompöse Gebäude stand kurz vor der Vollendung und Kapitän Weber war voller Stolz angesichts seines Bauwerkes.
Also stolzierte Lutz auf den Fahnenplatz und erklärte den nächsten Abend zum großen Festtag. Niemand solle morgen arbeiten, stattdessen ständen das Feiern und die Erholung auf der Tagesordnung. Die GaS-Männer hatten sich allesamt in einer Reihe hinter dem Verkünder aufgestellt

und klatschten bei seinen Worten demonstrativ in die Hände. Vollkommen synchron setzten sie anschließend ein breites Lächeln auf, welches eher wie eine Grimasse aussah und irgendwie verdächtig einstudiert wirkte.
Die meisten Bewohner von Weberstadt jedoch schienen ehrlich erfreut. Endlich einmal ein Tag ohne Arbeit. An einen freien Tag konnte sich seit dem Moment ihrer Strandung niemand mehr erinnern. Endlich einmal Pause mit der Schufterei!
Die positive Stimmung schien sich wie ein Lauffeuer zu verbreiten und schließlich waren sie allesamt berauscht von Vorfreude.
Sitzgelegenheiten wurden hergerichtet, Fleisch für alle vorbereitet, Tänze einstudiert, und sogar noch einige übriggebliebene Alkoholreserven mobilisiert.
Der große Tag kam schließlich und alle waren voller Erwartung. Selbst den sonst so rebellischen Sven sah man eifrig mithelfen, ein Lagerfeuer zu errichten.
Dann schließlich, als es Abend wurde, saßen alle versammelt um das große Lagerfeuer, über dem Viktor ein Wildschwein aufgehängt hatte.
Irgendwie war es ein harmonisches Bild nach so viel Unruhe und Ärger. Ich fühlte mich seit langem wieder wohl in meiner Haut.
Plötzlich stand Francois auf und räusperte sich. Alle sahen ihn gespannt an. Vielleicht auch etwas angstvoll, denn man fürchtete schon, er könnte die angenehme Stimmung trüben. Doch stattdessen öffnete er den Mund und begann zu singen. Entspannt lehnte ich mich zurück und lauschte den melodievollen Klängen. Er sang von einer Gemeinschaft auf einer einsamen Insel. Von Liebe und Heimweh, Zusammenhalt und Unbehagen. Eine Gruppe Frauen stand auf

und fing zu Tanzen an. Ich beobachtete sie neugierig. Sie hatten ihre Schritte den Tag über geprobt und was nach einfachen Drehbewegungen aussah, waren in Wahrheit penibel einstudierte Tanzschritte. Sie sahen allesamt sehr ausgelassen aus und für einen Moment meinte ich so etwas wie Sorglosigkeit in ihren Gesichtern erkennen zu können. Eine Gefühlsregung, die ich schon lange bei keinem Menschen mehr beobachtet hatte.
Der Abend verlief ausgelassen und fröhlich. Selbst die Offiziere und GaS-Männer ließen sich von der Stimmung anstecken, tanzten, sangen und sahen glücklich aus. Verstohlen sah ich zu Sven und den anderen „Rebellen" rüber. Vielleicht sollte dieser Tag der Anfang einer Versöhnung sein, die schon lange mal überfällig gewesen wäre.

Als schließlich die Nacht hereinbrach, zogen sich einige Weberstädtler in ihre Decken zurück. Doch viele hielt es am heutigen Tage länger auf den Beinen als gewöhnlich.
Ich ließ meinen Blick über die Feiernden streifen und blieb bei Offizier Stahl hängen. Er saß in einer Runde aus mehreren Offizieren, die sich zusammengerottet hatten, offenbar, um unsere letzten Reste Alkohol zu genießen. Der Anführer der GaS wirkte schon etwas benommen. Glucksend blickte er in seinen Becher, dessen Inhalt sich dem Ende neigte. Johlend rief der Offizier nach mehr, doch eine der Küchengehilfinnen schüttelte nur ängstlich den Kopf. „Das war's, Herr Offizier! Mehr haben wir nicht. Sie haben den letzten Rest getrunken…"
Wütend schlug Stahl auf den Tisch. In so einer Verfassung wie jetzt hatten wir ihn noch nie gesehen. Sichtbar betrun-

ken und laut hörbar beschwerte er sich über die leeren Alkoholvorräte und musste dabei von einem seiner Untergebenen gestützt werden, um nicht vornüber zu kippen.
„Guckt nicht so blöd, ihr faulen Schweine", schnauzte er in die kalte Nachtluft. „Man sollte einen von euch aufknüpfen, damit ihr besser spurt."
Erschrocken sah ich mich um. Einige Gestrandete in Hörweite hielten augenblicklich inne und machten sich erschrocken davon. Auch ich war bemüht, den Kopf einzuziehen und wegzuschauen.
Doch einmal in Rage schien sich Stahl nicht mehr beruhigen zu lassen. Er schrie herum und zitterte am ganzen Körper voller Wut und Alkohol, bis einige der Offiziere ihn schließlich mit sanfter Gewalt in sein Zelt begleiteten.
Nach diesem Zwischenfall war mir die Lust am Feiern vergangen und auch die anderen Gestrandeten schienen das ähnlich zu sehen, sodass nur wenig später Ruhe einkehrte im Lager.
Ich schlief schließlich mit gemischten Gefühlen ein. Zum einen aufgewühlt von den Annehmlichkeiten des Festen, zum anderen irritiert von den Worten des GaS-Anführers. Diese hatten wenig nach Gemeinschaft geklungen. Mehr als würde man uns tatsächlich wie Sklaven halten.

„Stahl hat recht! Die Situation gerät allmählich aus dem Ruder. Wenn wir nichts unternehmen, wird hier bald eine handfeste Revolte angezettelt und dann ist es vorbei mit unseren feinen Privilegien", der junge Offizier schien voller Tatendrang. „Lasst uns etwas unternehmen!"

Die Gruppe nickte zustimmend und Lutz flüsterte leise aber mit fester Stimme. „Alles für die Gemeinschaft! Unser Leben für Weberstadt!"

Zwar betrunken vom Alkohol, aber dennoch in fester Entschlossenheit, zog die Gruppe los. Um zu tun, was getan werden musste, um endlich wieder für Ruhe zu sorgen. Oben beleuchtete der volle Mond die Szenerie in düsterem Licht und unten taten die Vasallen ihr schändliches Werk.

Ich wachte am nächsten Morgen um sechs in der Früh auf. Wie jeden Morgen. Die Gewohnheit ist etwas Schönes. Selbst das große Fest am Vorabend konnte mich nicht von meinem Morgenspaziergang abhalten.

Leise stand ich auf, um niemanden zu wecken und kleidete mich an. Gleich würde ich zum Meer gehen, mich waschen und schließlich einen herrlich erholsamen Spaziergang am Strand beginnen. Doch heute kam alles anders.

Kaum hatte ich mir den Schlaf aus den müden Augen gewischt (die Party hatte mir mehr zugesetzt, als ich mir eingestehen wollte), hörte ich jemanden schreien. „Sven? - Sven???", und dann noch einmal lauter und um einiges schriller: „SVEEEEN!"

Ich schaute nach der Quelle des Geschreies und erblickte Paul. Der Küchengehilfe, der vermutlich versucht hatte, Sven zu ihrem konspirativen morgendlichen Geheimtreffen zu wecken, schrie nun nach Leibeskräften und im Nu war das ganze Lager auf den Beinen.

Ich erreichte als einer der Ersten Svens Schafplatz und sah das gesamte Ausmaß des Schreckens. Paul hatte Sven vermutlich beim Wecken herumdrehen wollen, mit dem kleinen Hindernis, dass sich sein Kopf offenbar nicht so recht mitdrehen wollte. Genauer gesagt, war sein Kopf nur noch über einen kleinen Streifen Haut mit dem restlichen Körper verbunden. Jemand musste dem armen Sven offensichtlich im Schlaf den Hals von einem Ohr zum anderen aufgeschnitten haben. Getrocknetes Blut bildete eine riesige Lache rund um seinen Kopf und es schien mir unfassbar, dass Paul offenbar gedacht hatte ihn „aufwecken" zu können. In Panik tun Menschen anscheinend recht merkwürdige Dinge.

„Möööööörder!", rief Paul und zeigte mit zitterndem Finger auf die im frischen Glanz strahlende Residenz der Offiziere. Unter dem erschrockenen Raunen der Zuschauer fuhr er fort. „Sie haben ihn umgebracht! Sie wollten an ihm ein Exempel statuieren!"

Plötzlich tauchte Lutz wie aus dem Nichts auf „Schaut nur!", rief er und deutete auf eine Stelle ca. einen Meter von Svens Leiche entfernt. „Da liegt ein Messer!"

Ich blickte auf die blutverschmierte Klinge mit einem verzierten schwarzen Griff. Sofort erkannte ich es wieder. In der Tat würde ich es nie vergessen. Den Umstehenden ging es offenbar ähnlich. „Franks Messer", rief Lutz knapp, als wäre die Sache damit erledigt.

Die Gestrandeten sahen wie in Trance immer wieder zwischen Svens verstümmelten Hals und dem Messer in Lutz Hand hin und her. Stille. Dann tauchte plötzlich Offizier Stahl auf. Der Anführer der GaS wirkte gefasst und im Gegensatz zum Vorabend wieder völlig Herr seiner Sinne.

„Der Terrorist hat wieder zugeschlagen!", rief er und blickte achtungsheischend in die verängstige Menge. „Alle, die an seiner Gefährlichkeit gezweifelt haben, sollten nun eines

Besseren belehrt worden sein! Doch sorgt euch nicht Gestrandete von Weberstadt. Meine GaS wird euch beschützen und den Übeltäter zur Strecke bringen."

Die Tage wurden kürzer und die Nächte kälter. Winter war hereingebrochen in unserem Lager. Nur wenige Tage nach Svens Ermordung hatte es zu schneien begonnen und die ersten Flocken bedeckten nun sein Grab, das etwas weiter abseits vom Lager angelegt worden war. Es lag direkt neben der letzten Ruhestätte von Franks erstem Opfer.
Der Schnee hüllte den Friedhof in seine weiße Unschuld und nur die Tränen der Gestrandeten erinnerten noch an das Leid, das den beiden widerfahren war.
Die Menschen hatten längst den Überblick verloren über Gut und Böse. Natürlich fragten sie sich, ob tatsächlich Frank der Täter war. Aber machte es für sie überhaupt einen Unterschied, wer getötet hatte? Tatsache blieb, dass bereits zwei von ihnen tot waren. Ermordet. Paul und die anderen Rebellen erzählten hinter vorgehaltener Hand allen, die es hören wollten, von ihrer Version. Das Offizier Stahl den aufsässigen Sven im Suff getötet hätte und sie fanden durchaus Anhänger ihrer Theorie.
„Man sollte einen von euch aufknüpfen, damit ihr besser spurt!" Das waren doch schließlich Stahls Worte gewesen, bevor er sich betrunken in seine Hütte zurückgezogen hatte. Andere wiederum waren vollkommen entgegengesetzter Meinung. Sie waren froh, dass es die GaS gab und die Gestrandeten vor dem verrückten Massenmörder, der irgendwo im Wald lebte, schützen würde. Paul und die übrigen Rebellen nannten sie nur abfällig „Verschwörungstheoreti-

ker". Ein schönes Wort. Laut Definition sind Verschwörungstheoretiker Menschen, die die Wahrheit nicht anerkennen wollen und sich deshalb ihre eigene Erklärung suchen. Sie argumentieren innerhalb eines selbst erstellten Konstrukts aus Halbwahrheiten und zurechtgerückter Realität. Doch sollten wir bei dieser Definition nicht vergessen, dass Menschen, die andere als Verschwörungstheoretiker bezeichnen, das Wissen über die absolute Wahrheit ebenfalls für sich beanspruchen. Sie implizieren in diesem Zusammenhang zu wissen, was Wahrheit ist und was Verschwörung. Diese Wahrheit jedoch wird meist nur angenommen aufgrund der simplen Mehrheitsvermutung. Frei nach dem Motto: was die Mehrheit denkt, ist Wahrheit, woran die Minderheit glaubt, Verschwörung.
Da drängt sich doch ohne Zweifel der Gedanke auf, dass es letztendlich doch immer die Querdenker waren, die eine Gesellschaft vorangetrieben haben, die Skandale aufdeckten, die große Erfindungen ermöglichten. Hätten wir nicht ohne Verschwörungstheoretiker immer noch die Angst, von der Erdplatte fallen zu können? Doch eines möchte ich an dieser Stelle nicht abstreiten. Wie ich ganz klar zugeben muss, war ich mir damals auch recht unsicher darüber, was ich eigentlich glauben sollte.
Während der Beerdigungszeremonie hatte Kapitän Weber eine seiner beeindruckendsten Reden gehalten. Er sprach von Kameradschaft und Zusammenhalt. Die GaS, welche die Bewohner schützen werde und ab jetzt tägliche Expeditionen in den Wald unternehmen würde, um den Terroristen zu stellen. Überhaupt schien die einst verhasste Lagersicherheit eine ganz neue Existenzberechtigung erhalten zu haben. Nun war sie fast überall anerkannt und viele der Gestrandeten waren ihr sogar dankbar. Weber schloss mit

den Worten, dass alles nun seinen gewohnten Gang weitergehen sollte und man sich durch den Terrorismus nicht einschränken lassen werde. Er würde dafür sorgen, dass sich kein Bewohner von Weberstadt mehr fürchten müsse.

Doch ich spürte, dass Paul und die anderen Rebellen keineswegs überzeugt waren. Häufig sah man sie die Köpfe zusammenstecken und leise gestikulieren.

Während meiner morgendlichen Spaziergänge sah ich häufig zu dem Felsvorsprung hinüber und malte mir aus, wer wohl alles dahinter sitzen und diskutieren würde.

Eines Tages tauchten sogar geheimnisvolle Bekennerbriefe auf. Ich saß gerade am Strand, als Lutz alle zusammentrommelte und sie der staunenden Menge präsentierte. Mal wurden sie an einen Baum am Waldrand geheftet, mal lagen sie in einer Flasche am Strand. Der Inhalt war im Wesentlichen immer derselbe. „Ich, Frank, der sogenannte Terrorist, werde eure Gesellschaftsordnung zerstören. Ich werde euch büßen lassen für die Ungerechtigkeit, die ihr mir angetan habt."

Paul und die anderen beeindruckten diese Botschaften jedoch wenig. Einmal sah ich sie sogar die Augen verdrehen und Francois verbittert auflachen, als Lutz sich mit einem angeblich neuen Brief von Frank wieder einmal an die versammelten Gestrandeten wandte.

Die Fronten waren verhärtet und so wunderte es mich wenig, als ich eines Nachts von einem lauten Krach geweckt wurde.

Noch halb im Schlaf fuhr ich hoch und erwartete mal wieder das Schlimmste. In der tiefen Dunkelheit waren einige

vermummte Gestalten zu erkennen, die offenbar wild johlend in Richtung Wald davonliefen.
Im Nu war das gesamte Lager auf den Beinen und Mitglieder der GaS, die sich eiligst ihre Abzeichen an den Oberarm geheftet hatten, liefen mit Fackeln bewaffnet den Flüchtigen hinterher, um dann Minuten später mit enttäuschten Gesichtern wieder zurückzukehren.
„Sie sind im Wald verschwunden", prustete Jochen völlig außer Atem. „Da kriegen wir sie bei dieser Dunkelheit nie…" Noch völlig verwirrt von dem, was hier offenbar gerade um mich herum geschehen war, sah ich in die Runde. Offizier Stahl war außer sich. Sein langer schwarzer Schnurrbart bebte, als er schrie: „Diese Verräter! Die werd' ich eigenhändig erwürgen!" Er deutete auf den Platz, an dem vorher der Mast mit der Flagge von Weberstadt gestanden hatte. Jemand hatte ihn offenbar gefällt. Die Fahne lag beschmutzt auf der Erde. Das Symbol mit den beiden ineinander liegenden Kreisen war zerrissen worden. Lutz fing augenblicklich an zu heulen wie ein kleiner Junge. Ich sah, peinlich berührt vom Verhalten unseres Verkünders, zu Boden. Doch niemand lachte über ihn. Lutz genoss offenbar zum ersten Mal in seinem Leben eine gewisse Autorität, sodass es keiner wagte, sich über ihn lustig zu machen. Auch den GaS-Leuten war absolut nicht zum Lachen zumute. Wütend blickten sie in die Runde und ballten die Fäuste, als wäre jeder Einzelne der Gestrandeten mit Schuld an diesem abscheulichen Verbrechen. Der Kapitän schritt aus seiner Residenz und plötzlich wurde es totenstill im Lager. Gebannt waren alle Augen auf ihn gerichtet.
„Wer fehlt?", fragte er knapp.
„Ich werde sofort eine Zählung veranlassen", antwortete Offizier Stahl ehrerbietig.

Es stellte sich heraus, dass insgesamt sechs Männer und vier Frauen fehlten. Darunter, wie zu erwarten, Paul und Francois. Herr von Wanzen jedoch, von dem ich wusste, dass er ebenfalls heimlicher Sympathisant der Rebellen war, hielt sich noch immer im Lager auf, wenn auch kreidebleich vor Schreck.

Seebestattung

Krisensitzung im Kapitänshaus. Die Offiziere saßen um einen großen Holztisch, an dessen Ende Kapitän Weber Platz genommen hatte. Links von ihm saß Stahl, zu seiner Rechten Lutz. Allesamt wirkten äußerst angespannt. An jeder Ecke des Raumes stand ein GaS-Matrose und auch vor der Eingangstür waren einige von ihnen postiert, um den Versammelten eine gewisse Privatsphäre zu ermöglichen.
„Meine Herren", begann Weber. „Es ist etwas eingetreten, vor dem ich immer gewarnt habe. Eine Gruppe Rebellen hat sich abgesetzt, um unsere friedliche Gemeinschaft auf das Schändlichste zu stören. Es ist an der Zeit, entschieden hiergegen vorzugehen, um unsere Gesellschaft zu schützen. Wir werden nun hart durchgreifen, mit voller Entschlossenheit kämpfen und mit eisernem Besen kehren müssen."
Der Kapitän sah mit gewichtiger Miene in die Runde und die versammelte Regierung von Weberstadt nickte zustimmend. Lutz schlug krachend seine Faust auf den Tisch und schrie. „Tod den Verrätern!"
Der Verkünder sah Zustimmung suchend in die Runde. Es wurde still. Man sah sich verstohlen an. Schließlich ergriff Stahl die Initiative und stand auf. Er begann langsam, aber bestimmt in die Hände zu klatschen. Der Schall hallte durch die Kapitänsresidenz, wie bedrohliche Trommel-

schläge und schon erhoben sich ein zweiter und auch ein dritter Offizier von ihren Stühlen. Schließlich stand der ganze Raum auf und klatschte. Zunächst rhythmisch und monoton, dann immer überschwänglicher, bis die Geräusche letztendlich einem wilden und entschlossenen Trommelfeuer glichen, welches das Volk am Strand ängstlich zusammenschrecken ließ.
Weber hob die Hand und von einer Sekunde auf die andere wurde es totenstill im Raum.
„Setzen Sie sich, meine Herren. Wir haben ein weiteres Problem zu besprechen. Es geht um den Terroristen Frank. Wie ich Ihnen bereits mitgeteilt habe, lebt dieser in einer Hütte draußen im Wald, die in aller Geheimhaltung erbaut wurde. Er war sehr nützlich, um der GaS eine Existenzberechtigung zu geben und hat seinen Zweck bis dato auch gut erfüllt. Die Gestrandeten wurden im Zaum gehalten und dementsprechend vor ihrer eigenen Dummheit geschützt. Doch was, wenn die Rebellen ihn im Wald entdecken? Was, wenn er ihnen erzählt, dass er die ganze Zeit über friedlich in seiner Hütte gelebt hat? Wenn sich das rumspricht, käme es unserem Ende gleich. Dann wäre unser Traum von einem perfekten Zusammenleben geplatzt. Unser Ziel von einer idealen Gesellschaft wäre am Ende. Und darum frage ich euch: Können wir das zulassen?"
Gewalt kann zu vielen Zwecken dienen; zur Notwehr, zur Einschüchterung, zur Durchsetzung seiner Ziele, zur Verteidigung seiner Ziele, zum Machtgewinn, zur Verhinderung von Machtverlust und vieles mehr. Menschen und vor allem Männer haben eine natürlich Neigung zur Gewalt. Denn ohne sie wären wir schon längst verhungert. Unter-

drücken tun wir diesen Aspekt lediglich durch anerzogene Regeln der Moral.
Doch was, wenn diese Regeln wegfallen? Ein starker Einflussfaktor spielt hierbei die Verantwortung. Genau wie auf den Gewaltverzicht wurden wir auch trainiert zu gehorchen. Wer kennt nicht den Satz seiner Mutter. „So etwas tut man nicht!" Dies ist ein wichtiger Lehrsatz, um uns die Gepflogenheiten der jeweiligen Gesellschaft einzutrichtern. Wenn wir nun unserem natürlichen Gewalttrieb freien Lauf lassen könnten und dabei die Verantwortung hierfür auf andere übertragen, so ist dies, wie makaber es auch klingen mag, ein Geschenk für die Seele. Ein Gefühl der Freiheit und des Urtriebes.
Das Töten auf Befehl kann eine gewisse Befriedigung geben, die organisierte Menschenjagt sogar „Spaß" machen. Auf diesen banalen Grundsatz stützen sich die Kriege dieser Welt.

Frank saß auf seiner Veranda und blickte in die Sterne. Der Himmel war klar, wie fast immer in diesem Inselparadies. Nur wurde es nachts oft auch eisig kalt, so wie an diesem Abend. Dann zog sich Frank für gewöhnlich in seine Hütte zurück und wickelte sich in seine Decken.
Eigentlich war er ganz zufrieden mit seiner Situation. Schließlich war es hier doch vergleichsweise komfortabel. Er machte Spaziergänge im Wald, streifte umher und hatte inzwischen sogar angefangen, seine Hütte mit einem kleinen Anbau verschönern zu wollen. Abends dann saß er auf der Veranda und schaute in die Sterne, so wie am heutigen Tag. Um sein Essen brauchte er sich keine Gedanken zu machen. Viktor kam inzwischen einmal täglich zu ihm und brachte etwas Köstliches mit. Lediglich ein wenig einsam

war es und Frank freute sich immer sehr darauf, wenn er mit dem schweigsamen Koch einige Worte wechseln konnte. In der Zwischenzeit waren sie so etwas wie Freunde geworden. Sie unterhielten sich oft lange, bis Viktor sich dann wieder auf den Rückweg machte. Zumeist war es jedoch Frank, der redete wie ein Wasserfall. Schließlich hatte sich den Tag über immer einiges angestaut, was er unbedingt jemandem erzählen wollte. Der Koch brummte meist nur, als Zeichen, dass er zuhörte, doch Frank wurde nicht müde, seinem Gast Bericht zu erstatten, wie langweilig seine Erlebnisse auch sein konnten, denn viel erleben tat er verständlicherweise nicht.
Heute war Viktor jedoch nur kurz geblieben und wirkte sehr angespannt. Kaum hatte er Frank seine Essensration hingestellt, verschwand er auch schon wieder. Was im Lager wohl vor sich ging? Frank hatte bis auf den Koch keinen Kontakt mehr zur „Außenwelt" und fühlte sich sehr abgeschnitten. Doch kam er auch nie auf den Gedanken, nach Weberstadt zurückzukehren. Dafür hatte er viel zu sehr Angst. Der Kapitän hatte ihm schließlich unmissverständlich klargemacht, was dann mit ihm geschehen würde. So blieb dem Matrosen nichts anderes übrig, als das Spiel mitzuspielen und sich in seiner Hütte zu verkriechen.
Frank begann nun leicht zu zittern und beschloss, sich in seine Behausung zurückzuziehen. Leise zog er die Tür hinter sich zu, schob einen großen Holzriegel davor und entschied noch etwas von dieser köstlichen Suppe zu essen, die ihm Viktor heute Morgen so wortlos hingestellt hatte. Sie war mittlerweile kalt geworden. Schlürfend setzte er sich

mit der Schüssel auf eine Decke und warf eine andere über seine Beine.

Plötzlich glaubte er, etwas gehört zu haben. Frank hielt inne und lauschte in die Nacht. Da war es wieder: Schritte. Da waren eindeutig Schritte. Sie schienen von draußen zu kommen. Inzwischen war es dunkel geworden und Frank tastete sich vor, bemüht, keine Geräusche zu verursachen. Er wusste genau, wonach er suchte. Auf einem kleinen Stehtisch nahe dem Bett stand seine Laterne. Viktor hatte sie ihm zum Wintereinbruch mitgebracht, damit sie in den dunklen Nächten Licht spenden konnte. Hastig zündete er sie an. Der Raum wurde zwar nicht sehr hell, doch in ihrem flackernden Licht fühlte sich Frank etwas sicherer. Wieder waren da diese Schritte. Diesmal konnte es keinen Zweifel geben. Es war jemand auf dem Weg zu ihm. Er hörte den Holzboden der Veranda knarren. Plötzlich musste er an das Messer denken. Viktor hatte es ihm nach seinem Einzug in die Hütte zunächst zurückgegeben, um es dann vor ein paar Tagen wieder wortlos wegzunehmen. Hätte er doch nur protestiert. Jetzt vermisste er es schmerzlich. Mit dem Messer bewaffnet würde er sich sicherer fühlen, doch nun kam er sich völlig schutzlos vor.

Während er noch darüber nachdachte, einfach aus dem Fenster zu springen und davonzulaufen, klopfte plötzlich jemand gegen die Tür. Klopfen war vielleicht zu sanft ausgedrückt - vielmehr war es ein lautes Hämmern.

„Wer ist da?", frage Frank ängstlich.

Zunächst antwortete niemand, doch dann antwortete eine Stimme. „Hier spricht die Lagersicherheit. Öffnen Sie sofort die Tür, oder wir brechen sie auf."

Ängstlich wog Frank seine Chancen ab. Sollte er wegrennen? Doch dann entschied er sich anders und entfernte den

Holzriegel. Wenn sie ihn töten wollten, hätten sie es wohl getan, als er noch an einen Baum gefesselt war. Ein gefährlicher Irrtum.

Kaum hatte er die Tür geöffnet, schoben sich fünf GaS-Männer in den Raum, angeführt von Lutz.

„Ha! Wen haben wir denn da?", feixte der Verkünder. „Unseren Terroristen." Frank schüttelte verständnislos den Kopf. „Was faselst du denn da? Natürlich bin ich hier. Ihr habt mich doch auch schließlich hergebracht!? Und warum in aller Welt nennst du mich einen Terroristen?" Doch Lutz lachte nur abfällig, während die anderen GaS-Mitglieder nervös durch den Raum blickten.

„Du hast deine Rolle gespielt, Frank. Wir brauchen dich nicht mehr!"

„Was soll das heißen? Meine Rolle gespielt? Ich war doch die ganze Zeit nur hier. Ich schwör's!", rief Frank mit einer Spur Panik in der Stimme, woraufhin Lutz nur noch lauter lachte. Schließlich entgegnete der Verkünder. „Und genau das solltest du ja auch! Gut gemacht! Aber nun ist's genug. Ich fürchte, wir müssen dich wieder fesseln, Frank. Dreh dich um!"

Entsetzt schaute Frank in die Runde. „Das kann doch nicht euer Ernst sein. Ich habe mich an die Abmachung gehalten. Ich will nicht wieder an den Baum."

„Umdrehen und die Hände hinter den Rücken! SOFORT!", schrie Lutz. „Wird's bald? Oder müssen wir nachhelfen?"

Frank sah sich um und berechnete erneut seine Chancen. Die GaS-Männer hatten ihn inzwischen eingekreist. Offenbar blieb ihm keine andere Wahl. Widerwillig drehte er sich um und verschränkte seine Hände hinter dem Rücken, in voller Erwartung auf die unangenehmen Fesseln. Dann ging alles sehr schnell. Er spürte es kaum, schon war es vorbei. Schlaff fiel Frank auf die Knie und kippte vorne über. Sein Gesicht lag nun platt auf dem Boden. Der Körper zitterte noch eine Weile in einem aussichtslosen, verzweifelten Kampf. Er spürte die Wärme seines eigenen Blutes und spürte den Riss in seinem Fleisch. Doch schließlich kam er zur Ruhe, lag da wie ein Schlafender in einem roten Teich. Nur die Augen würden niemals schlafen und auch niemals ihren im Entsetzen aufgerissenen Ausdruck verlieren. In einer Lache aus Blut lag sein Körper und in seinem Rücken, da stecke ein Messer.

Bloß weg mit ihm. Bloß weg. Wenn sein Körper verschwindet, verschwindet ein Stück Erinnerung und mit einem Stück Erinnerung auch ein Stück der Schuldgefühle. Er darf nie gefunden werden. Die Geschichte könnte auffliegen. Die Gestrandeten könnten erkennen. Die Leiche muss weg.
Aufgrund dessen zog man Frank, an den Beinen gepackt, durch den Wald. Hier und da schlug der leblose Kopf gegen einen Baumstamm. Hier und da verhakten sich die Arme im Gestrüpp. Doch man nahm keine Rücksicht, sondern zerrte mit hastiger Gewalt.
Endlich war man an der Klippe angekommen. Es wurde Zeit. Die blutige Nacht neigte sich ihrem Ende. Die ersten Morgenstrahlen tauchten am Horizont auf. Rechts des Felsens begann Weberstadt zu erwachen, links des Felsens war der alte Versammlungsort der Rebellen gewesen. Doch nun waren beide Seiten wie ausgestorben. Keine Menschenseele in Sichtweite. Frank wurde bis zum Rand der Klippe

gezogen, der noch ein gutes Stück weit über das Wasser reichte. Dann ein Heben, ein Schwingen und ein Werfen. Jetzt war es vollbracht. Die Tat getan. Das Werk beendet. Erleichtert wollte man sich schon das Blut von den Händen waschen und sich wieder dem Alltag im Lager widmen, da schrie einer von ihnen auf. „Das gibt's doch nicht! Schaut mal da drüben am Strand. Ich glaube, wir wurden beobachtet." Alle blickten entsetzt in Richtung Weberstadt und in der Tat, in der Ferne stand ein kleiner Punkt wie erstarrt dar und blickte auf die Szenerie. Offenbar ein einsamer Wanderer, aufgeschreckt bei seinem täglichen Morgenspaziergang...

Ich stand an diesem Tag besonders früh auf. Die Kälte der Nacht hatte mich abends lange wachgehalten und morgens früh geweckt. Genervt wickelte ich mich tiefer in meine Decken ein, verfluchte leise die Offiziere in ihren warmen Hütten und drehte mich wieder auf die Seite. Doch vergebens, ich war wach und würde diese Nacht keinen Schlaf mehr finden. Wieso also nicht aufstehen und meinen ausgiebigen Spaziergang etwas früher beginnen.
So kam es dazu, dass es noch dunkel war, als ich mich schließlich auf den Weg machte. Ich zog mich also an und lief los, noch schläfrig von der viel zu kurzen Nacht. In Gedanken versunken spazierte ich am Strand entlang, den Blick auf das Meer gerichtet. Es war für uns Gestrandete Gefängniswärter und Hoffnung zugleich. Zum einen stand es zwischen uns und der Freiheit, zum anderen hofften wir, irgendwann einmal am Horizont ein Schiff zu entdecken,

das uns retten würde. Die Gedanken an eine mögliche Rettung waren in letzter Zeit wieder stärker geworden. Um ehrlich zu sein, ging es einigen von uns ziemlich schlecht. Ihr Mut, ihre Kraft, ja sogar ihre Hoffnung war am Ende.
Auch ich zweifelte an diesem Morgen an allem, was mir vor die Augen trat. Die Insel, die Gesellschaft, die Menschen, sogar am Sinn meines Überlebens.
Während ich so vor mich hinüberlegte und gedankenverloren herumschlenderte, zeigte die Sonne ihre ersten Strahlen des Tages und erhellte die Szenerie. Sie warf ihr wärmendes Licht auf das spiegelnde Meer, den Sandstrand, die Klippen und eine Gruppe vermummter Männer, die gerade dabei waren, eine Leiche zu entsorgen.
Ich blieb wie angewurzelt stehen. Es dauerte eine Weile, bis ich verstand, was da gerade vor sich ging. Ich konnte keine Einzelheiten erkennen, das Wesentliche aber bekam ich mit. Hier verwischte offenbar eine Gruppe von Mördern ihre Spuren.
Bevor ich irgendwie hätte reagieren können, hatten sie mich bereits bemerkt. Einer der Männer schien in der Ferne seinen Arm zu heben und auf mich zu zeigen. Ich starrte auf seinen aus der Entfernung winzig erscheinenden Arm und mir lief ein eiskalter Schauer über den Rücken, als sein Umhang bei der Bewegung zurückrutschte und ein weiß leuchtendes Abzeichen offenbarte.
Ohne Zeit zu verlieren machte ich auf den Absatz kehrt und lief zurück ins Lager. In panischer Verzweiflung rannte ich wie um mein Leben. Was, wenn sie erkannt hatten, wer ich war? Würden sie auch mich töten?
Endlich erreichte ich meinen Schlafplatz, riss mir hastig die Klamotten herunter und wickelte mich wieder in meine

Decke. Dann drehte ich mich auf die Seite, schloss die Augen und versuchte, möglichst unschuldig auszusehen.
Du hast nichts gesehen! Bestimmt hast du dich geirrt, versuchte ich mir einzureden, doch es war zu spät. Ich war mir sicher, dass ich bei der Beseitigung einer Leiche zugesehen hatte. Doch wer war das Opfer und warum musste es sterben?
Um es vorwegzunehmen: Niemand schien mich als den Zeugen des Unrechts erkannt zu haben. Jedenfalls benahm sich keiner der GaS-Leute mir gegenüber besonders auffällig. Doch ich ertappte mich dabei, wie ich meinem Arbeitsgruppenführer Jochen immer wieder misstrauische Seitenblicke zuwarf, während ich Holz sammelte, Hütten baute oder Utensilien von A nach B trug.

Der Winter war hart und die Vorratslager nur noch knapp bemessen. Langsam machte sich Panik breit, die Offiziere würden uns mit ihrem exzentrischen Lebensstil noch das letzte Haar vom Kopf fressen.
Die GaS sah man zu aller Erleichterung nur noch selten. Tagsüber streiften sie zumeist durch den Wald auf der Suche nach den Rebellen, um dann abends mit erschöpften Gesichtern von ihrer erfolglosen Menschenjagd heimzukehren.
Was mir besonders auffiel, war der seltsam niedergeschlagene Gemütszustand von Viktor. Der Koch war zwar noch nie sehr redselig gewesen, doch so in sich gekehrt wie momentan hatte man ihn noch nie erlebt. Er saß den ganzen Tag auf einem abgeschlagenen Baumstamm vor der Küchenhütte und blickte mit leerem Gesichtsausdruck in die

Ferne. Auch beteiligte er sich nicht an der Rebellenjagd, so wie die anderen GaS-Männer, sondern saß bloß nur so da und schien nichts zu tun. Von morgens bis abends, von Tag bis Nacht.
Gerüchte wurden laut, der Hüne hätte vor lauter Hoffnungslosigkeit den Verstand verloren. Eine Vermutung, die kein gutes Licht auf die Regierung von Weberstadt warf. So war es auch nicht weiter verwunderlich, dass Offizier Stahl bestimmt dreimal täglich zu ihm herüberkam und ihn mal mehr mal weniger verständnisvoll dazu aufforderte, doch endlich wieder seinen Pflichten nachzukommen. Der Koch jedoch dachte gar nicht daran zu gehorchen. Er starrte nur weiter mit leerem Blick in die Gegend und tat, als würde er ihn gar nicht hören. Der GaS-Mann genoss im Lager eine gewisse Sonderstellung. Ich war mir sicher, dass jeder andere Bewohner Weberstadts für ein solches Verhalten an den Baum gehängt worden wäre. Doch vor Viktor hatte jeder Respekt und sei es nur aufgrund seiner beträchtlichen Größe und Muskelkraft.

Irgendwann allerdings wurde es Kapitän Weber dann aber zu bunt. Er nahm sich eines Abends Offizier Stahl zur Seite und wechselte einige ernste Worte mit ihm.
„Er muss wieder zur Vernunft gebracht werden. Sein Verhalten untergräbt die Moral des gesamten Lagers. Wenn sein Vorbild hier Schule macht, können wir einpacken!"
„Es ist wegen Frank, Sir. Er macht sich Vorwürfe. Offenbar haben sie eine Art Freundschaft entwickelt…", entgegnete Stahl verständnislos.
„Befreundet mit einem Terroristen? Wir sollten ihn lieber gleich aufhängen!", schnauzte der Kapitän. „Gibt es denn

keinen hier, der den großen Trottel zur Vernunft bringen kann?"
Lutz, der das Gespräch über stumm in der Ecke gestanden hatte, meldete sich nun zu Wort. „Sir, wenn es ihr Wunsch ist, Sir, dann werde ich das selbstverständlich übernehmen." Der Verkünder verbeugte sich unterwürfig, in der Hoffnung auf ein Lob von seinem angebeteten Führer.
Und tatsächlich. „Das freut mich zu hören, Lutz! Wenigstens auf Sie kann ich mich verlassen!" Dem Verkünder kamen bei diesen Worten die Tränen. Er verbeugte sich abermals und schluchzte völlig übertrieben. „Herr, ich danke Ihnen, Sir. Vielen Dank für diese Worte." Hastig wollte er sich auf den Weg machen, um den Befehl seines Meisters unverzüglich auszuführen. Der Kapitän jedoch hielt ihn noch einmal zurück. „Verkünder?"
„Ja, Sir?"
„Enttäuschen Sie mich nicht!"
„Niemals, mein Kapitän!"
Und dann lief er los, entschlossen, die Befehle des Kapitäns durchzusetzen.

„Hey du!", rief Lutz unwirsch. „Aufstehen! Wird's bald? Du hast hier deiner Arbeit nachzugehen, wie jeder andere von euch auch." Der Verkünder hatte so laut gesprochen, dass es um ihn herum still wurde im Lager. Gebannt hielten die Menschen mit ihrer Arbeit inne, um zu beobachten, was nun geschehen würde. Doch Viktor sah Lutz nur kurz und unbeeindruckt an, dann wandte er sich wieder ab.
Das schien den Verkünder noch mehr in Rage zu bringen. Wütend schnaubte er: „Kraft meines Amtes als rechte Hand

des Kapitäns befehle ich dir unverzüglich, deine Arbeit wieder aufzunehmen!"
Doch nun reagierte der Koch nicht einmal mehr.
„Es reicht! Viktor, geh sofort an die Arbeit, oder…", doch Lutz fiel nicht so recht ein, womit er dem 2-Meter-Riesen drohen konnte und beließ den Satz unvollendet.
„Oder was?", lachte einer der Zuschauer. „Willst du ihn etwa verprügeln?". In der Menschenmenge, die inzwischen eine Traube um die beiden gebildet hatte, brach schallendes Gelächter aus. Wut kochte in Lutz hoch. Der Verkünder drohte seine hart erworbene Unantastbarkeit zu verlieren. Das konnte er nicht zulassen, er, der nur zu oft in seinem Leben ausgelacht wurde. Endlich hatte er Autorität gehabt, endlich hatte sich niemand mehr getraut, ihn zu belächeln. Er wollte nicht mehr der Verlierer sein. Das durfte er nicht zulassen. Das war eine Beleidigung. Nie wieder sollte es jemand wagen, ihn zu beleidigen, dass hatte er sich geschworen.
Blind vor Wut holte er aus. Seine Faust traf Viktor hart an der Schläfe. Die Menge stöhnte überrascht auf, als der Kopf des Koches zur Seite kippte. Noch halb benommen vom Schlag richtete sich Viktor auf und stürzte sich auf Lutz.
Ich stand am inneren Rand der Menschengruppe und hatte so beste Sicht auf das Geschehen. Trotzdem konnte ich kaum etwas anderes wahrnehmen, als aufgewirbelten Sand, umherfliegende Fäuste und die Schreie des Verkünders. Der schmutzige Rauch legte sich schließlich und man sah Lutz auf dem Boden liegen. Blutend und die Augen voller Tränen des Schmerzes und der Niederlage.
Zornig lag er da und die Szenerie schien für einen Moment in diesem Bild zu erstarren. Lutz hechelte hörbar. Ich sah,

wie Viktor sich abfällig umdrehte und wieder seinen Platz einnehmen wollte.
Doch so einfach würde sich Lutz nicht geschlagen geben. Sein Leben lang wurde er geschlagen. Dieses Mal würde es anders sein. Dieses Mal war er nicht irgendein Verlierertyp. Diesmal war er Lutz, der Verkünder und der Verkünder würde so etwas niemals auf sich sitzen lassen.
Bebend vor Zorn richtete er sich auf. Ein wahnsinniges Lächeln machte sich auf seinem blutverschmierten Gesicht breit. Wie er so dastand und grinste, erweckte er den Eindruck eines Geisteskranken. Mir fiel zunächst gar nicht auf, was er dort in seiner rechten Hand hielt. Beim Aufstehen musste er einen schweren Ast vom Boden aufgehoben haben, mit dem er nun weit ausholte, bereit, ihn mit einem wuchtigen Schlag auf Viktors Hinterkopf niedersausen zu lassen.
„NEIN!", schrie plötzlich eine panische Stimme. Der kleine Robert war hervorgesprungen, um seinen Vater zu schützen. Lutz wollte den Schlag noch abbremsen, doch es war zu spät. Der harte Ast traf den Jungen direkt am Kopf. Noch bevor er auf dem Boden aufkam, war er tot.

Die Menge erstarrte. Alle starrten geschockt auf den niedergestreckten Jungen. Lutz stammelte. „Er...er hat sich mir in den Weg geworfen. Er...er ist selber schuld!"
Ich hörte Viktor aufheulen. Er kniete neben seinem Sohn, um festzustellen, dass er nicht mehr atmete. Wimmernd brach der Riese in sich zusammen.
„Ich...ich konnte nichts dafür! Ehrlich! Aber wer sich mir in den Weg stellt, muss bestraft werden", Lutz blickte unsi-

cher in die Runde. Einige Mitglieder der Lagersicherheit waren herbeigerannt, um die Menge auseinanderzutreiben. Viktor richtete sich zu seiner vollen Größe auf, bereit, den Mörder seines Sohnes zu töten.
Es brauchte fünf GaS-Männer, um ihn zurückzuhalten. Sie hielten ihn mit aller Kraft fest, während sich der Koch verzweifelt loszureißen versuchte. „ICH WERDE DICH TÖTEN!", schrie er. Lutz wollte etwas Patziges entgegnen, doch auch er wurde von hinten gepackt und Offizier Stahl zog den verdutzten Verkünder unter den Beschimpfungen der empörten Menge zurück in die Kapitänsresidenz.
Viktor war außer sich. Er riss sich mit einem gewaltigen Ruck los und hob seinen leblosen Sohn über die Schultern. Aufgelöst vor Zorn schrie er die GaS-Männer an. „Ihr habt meinen Sohn getötet! Ihr mit eurem verdammten Gerede von einer besseren Welt. Ihr seid nur Tyrannen und Mörder! Nichts weiter.".
Nervös blickten sich die GaS-Leute um, doch Viktor fuhr unbeeindruckt fort. „Lasst euch nicht verarschen, Bürger von Weberstadt", schrie er verächtlich in die Runde. „Eure „Regierung" belügt und betrügt euch! Den angeblichen Terroristen gab es nie. Sie haben Frank nur benutzt, um euch zu kontrollieren und als es ihnen zu gefährlich wurde, haben sie ihn einfach umgebracht. Abgeschlachtet, so wie meinen Sohn! Wehrt euch, Bürger von Weberstadt! Während ihr hungert, fressen die Offiziere Schweineschnitzel. Während ihr unter freiem Himmel schlafen müsst, machen sie es sich in ihren warmen Hütten gemütlich. Wehrt euch, Bürger von Weberstadt! Wehrt euch!"
Ich hatte den Koch noch nie so viele Worte auf einmal sprechen hören. Es schien, als wollte er nun alles heraussprudeln lassen, was ihm monatelang auf der Seele gebrannt

hatte. Voller Wut machte Viktor auf dem Absatz kehrt und schritt davon, bis er schließlich im dichten Wald verschwunden war. Keiner der GaS-Leute traute sich, den Hünen mit seinem toten Sohn über den Schultern aufzuhalten.

Doch kaum war er verschwunden, wurde ein Murren in der Menschenmenge laut. Man begann zu tuscheln, dann zu diskutieren und plötzlich schrien alle aus Leibeskräften auf die Männer der Lagersicherheit ein, die sich plötzlich genötigt sahen, den Rückzug anzutreten. Die Meute hatte sich mit Ästen und Stöckern bewaffnet und trieb die verängstigten GaS-Männer zurück in Richtung Kapitänshütte. Es dauerte nicht lange, da flogen die ersten Steine. Unter tosendem Gebrüll der Meute zog sich die Regierung von Weberstadt in ihre Residenz zurück.

Die Menge war außer sich. Wütend liefen die Menschen durch die Zeltstadt und bewaffneten sich.

Aus dem Wald kam plötzlich eine Menschengruppe herangelaufen. Von Viktor benachrichtigt, hatten die Rebellen sich nicht lange bitten lassen. Angeführt von Paul, und Keulen schwingend, liefen sie auf den Strand zu und verbanden sich mit der restlichen Meute, die nun einem einzigen wütenden Mob glich.

„REVOLUTION!", schrie Paul voller Tatendrang und die anderen riefen es ihm nach.

Die bewaffnete Menge ließ ihren Zorn an allem aus, was sie mit der Regierung verbanden. Sie zündeten Offiziershütten an, zerstörten die Zelte und fällten den kürzlich erst wieder aufgestellten Fahnenmast von Weberstadt. Die Flagge wurde gemeinsam zerrissen und ihre Fetzen verbrannt. Man nahm sich auch das Haus der Lagersicherheit vor. Es wurden zahlreiche penibel angefertigte und nun hastig zerrissene Berichte über jeden einzelnen Gestrandeten gefunden. Als auch dieses Haus des Schreckens endlich in Flammen stand, versammelte man sich nun in einem großen Halbkreis um die Kapitänsresidenz.

Die Tür war von innen verbarrikadiert und die Fenster hastig mit Brettern vernagelt worden. Zwischen zweier dieser Bretter lugte das Gesicht von Kapitän Weber hervor. In seinem Ausdruck lag in keiner Weise mehr der überlegene und autoritäre Blick, den er sonst immer an den Tag legte. Vielmehr sah er panisch und verängstigt zugleich aus. In einem letzten wahnwitzigen Versuch, die Stimmung noch zu seinen Gunsten zu kippen, wandte er sich an sein Volk. „Liebe Bürger von Weberstadt...", begann er. Doch ehe der Kapitän diesen Satz zu Ende sprechen konnte, wurde schon der erste Stein nach ihm geworfen. Einige weitere folgten, sodass sich der Anführer genötigt sah, seine Rede abzubrechen und auch noch den letzten Lichtspalt zunageln zu lassen.

Wenn ein Volk erst einmal in Rage ist, dann lässt es sich nur schwer wieder besänftigen. Sobald Ausschreitungen ihre ersten Opfer beklagen, dann schaukelt sich der gegenseitige Hass und die damit verbundene Gewalt nur immer weiter hoch. Bis alles womöglich in einem großen Blutbad endet; zulasten der einen oder anderen Seite.

Hier war es Herr von Wanzen, der die erste Fackel warf. Dutzende weitere folgten. Schließlich brannte der stolze Prestigebau von Weberstadt im hellen Feuer nieder. Das Knistern der lodernden Flammen wurde nur noch übertroffen durch die Schreie. Schreie der Wut auf der Außen- und Schreie des Todes auf der Innenseite.

Die Gleichberechtigung der Freien

Es wurde Nacht in Weberstadt. Der letzte Tag, an dem unser Lager noch diesen Namen trug, ging zu Ende. Ich legte mich auf meine Decke und beobachtete die Sterne. Die Tage wurden immer wärmer. Bald würde es Frühling sein und die Bäume des Waldes wieder ihr sattes Grün zurückbekommen. Mit dem Wetter würde sich auch unser Leben schlagartig ändern. Alles, was eins war, so schien es, hatte nun keine Gültigkeit mehr.
Viele Fragen blieben zurück. Welcher Arbeitsgruppengemeinschaft sollte ich mich denn nun morgen anschließen? Meinen Arbeitsgruppenführer gab es ja nun schließlich nicht mehr. Wie würde das Leben jetzt weitergehen?
Nach Stunden der Wut und der Verwüstung war es still geworden in der ehemaligen Weberstadt. Die aufgebrachte Menge war zur Ruhe gekommen. Alle schienen zu schlafen. Alle, bis auf die Rebellen. Paul, Francois und die anderen saßen diese Nacht noch lange zusammen. Zurückgezogen, an ihrem Treffpunkt hinter der großen Klippe, berieten sie über die Zukunft.
Nie wieder sollte es jemandem gelingen, sich erneut zum Alleinherrscher aufzuschwingen, sich zu erlauben, anderen Gestrandeten Befehle zu erteilen. Nie wieder gehorchen. Ab jetzt sollte alles besser werden.

Als ich am nächsten Morgen erwachte, war es bereits Mittag. Die Sonne stand hoch am Himmel und wärmte mich mit ihren heißen Strahlen.
Verwirrt stand ich auf, noch fest in dem Glauben, mich sofort bei Jochen für meine Unpünktlichkeit entschuldigen zu müssen. Da fiel mir ein, dass der Arbeitsgruppenführer gestern verbrannt war, und ich ließ mich erleichtert in meine Decke fallen, um dann wieder entgeistert aufzuspringen. Jochen war verbrannt? Ach ja! Plötzlich erinnerte ich mich, was gestern hier stattgefunden hatte – die Rache der Unterdrückten.
Doch was sollte ich jetzt den lieben langen Tag machen? Ich sah mich um. Es schienen, als würden viele Gestrandete noch schlafen. Offenbar war es ungewohnt, nicht vom lauten Gebrüll der GaS-Männer geweckt zu werden. Man solle doch endlich aufstehen und sich zum Wohle der Allgemeinheit nützlich machen. Damit war nun erst einmal Schluss.
Einige waren auch schon damit beschäftigt, die Trümmer der letzten Nacht zu beseitigen. Ich sah Paul mit den anderen Rebellen bei der Arbeit und fragte ihn, ob ich vielleicht helfen könnte.
„Klar", rief er. „Hilf uns, den Strand aufzuräumen. Wirf das, was die Flammen übriggelassen haben, am besten einfach ins Meer, dann haben wir´s hier wieder sauber. Oder du kannst den anderen Gestrandeten auf unserem „Friedhof" helfen."
Ich nickte dem Anführer der Rebellen freundlich zu, als Zeichen, dass ich verstanden hatte und machte mich auf den Weg zu dem kleinen Hügel, wo wir unsere Toten beerdigten. Dieser hatte seit gestern Nacht ordentlichen Zulauf

bekommen. Dort, wo bereits Sven und der Matrose, den Frank damals erstochen hatte, begraben waren, war nun eine große Menschenmenge damit beschäftigt, zwei weitere Gräber auszuheben. Ein sehr kleines, offenbar für Viktors Sohn Robert und ein riesengroßes, welches wohl als Massengrab für den Kapitän, den Verkünder, die Offiziere und die GaS-Leute gedachte war.
Doch noch ein weiteres Kreuz befand sich neben den Gräbern. Als ich fragend dreinschaute, erklärte mir einer der Arbeiter, dass dieses Kreuz zu Ehren Franks hier aufgestellt wurde, da seine Leiche ja irgendwo im Meer trieb (man hatte es extra ein wenig weiter nach außen gestellt, damit es nicht direkt neben dem Grab jenes Matrosen stand, an dessen Tod Frank ja nicht ganz unschuldig war).
Motiviert begann ich mit dem Schaufeln, fest in dem Glauben, endlich einmal etwas wirklich Nützliches zu tun. Schippe um Schippe verlagerte ich die Erde. Gräber entstanden und Erdhaufen wuchsen.
Es war ein ganzes Stück Arbeit, doch nach einer gefühlten Ewigkeit war der letzte Spatenstich geschafft und die Gräber konnten befüllt werden.

Nach dem Essen versammelten sich dann noch einmal alle Gestrandeten auf dem Friedhof, um den Toten die letzte Ehre zu erweisen, was vielleicht etwas skurril anmutete, da man die meisten von ihnen ja schließlich selbst umgebracht hatte.
Doch nichtsdestotrotz wurden fleißig Grabreden gehalten.

Als ich langsam wieder müde wurde und eigentlich gerade beschlossen hatte, mich leise davonzustehlen, räusperte sich Paul plötzlich.
Offenbar hatte der Revolutionsführer etwas zu sagen. Alle sahen zu ihm hinüber und lauschten gespannt.
„Also", begann er. „Ich wollte…nun ja, also ich denke, es wäre vielleicht an der Zeit, dass wir ein wenig darüber beratschlagen könnten, wie es nun weitergehen soll, oder? Was meint ihr?"
Allgemeines Schulterzucken. Tatsächlich waren wir scheinbar alle ein wenig überfordert, da uns schon lange niemand mehr in seinen Reden gefragt hatte, was wir denn eigentlich wollten.
Etwas durch den fehlenden Enthusiasmus eingeschüchtert, fuhr Paul fort. „Also, jedenfalls meine ich…ähm meinen wir, die Rebellen…", er sah kurz zu seinen Gefährten hinüber, die eifrig nickten, „…dass es an der Zeit ist, unser weiteres Zusammenleben zu planen. Wenn ihr damit einverstanden seid, würde ich euch gerne kurz meine Gedankengänge erläutern."
Als erneut keine Reaktion kam, sah er etwas bedröppelt drein, fuhr dann aber fort. „Wir wollen vorschlagen, dass wir, also die Rebellen und ich, uns zusammensetzen und…naja…halt so eine Art Verfassung für uns schreiben."
Die Zuschauer, die nun wieder neue Gesetze befürchteten, blickten jetzt etwas misstrauisch drein.
„Nein, also das Grundprinzip soll so sein, dass jeder von euch mitentscheidet, wie wir uns organisieren. In fairer, freier und gerechter Wahl", fügte Paul hastig hinzu und die Gesichter hellten sich sofort wieder auf.

Also eine echte Volksherrschaft. Ich war gespannt, wie sich diese Neuerung auf unser Zusammenleben auswirken würde.

So traf sich der Rebellenrat nun Tag für Tag und diskutierte über unser weiteres Miteinander. Man traf die fünf Verfassungsväter nun nicht mehr hinter einer Klippe versteckt, sondern wild gestikulierend inmitten des Lagers und genau dort, wo früher die Lagerfahne gestanden hatte. Ungefähr am zweiten Tag der Beratungen gesellte sich dann auch Herr von Wanzen hinzu, mit der von ihm vorgetragenen Begründung, er wäre doch von Anfang an ein begeisterter Rebell gewesen. Er hätte es eben nur nützlicher gefunden, weiter am Lagerleben teilzunehmen und den Feind so von innen heraus zu schwächen, posaunte er in einer Lautstärke heraus, bei der er sich sicher sein konnte, dass ihn alle Gestrandeten in einem Umkreis von mehreren hundert Metern hören konnten.

So waren es also letztendlich sechs Verfassungsväter, die am Abend des dritten Tages stolz einige vollgekritzelte Blätter Papier präsentierten.

Auf der erste Seite standen in Großbuchstaben die Wörter: „VERFASSUNG VON ATTIKA".

„Attika?", fragte eine der Köchinnen, ihr Name war Maria. „Was soll das denn sein?".

„Attika", entgegnete Paul mit hörbarer Begeisterung in der Stimme „Wird unser neuer Lagername."

„Wieso denn Attika? Das klingt doch wie 'ne Bananensorte", rief einer aus der Menge, woraufhin schallendes Gelächter ausbrach.

Der Rebell wurde rot und versuchte, sich nicht aus der Ruhe bringen zu lassen. „Hast du etwa einen besseren Vorschlag?"
Der Mann überlegte kurz, dann sagte er. „Wie wär´s denn mit Freetown?"
„Das klingt doch viel zu Englisch", warf ein anderer ein.
Dies war der Anfang einer zweistündigen und wie ich fand auch sehr ermüdenden Diskussion darüber, welches wohl der beste Name für unser Lager sei. Die Menschen schienen Gefallen an der neuen Diskussionskultur gefunden zu haben und plapperten alle wild durcheinander. Dutzende Namen wurden vorgeschlagen und wieder verworfen. Von A wie Attika bis Z wie Zuwandererparadies war dabei alles vertreten, was die menschliche Fantasie so zuließ.
Als nach drei Stunden eifrigen Schlagabtausches immer noch keine Einigung in Sicht war, gingen die Ersten bereits zu Bett. Schließlich beschloss man die Namensfindung auf den nächsten Tag zu verschieben. Als dann endlich Punkt zwei auf der Tagesordnung drankommen konnte, musste man einsehen, dass es wohl besser wäre, aufgrund der fortgeschrittenen Uhrzeit alles Weitere auf den kommenden Tag zu verschieben. Der Antrag hierfür wurde per Handzeichen einstimmig angenommen...
Als man sich jedoch auch am folgenden Tag auf keinen Namen einigen konnte, entschlossen wir, dass das Lager so lange Attika heißen sollte, bis ein entsprechender Gegenantrag eingereicht werden würde, um den Namen dann gegebenenfalls zu modifizieren.
In der Folgezeit stritten wir dann darüber, ob bereits eine einfache Mehrheit für eine Namensänderung genügen würde, oder ob hierfür eine 2/3 Mehrheit vonnöten war.

So gingen die Tage dahin und man musste sich jedes Mal beim Schlafengehen eingestehen, dass man kaum ein Stückchen weiter war, als am letzten Tag.

Da die gelagerten Nahrungsmittel langsam zur Neige zu gehen drohten, einigten wir uns darauf, dass jeder doch erst einmal in den altbewährten Arbeitsgruppen seine zugeteilte Beschäftigung wieder aufnehmen sollte.

So wurde tagsüber gejagt, gesät und gepflückt und abends verhandelt und diskutiert.

Nach weiteren Tagen zähen Verhandelns hatten wir uns schließlich darauf geeinigt, dass es in vier Wochen eine Wahl über eine neue Regierung geben sollte. Diese würde dann alle sechs Monate in ihrem Amt bestätigt oder abgewählt werden können.

Die Zeit bis zum nächsten Vollmond (ungefähr einen Monat) sollte für den Wahlkampf genutzt werden, wobei Parteien, die daran teilnehmen wollten, dafür bis zur Mitte der übernächsten Woche gegründet werden mussten.

Der Tag war noch kaum zur Hälfte vergangen, da gab es bereits die erste. Sie nannte sich „Revolutionäre Gestrandetenvereinigung" (kurz: RGV) und bestand aus den sechs ehemaligen Rebellen, einschließlich Herrn von Wanzen. Francois hatte sogar eine Art Wahlplakat gemalt, das er gut lesbar an einem großen Ast anbrachte. Mich erinnerte diese Art von Anprangerung allerdings ein wenig an die alte Lagerfahne.

Wie auch immer – jedenfalls war nun für jeden Gestrandeten folgender Slogan zu lesen. „Liebe Bürger von Attika:

Wir fordern Freiheit für alle! Darum am nächsten Vollmondtag RGV wählen!"
Doch abgesehen von dem nun beginnenden Wahlkampf ging langsam wieder alles seinen gewohnten Gang. Zwar hatte man nun keinen Führer, Arbeitsgruppenvorsteher und Aufpasser mehr, doch trotzdem arbeitete man Tag für Tag bereitwillig in seinen alten Arbeitsgruppen weiter. Der Mensch ist eben ein Gewohnheitstier.
Zudem gab es einen neuen Grund zur Freude. Während unserer Umstrukturierung der Essensvorräte entdeckten wir im Vorratslager einige Kisten mit zurückgehaltenen Nahrungsmitteln. Die Köchin Maria erzählte uns, dass diese Essensrationen allein für den Herrn Kapitän und seine Offiziere bestimmt gewesen waren. Die Wut auf Kapitän Weber wurde daraufhin noch einmal aufs Neue geweckt, als man erkannte, wie gut es sich die Offiziere hatten gehen lassen, während die einfachen Gestrandeten von mageren Suppen leben mussten.
Infolge der allgemeinen Freude darüber, dass man wohl doch noch genügend Essensvorräte zu haben schien, wurde ein großes Fest gefeiert. Mit viel Genuss und noch mehr Häme verschmausten wir die Köstlichkeiten, die der Kapitän uns hatte vorenthalten wollen. Viktor, Maria und die anderen Köche gaben ihr Bestes, um uns alle satt zu kriegen.
Vollkommen zufrieden und endlich mal wieder bis aufs Letzte genährt, saßen wir noch lange wach, unterhielten uns und sangen Lieder. Francois gab sein Bestes, um alle Anwesenden in sein eigens komponiertes Wahlkampflied einstimmen zu lassen. Jedoch nur mit mäßigem Erfolg, denn vom gemeinsamen Singen politischer Lieder hatten die meisten die Nase gehörig voll.

Als es schließlich spät wurde, zog ich mich in mein Nachtlager zurück. Immer noch schliefen die meisten Gestrandeten auf Decken, doch die RGV hatte versprochen, dass sie, wenn sie die Wahl gewinnen sollten, eine große Baureform starten würden. „Hütten für alle!", hieß das dazu passende Wahlkampfplakat, welches irgendwo zwischen Pinkelplatz und Friedhof aufgestellt wurde.
Ich blickte in den Himmel und suchte den Mond. Die einst so schmale, helle Sichel hatte mittlerweile schon um einiges an Größe zugenommen. Der große Wahltag würde nicht mehr lange auf sich warten lassen.

Am nächsten Morgen dann gab es plötzlich eine zweite Partei. Aus einer angetrunkenen Laune heraus war auf dem Fest am Vorabend die Idee entstanden, sich aktiv in das politische Leben einzuschalten. Die Gründerin der neuen „Fortschrittspartei" war die Köchin Maria. Sie hatte sich mit einigen weiteren Frauen und Männern zusammengeschlossen und machte nun der Gestrandetenvereinigung reichlich Konkurrenz, deren Mitglieder zähneknirschend mit ansehen mussten, wie Marie und ihre Helfer ein neues Wahlplakat nach dem anderen aufstellten.
In der Tat wurden diese Schilder nun langsam zur nervigen Last. Der Trampelpfad vom Lager bis zu den Feldern sowie vom Lager bis zum Friedhof und selbst der gemeinschaftlich genutzte Pinkelplatz waren nun vollgepflastert mit Wahlversprechen. Ganz zu schweigen vom Lager selbst, welches eher an eine Schilderwüste, als an einen Zufluchtsort von Gestrandeten erinnerte. Genervt bahnten sich die Bewohner Tag für Tag ihren Weg durch die vielen Stolper-

fallen. So kam es, dass man morgens häufig vom schmerzverzehrten Aufheulen eines noch im Halbschlaf befindlichen Gestrandeten geweckt wurde, der versehentlich über ein Schild mit der Aufschrift „Fortschritt für Attika" gestolpert war.

Mit dem Auftreten einer zweiten Partei auf der politischen Bühne unseres Inselparadieses wurde der Wahlkampf spürbar härter. Mittlerweile schickten beide Seiten ihre Mitglieder mit Zetteln herum, auf denen unmissverständlich notiert war, warum man die jeweilige Partei unbedingt wählen müsse. Dann wurde man solange belabert, bis man entweder die Geduld verlor und ausfällig wurde oder entnervt resignierte und versprach, die jeweilige Partei auf jeden Fall zu wählen. Viktor, der im Lager aufgrund seiner Rolle beim Untergang des Weberregimes eine gewisse Beliebtheit genoss, wurde besonders hart umgarnt. Man glaubte wohl, seine Zugehörigkeit würde eine gewisse Signalwirkung auf die anderen haben. Der gewohnt gesprächskarge Koch war nach Tagen intensiver Belästigung so genervt, dass er jedem Parteimitglied, das mit einem dicht beschriebenem Zettel voller Wahlversprechen auf ihn zugerannt kam, einen Blick zuwarf, als wollte er ihm im nächsten Moment den Hals umdrehen. Dieser durchaus realen Gefahr wollte sich dann doch niemand aussetzen, aller Parteiprinzipien zum Trotz.
Die frisch gebackenen Attikaner waren mittlerweile mehr als entnervt von dem ganzen Tamtam und als die Situation fast schon zu eskalieren drohte, war es dann doch endlich vorbei und der Tag der Wahl war gekommen.
Doch zuvor gab es den ersten politischen Eklat in Attika. Herr von Wanzen war mit viel Gebrüll und hochgekochten Emotionen aus der Revolutionären Gestrandetenvereini-

gung ausgetreten. Der Grund dafür war, dass die Parteien laut Verfassung eine interne Wahl darüber abhalten mussten, wen sie zum Kanzlerkandidaten erklärten. Herr von Wanzen hatte sich dafür freimütig selbst vorgeschlagen, war dann aber an einer Stichwahl gegen den ebenfalls nominierten Paul gescheitert. Die anderen RGV-Mitglieder sahen dessen bisherigen Beitrag für die Revolution als weitaus bedeutender an, als den von Herrn von Wanzen und entschieden sich daher gegen ihn, woraufhin dieser wutentbrannt mit den Worten „Das werdet ihr noch bereuen!!!" davongestürmt war.
Die verdutzten Parteifreunde sahen verwirrt in die Runde, doch Francois klopfte Paul anerkennend auf die Schulter. So hatte die RGV also nur noch fünf offizielle Mitglieder und Paul war nun der unangefochtene Anführer. Der sonst so unsichere Demokrat lächelte verlegen. Jetzt war er ganz oben. Viele hatten ihm diesen Erfolg nie zugetraut. Während der Weberherrschaft hatte er bei den revolutionären Bestrebungen eigentlich immer im Schatten von Sven gestanden. Dieser schien viel charismatischer als der eigentlich führende Kopf zu sein. Doch seit Svens Tod war Paul über sich hinausgewachsen. Er versuchte, eine Rolle anzunehmen, die die Umwelt ihm aufgedrängt hatte. Nun würde er seiner Partei den erhofften Sieg bringen.
Die Kanzlerkandidatin der Fortschrittspartei wurde, wie nicht anders zu erwarten, Maria. Sie war allseits beliebt und hatte eine gute Menschenkenntnis. Dies sind einige der wichtigsten Wesenszüge, die man als gute Parteiführerin so braucht.

Der Tag der Wahl brach damit an, dass ich von einem seltsamen Klirren geweckt wurde. Verärgert sah ich mich um und versuchte, die Ursache für dieses ruhestörende Geräusch zu entdecken. Schnell wurde ich fündig – unser Versammlungsplatz mit der großen Feuerstelle war übersät mit Scherben. Offenbar war einer der Küchenjungen unvorsichtig gewesen und hatte gleich mehrere von den wenigen Krügen, die wir besaßen, herunterfallen lassen. Doch meine Vermutung schien sich nicht zu bestätigen, denn als ich mich angezogen hatte und zum besagten Platz lief, sah ich Paul, der mich gut gelaunt begrüßte, während er einen weiteren Krug zu Boden stieß. Die Scherben flogen in einem hohen Bogen quer über den Sand.
„Was tust du da?", fragte ich entgeistert und in der festen Überzeugung, Paul müsse den Verstand verloren haben.
„Ich mache Wahlzettel", entgegnete Paul sachlich und griff nach einem weiteren Krug.
Überrascht blickte ich auf den weitläufig verstreuten Scherbenhaufen. Als der Kanzlerkandidat mein entgeistertes Gesicht sah, lachte er unsicher und fuhr fort. „Naja, ich dachte, dass würde vielleicht Papier sparen. Ist doch 'ne gute Idee oder nicht? Wir wählen einfach mit Tonscherben! Was meinst du dazu?"
Ich sagte nicht wirklich, was ich zu so einem Blödsinn meinte, denn ich wollte den ohnehin schon nervösen und völlig überdrehten Paul nicht noch weiter verunsichern. Das Lampenfieber vor der bevorstehenden Wahl schien ihn wohl gepackt zu haben, denn ich sah deutlich, wie er am ganzen Körper zitterte.
„Gute Idee", log ich und blickte ihn freundlich an, während er sich wohl bestätigt fühlte und zufrieden grinste. Erfreut über meine Zustimmung ließ er voller Enthusiasmus einen

weiteren Krug mit solcher Wucht auf den Boden aufschlagen, dass eine Scherbe zurückprallte und ihm einen blutenden Ratscher an der Wange hinterließ.
Wenn er wirklich hätte Papier sparen wollen, hätte er lieber darauf verzichten sollen, bergeweise Plakate im Lager aufzustellen, anstatt unser kostbares Geschirr zu zerdeppern, dachte ich und ging kopfschüttelnd zurück zu meiner Decke.
Doch nun war es eben so und die Bürger von Attika wählten ihre neue Regierung durch Ritzer, die sie verzweifelt versuchten, in Tonscherben zu gravieren. Ein „R" stand dabei treffenderweise für die RGV und ein „F" für die Fortschrittspartei.

Wir hatten uns nach dem Abendessen also alle beim Lagerfeuer versammelt und lauschten den Worten der beiden Kanzlerkandidaten, die ihre abschließenden Wahlkampfreden hielten.
Fritz, ein älterer dürrer Mann mit kargem grauem Haar, wurde ausgewählt, um die Wahl möglichst neutral zu leiten. Er war einer der ehemaligen Passagiere und ich glaube, er hatte seine Schiffskabine neben der meinen gehabt. Jedenfalls forderte Fritz nun Maria mit einem freundlichen Lächeln dazu auf, zu beginnen.
Die Kanzlerkandidatin räusperte sich und blickte streng in die Runde. „Bürger von Attika", begann sie. „Ich freue mich, dass ihr alle hier so zahlreich erschienen seid, um von eurem neuen und hart erfochtenen Recht Gebrauch machen zu können."
– kurzes Schweigen –

„…das Wahlrecht! Ich denke, ihr alle hier habt am eigenen Leib gespürt, wie es sich anfühlt, unfrei zu sein. Gehorchen zu müssen. Es reicht euch, für das Wohl anderer zu arbeiten? Ihr wollt Freiheit und Selbstbestimmung? Diese Selbstbestimmung werden wir euch geben, Attikaner! Wir werden für Wohlstand sorgen. Jeder Gestrandete hat unserer Meinung nach das Recht, das Beste aus seiner Situation zu machen! Das Beste für sich rausholen zu können."
Tosender Applaus machte sich unter den Zuhörern breit. Genau das wollten wir. Schluss mit Unterdrückung. Freiheit für alle! Aus den Augenwinkeln sah ich die düsteren Mienen der RGV-Mitglieder. Die Begeisterung der Menge schien ihnen gehörig zu missfallen und Paul noch nervöser zu machen, als er ohnehin schon war.
Maria fuhr fort. „Wir werden eure Befreier sein. Wir setzen die Revolution in den Alltag um. Wir stehen für Individualität."
Erneuter Applaus.
„Wir werden euch unterstützen, aber nicht einschränken. Wir werden euch fördern, aber nichts verbieten. Das bedeutet konkret, dass wir…"
Doch Fritz unterbrach sie. „Die Redezeit ist vorbei!"
„Wir stehen für den Fortschritt. Wählt die Fortschrittspartei!", sprudelte es noch hastig aus Maria heraus, bevor sie dann artig verstummte und wieder Platz nahm.
„So viel zur Kandidatin der Fortschrittspartei", stammelte der Alte in zittriger Tonlage. „Und nun kommen wir zu…", er blickte gewichtig auf seinen Zettel. „Paul, den Kanzlerkandidaten der RGV".
Paul erhob sich unsicher. Sein Gesicht hatte nun eine Farbe angenommen, die irgendwo zwischen Blau, Gelb und Grün lag. Die Parteigenossen sahen ihn aufmunternd an und

Francois nickte würdevoll, doch Paul zitterte nur noch mehr.
Vollkommene Stille. Alle blickten den Kanzlerkandidaten gespannt an. Paul versuchte etwas zu sagen, doch er bekam keinen anderen Ton heraus, als etwas, das nach einem gequältem „Guuark" klang. So verging eine peinliche Minute, bis Maria schließlich mit hämischer Stimme fragte, ob dies bereits zur Redezeit gehöre. Als Fritz nur ratlos mit den Schultern zuckte, regte es sich plötzlich in Paul.
„Also, nun ja,…ähhhm…also…was ich sagen wollte. Ich frr-reue mich, dass ihr alle gekommen seid."
Die Menge nickte aufmunternd, in der Erwartung, dass nun weitere Informationen folgen würden. Doch offenbar war dies nicht der Fall, denn der vor Aufregung inzwischen vollkommen erbleichte Paul, verfiel erneut in stumme Ratlosigkeit und blickte hilfesuchend zu Francois, der ebenfalls nicht zu wissen schien, was nun zu tun sei.
Gehässig lachend rief Herr von Wanzen in die Stille. „Einen tollen Kandidaten habt ihr da aufgestellt. Wirklich…"
Doch diese Worte schienen Paul irgendwie neuen Ehrgeiz zu geben. Wieder begann er und diesmal ganz ohne zu stottern das Sprechen. „Bürger von Attika. Heute ist ein großer Tag für uns alle. Wir sind hier, um ein gestürztes System zu ersetzen. Etwas, das versagt hat, besser zu machen, ist unser Ziel. Im Grunde haben wir die gleichen Vorstellungen wie die Fortschrittspartei. Wir wollen auch Freiheit und Selbstbestimmung. Individualität und Wandel."
Paul schaute hilfesuchend in die Runde und sein Blick traf Viktor. Der Koch runzelte die Stirn, als würde er scharf

nachdenken, dann stand er plötzlich auf und begann kräftig in die Hände zu schlagen. Zunächst erschraken die Umstehenden nur aufgrund des gewaltigen Klanges, den seine dicken Pranken verursachten, doch schließlich stimmten alle in den Applaus ein, der Paul beflügelte. Man sah förmlich, wie ihm die Anspannung aus dem Gesicht gewischt wurde.
Er rief nun aus voller Überzeugung der klatschenden Menge entgegen. „Wir haben die politische Erfahrung, die der Fortschrittspartei fehlt. Wir haben bereits gegen Weber und seine Schergen gekämpft. Wir sind die einzigen würdigen Vertreter für euch Gestrandete, die ihr durch euren Mut und euren Tatendrang bereits außergewöhnliches geleistet habt. Mit unserer Partei an der Spitze werden wir in Frieden und Freiheit leben können. Wählt mich zu eurem Kanzler! Wählt die RGV!"
Die Zuschauer begannen erneut zu klatschen und hervorgerufen durch die Welle von Applaus und Hochachtung, die Paul entgegenschlug, sah man, wie sich ein zufriedenes Lächeln auf dem Gesicht des Kanzlerkandidaten ausbreitete.
Und dann war es endlich soweit. Der Zeitpunkt der Wahl war gekommen. Jeder Attikaner bekam eine Tonscherbe, in die er seine Wahl einritzen sollte. Fritz ließ die Gestrandeten anschließend in einer Reihe aufstellen und lief mit einem großen Gefäß von einem zum anderen. Jeder hatte das Recht, genau eine Tonscherbe in den Krug zu werfen, bis dieser schließlich voll war und sich Fritz in eine Hütte zurückzog, um mit der Auszählung zu beginnen.
Der spannende Wahlabend zog sich also noch etwas in die Länge, und ich nutzte die Zeit, um ein wenig Konversation mit meinen Mitgestrandeten zu betreiben. Die Umstände

hatten sich für die Meisten ebenso geändert, wie ihre Wünsche und Bedürfnisse. Stand bei vielen vor einigen Monaten noch das reine Überleben im Vordergrund, war es nun die Lebensqualität an sich, die für sie wichtig war. Man wollte also nicht mehr nur seine Zeit aussitzen, die einem bis zu einer möglichen Rettung von der Insel noch blieb. Da die Hoffnung, jemals von hier wegzukommen, inzwischen unsicher erschien, wollten wir unseren Aufenthalt nun so angenehm wie möglich gestalten. Man kann also sagen, dass wir, nun dar unser tägliches Überleben einigermaßen gesichert schien, anspruchsvoller geworden waren. Dies hörte ich jedenfalls durch die vielen Gespräche, die ich führte, heraus. „Ich habe den gewählt, von dem ich glaube, dass er mir am meisten bieten kann." Dies war wohl der entscheidende Faktor für den Wahlsieg der einen oder anderen Partei.
Immer wieder blickte ich zwischendurch verstohlen zu den beiden Kandidaten hinüber. Sie unterhielten sich angeregt mit ihren jeweiligen Parteigenossen und bekamen hier und da ein paar aufmunternde Schulterklopfer oder ernteten anerkennende Blicke. Viktor, der sich im letzten Moment für die RGV entschieden zu haben schien, hatte wohl den Ausschlag für das Wahlergebnis gegeben, denn als Fritz Stunden später mit würdevollen Schritten auf den Versammlungsplatz lief, waren es die Anhänger der RGV gewesen, die allen Grund zum Jubeln hatten. Die Gestrandetenvereinigung gewann mit knapper Mehrheit vor der Fortschrittspartei, deren Mitglieder mit düsterer Miene dasaßen und mitansehen mussten, wie Fritz den Kandidaten Paul zum neuen Kanzler ernannte. Es waren am Ende höchstens

zwei Stimmen Unterschied gewesen, wobei eine Stimme für ungültig erklärt wurde. Offenbar hatte es jemand geschafft, einen Mittelfinger in seine Tonscherbe zu ritzen. Ich hatte den eindeutigen Verdacht, dass dies das Werk von Herrn von Wanzen gewesen sein musste, der Pauls Ernennung mit versteinertem Gesicht verfolgt hatte und sich nun, nicht weniger grimmig, zu seinem Schlafplatz zurückzog.
Die Wahlparty ging noch bis in die frühen Morgenstunden. Paul konnte sein Glück gar nicht fassen. Alle wollten ihm unbedingt gratulieren, sodass der, bei so viel Trubel um seine Person, völlig verlegene Kanzler gar nicht mehr wusste, welche Hände er zuerst schütteln sollte. Selbst Maria ließ sich zu einem anerkennenden Lächeln hinreißen. Sie würde nun die Opposition leiten und auch dies schien eine sehr bedeutende Aufgabe zu sein.

Doch was hatte sich wirklich an diesem Tag für uns verändert? Nun, rückblickend kann man da sagen – eine ganze Menge.
Zunächst einmal lief das Leben zwar für uns in seinen gewohnten Bahnen weiter, doch Stück für Stück begann sich unsere Gesellschaft zu verändern und das durchaus zum Positiven, wie ich fand. Zum Beispiel wurden alle Entscheidungen jetzt sehr demokratisch beschlossen. Wir gründeten ein Parlament, welches einmal pro Tag tagen sollte. Einige Gestrandete hatten von nun an keine andere Aufgabe mehr, als der Politik zu dienen. Diese „Abgeordneten" bestanden zum Großteil aus der RGV, die seit ihrem Wahlsieg um viele weitere Mitglieder angewachsen war. Einige andere Abgeordnete dagegen waren von der Fortschrittspartei und betrieben eifrige Oppositionsarbeit.

Der ganze Aufwand erscheint möglicherweise übertrieben für unseren kleinen Inselstaat und er war es vielleicht auch. Doch uns war es nun einmal wichtig, endlich das Gefühl zu haben, mitentscheiden zu dürfen. Dafür war uns keine Anstrengung zu groß und kein Entscheidungsprozess zu mühselig. Wir waren alle sehr stolz auf unser System der gemeinschaftlichen Gesetzgebung und über alle Maßen glücklich, nun endlich Selbstbestimmung erreicht zu haben. Der positive neue Geist durchzog ganz Attika und fröhlich machten wir uns an unsere jeweiligen Arbeiten. Vieles von dem, was wir einst kannten, sollte geändert werden. Aber in diesem Kontext bestand eben auch der Haken. Während früher Kapitän Weber einen Beschluss mit einem Fingerzeig in die Tat umsetzen konnte, saßen unsere Abgeordneten nun wochenlang beisammen und berieten, stritten und fassten Kompromisse, um sie anschließend wieder zu verwerfen. So dauerte es insgesamt ganze 37 Tage, bis endlich beschlossen werden konnte, ob die Arbeitsschichten nun morgens um acht oder doch besser um halb neun beginnen sollten, um die dynamische Tageslichtverteilung gezielter ausnutzen zu können.

Doch die Änderungen wurden noch viel bedeutsamer. Der Kanzler arbeitete mit seiner RGV seit einigen Wochen an einem weitreichenden Reformbeschluss, der unser Lagerleben entscheidend verändern sollte. Das Ergebnis wurde dann dem Parlament vorgelegt und nach vielen weiteren Wochen, die geprägt waren durch das Herumgefeilsche an Kleinigkeiten, endlich auch verabschiedet.

Wir hatten es schon nicht mehr für möglich gehalten, dass dieser Augenblick einmal kommen würde, doch eines

Abends stand der Kanzler tatsächlich mit einem vor Stolz strahlenden Gesicht vor den versammelten Gestrandeten und stellte seine Reformbemühungen der Allgemeinheit vor.

„Liebe Attikaner", begann Paul, der in der Zwischenzeit zwangsläufiger Weise hatte erlernen müssen, in der Öffentlichkeit zu sprechen und diese Kunst auch immer besser beherrschte. „Ich habe euch eine frohe Kunde zu übermitteln. Unser Reformpaket kann nach langem Ringen endlich in die Tat umgesetzt werden." Bei diesen Worten warf er Maria einen giftigen Seitenblick zu, denn die Fortschrittspartei hatte ihm das Leben in den vergangenen Wochen nicht gerade leicht gemacht.

Staunendes Schweigen in der Menge, gefolgt von anerkennendem Applaus.

Der Kanzler fuhr fort. „Ich kann nun aber, nicht ohne Genugtun verkünden, dass wir mit den durch uns beschlossenen Änderungen einen Zustand maximaler Freiheit und Selbstbestimmung erreichen werden! Ab dem heutigen Tage kann jeder Gestrandete sein persönliches Schicksal endlich selbst in die Hand nehmen! Doch was bedeuten diese Änderungen im Einzelnen? Zunächst einmal habe ich die Ehre zu beschließen, dass es eine erste eigene Währung für Attika geben wird."

Wir blickten uns verdutzt an. Geldgeschäfte im Inselparadies? Wozu sollte das denn gut sein? Schließlich hatten wir doch alles, was wir brauchten. Wozu etwas kaufen? Doch der Kanzler machte eine überzeugte Miene und zeigte ernst auf einen großen Sack, den Fritz fest in seiner Hand hielt. Alle Augen waren nun gespannt auf den alten Mann gerichtet, der bei so viel Aufmerksamkeit noch tattriger wirkte, als ohnehin schon. Mit zittrigen Händen öffnete Fritz den

großen Beutel und ließ die staunende Menge einen Blick auf seinen Inhalt erhaschen, um ihn dann schnell wieder mit gewichtiger Miene zu verschließen.
Für einen Moment hatte es allen die Sprache verschlagen und man fragte sich schon, ob dies alles nur ein großer Scherz sei. Schließlich räusperte sich einer der Zuschauer und fragte ungläubig: „Murmeln?"
„Ähm, nun ja…ich gebe zu, es wirkt etwas…sagen wir…gewöhnungsbedürftig. Aber es war das Beste, was wir als Geldersatz kriegen konnten", antwortete Paul, nun doch etwas verunsichert. „Und der Matrose Jonas war so frei, uns eine außerordentliche Sammlung an Murmeln zur Verfügung zu stellen. Er hat sie in einer der gestrandeten Container gefunden. An dieser Stelle nochmal einen großen Dank an Jonas!"
Der Kanzler sah suchend in die Runde. Einer der Matrosen stand auf und verbeugte sich artig. Er hatte das kecke Lachen eines Spitzbuben, gepaart mit einer für sein Gesicht viel zu langen Nase und lockigem, hellblonden Haar. „Ich hab mir damit an Deck immer die Freizeit vertrieben, daher wusste ich, wo sie zu finden sind", sagte er fast entschuldigend und fügte dann feixend hinzu. „Hätte ich gewusst, wofür ihr sie haben wollt, hätte ich sie lieber behalten und wär jetzt der reichste Mann von Attika."
Wir lachten vergnügt und selbst die Abgeordneten konnten sich ein Lächeln über ihren abstrusen Einfall nicht verkneifen. Hätte ich damals schon ahnen können, wie bedeutsam diese Glaskugeln für unser zukünftiges Leben werden würde, wäre mir das Lachen wohl im Halse steckengeblieben.

Der Kapitalismus war ausgebrochen. So hätte man die Rede von Kanzler Paul wohl zusammenfassen können. Für jede Arbeit, die man verrichtete, sollte es nun Kugeln geben. Fünf Murmeln pro Tag Arbeit. Zuerst gab es diese aus der „Staatskasse", später sollte es jedem Attikaner möglich sein, dem Staat einen Wirtschaftszweig sozusagen abzukaufen und dann selbst Gestrandete einzustellen oder aber ganz neue Wirtschaftszweige zu gründen.
Ich erinnere mich noch genau daran, wie ich mich an diesem Abend erschöpft in meine Decke fallen ließ. Mein Kopf rauchte durch diese Informationen und neuen Möglichkeiten, die es nun für uns Gestrandete gab. Das vorrangige Gefühl bei mir und soweit ich das abschätzen konnte, auch bei allen anderen Attikanern, war die Vorfreude. Wir waren sehr gespannt, was da wohl in Zukunft auf uns zukommen würde und nahezu besessen von dem Gedanken, nun selbst Entscheidungen treffen zu dürfen. Einfach frei zu sein. So würde jetzt jedermann die Möglichkeit erhalten, etwas in der neuen Gesellschaft zu erreichen. Ich meine, dass ich in diesem Moment eine Art bisher unerfülltes Verlangen gespürt hatte, welches wohl jeder Gestrandete so wahrnahm. Wie ein Wunsch, der schon seit jeher in mir geschlummert hatte, den ich mir aber erst jetzt richtig eingestand. Der Wunsch, in der Gesellschaft aufzusteigen bzw. es „zu etwas bringen" zu können. Dies war nun für alle gleichermaßen möglich. Wie hatte Paul vorhin gesagt? Die Türen zum persönlichen Erfolg waren nun für jeden Attikaner offen. Wir mussten bloß noch hindurchgehen, und ich fühlte mich bereit dazu. Bereit, für den Attikanischen Traum.

Am nächsten Morgen stand ich früh auf. Voller Tatendrang und gespannt auf den Tag. Jeder Gestrandete hatte heute die Möglichkeit, sich für eine neue Arbeit einzuschreiben. Ich entschied mich für den altbewährten Baudienst. Noch immer gab es genügend Trümmer, die beseitigt werden sollten und zudem noch viele Hütten zu errichten. Zum Beispiel hatten die Abgeordneten die Erbauung einer großen Parlamentshütte angeordnet, in der alle Politiker Platz finden und ihre täglichen Diskussionen abhalten sollten.
Ebenfalls wurden Hütten jetzt auch nach Auftrag gebaut und verkauft, um die Staatskasse zu füllen. Für 800 Murmeln konnte man sich eine solche Behausung dann erwerben. Bei fünf Murmeln pro Tag bedeutete dies, dass man fast sechs Monate lang dafür arbeiten musste. Doch bei dieser Rechnung waren die weiteren Ausgaben, die nun auf den einzelnen Attikaner zukamen, noch gar nicht mit eingerechnet. Die täglichen Essensrationen mussten beispielsweise nun bezahlt werden und kosteten den stolzen Preis von einer Glaskugel. Auch behielt der Staat eine weitere Murmel des Lohnes als Steuer ein.
Doch dieser Aspekt ließ uns nicht entmutigen, denn der neue Geist hatte alle gepackt, und wir arbeiteten fröhlich vor uns hin. Die Gestrandeten waren ungewöhnlich fleißig, denn wir wussten, dass nun jeder für sein eigenes Wohl arbeitete und nicht etwa zum Wohle von Kapitän Weber oder sonst wem. Die Stimmung war also ausgesprochen gut, und wir waren glücklich. Lediglich die Arbeit an sich hatte sich nicht geändert und war beschwerlich wie immer.
Ich trug schwitzend Balken herum, sägte, schaufelte und hämmerte unter höchster Anstrengung. Neidisch sah ich zu

den Köchen rüber, die ein Stück weiter am Feuer standen und die Essensrationen zubereiteten. Vielleicht wäre es wohl eine bessere Entscheidung gewesen, mich ihnen anzuschließen. Ihre Arbeit schien weit weniger anstrengend, und sie bekamen das gleiche Gehalt. Ein Gedanke, der mir vorher leider nicht gekommen war. Die anderen Bauarbeiter schienen meine Überlegungen zu teilen und so kam es dann auch, dass das Parlament Wochen später beschloss, einigen Berufen etwas mehr und anderen etwas weniger zu zahlen. Dies sorgte einerseits für mehr Gerechtigkeit in Bezug auf die Schwere der zu leistenden Arbeiten, andererseits aber auch für mehr Grund zum Streit und zur Forcierung des Neides untereinander.

Wer mir besonders auffiel, war Herr von Wanzen. Er war mit der Beschaffung von neuem Holz beauftragt und mühte sich gemeinsam mit den anderen Holzhackern darum ab, dass wir immer genügend Nachschub an Baumaterialien bekamen. Oft lief ich mehrmals am Tag mit einigen Kollegen zum Holzfällerlager am Waldrand, um neue Balken zu besorgen.

Eines schönen Nachmittages, als die Frühlingssonne besonders heiß auf unsere strapazierten Körper schien, hörte ich Herrn von Wanzen von weitem fluchen. Ich war gerade wieder losgelaufen, um weiteres Holz zu beschaffen (was zu dieser Zeit sehr häufig vorkam, denn das Parlamentsgebäude verschlang so einiges an Rohstoffen), da hörte ich seine wütende Stimme.

„Verdammte Ackerei! Wenn ich Kanzler geworden wäre, würde das Leben hier entschieden anders ablaufen", schimpfte der Dicke lauthals.

Als er mich schließlich kommen sah, verstummte der Erste-Klasse-Passagier abrupt und blickte ertappt zu Boden.

„Hallo", grüßte ich vorsichtig.
„Tag", erwiderte er genervt und winkte ironisch mit seiner Holzfälleraxt.
„Ich wollte fragen, wann es wieder neues Holz zum Abholen gibt?"
„So wolltest du das…", rief von Wanzen plötzlich aufgebracht. „Ich will dir mal was sagen – diese Drecksarbeit stinkt mir gewaltig. Du glaubst wohl, ich bin einer von diesen verblödeten Arbeitern hier, die nicht mal fehlerfrei bis zehn zählen können. Da täuscht du dich gewaltig. Dieser Drecksjob ist nichts für mich." Wütend schwang er die Axt durch die Luft, offenbar um seinen Worten mehr Ausdruck zu verleihen, was mich vorsichtshalber einen Schritt zurückweichen ließ.
„Und weißt du was? Mir reicht´s! Ich kündige! Sag den anderen, dass sie sich ihr Holz sonst wo hinstecken können…"Verunsichert blickte ich ihn an, doch von Wanzen stampfte nur wutentbrannt mit dem Fuß auf und schleuderte seine Axt mit aller Kraft auf den harten Waldboden, wo sie mit einem dumpf vibrierenden Krachen steckenblieb. Wütend und ohne ein weiteres Wort zu verlieren, schritt er an mir vorbei und stolzierte in Richtung Lager davon. So also bekam Attika seinen ersten Arbeitslosen…
Die anderen staunten nicht schlecht, als ich zwar ohne Holzbalken, aber dafür mit der spektakulären Geschichte von von Wanzens Kündigung im Gepäck zurückkehrte. Ungläubig starrten sie mich an. Jonas, der Matrose, dem Attika seine Währung zu verdanken hatte, fragte mich verwirrt. „Aber wovon will er denn jetzt leben? Keine Arbeit bedeutet keine Murmeln und ohne Murmeln kein Essen!?"

Ich zuckte nur mit den Schultern und blickte ratlos in die Runde. „Naja, ein paar Murmeln hat er ja schon verdient. Damit wird er zumindest ein paar Tage satt werden. Was er danach machen will, weiß ich auch nicht."
„Verrückter fetter Kauz. Soll er doch verhungern an seiner Arroganz", rief Jonas und lachte grimmig. Die anderen nickten zustimmend. Wie konnte jemand nur so undankbar sein? Wir hatten jetzt unsere Freiheit und konnten tun und lassen was wir wollten. Da sollte man doch zufrieden sein und mit Freude für sein Essen arbeiten. Kopfschüttelnd wandten wir uns wieder unserer Baustelle zu.

Das Wirtschaftswunder

Herr von Wanzen saß am Feuer und grübelte. Es gab vieles, worüber er nachzudenken hatte. Sicherlich hatte er einen voreiligen Fehler begangen. Das war ihm inzwischen ganz klar. Doch vor den anderen wollte er sich diese Tatsache gewiss nicht eingestehen. Dafür war er viel zu stolz.
Hungrig biss er in seine vor Fett triefende Fleischkeule. Die Jäger hatten ganze Arbeit geleistet. Immer gab es genug Essbares für alle. Zumindest im Sommer und zumindest für diejenigen, die es auch bezahlen konnten. Ihm graute vor dem Tag, an dem er keine Murmeln mehr besitzen würde. Was sollte er dann tun? Den Staat bitten, ihn wieder einzustellen? Bei Paul angekrochen kommen? Niemals! Es musste eine andere Möglichkeit geben. Verzweifelt dachte er nach, den Blick fest auf einen Beutel gerichtet, in dem sich seine letzten Murmeln befanden. Es waren 22 an der Zahl, und sie wurden von Tag zu Tag weniger. Er hatte also noch rund drei Wochen, bis er pleite war. In seinem früheren Leben war er einmal ein erfolgreicher Manager gewesen. Vielleicht könnte ihm das jetzt helfen? Doch was gab es hier schon zu managen? Er hatte ja schließlich nicht das nötige Kleingeld, um sich irgendetwas Lukratives aufbauen zu können.

Betrübt und verzweifelt sah sich der ehemalige Erste-Klasse-Gast nach etwas um, das seine Stimmung heben könnte. Die Parlamentshütte war inzwischen schon beinahe fertiggestellt und wirkte im Licht der untergehenden Sonne wie ein imposantes, rötlich funkelndes Ungetüm.
Da erblickte Herr von Wanzen plötzlich Paul mit einigen seiner Parteifreunde dasitzen und essen. Wahrscheinlich redeten sie gerade über ihre „ach so tolle" Verfassung oder die wunderbare Politik, die sie angeblich betrieben. Verächtlich spukte er in den Sand und blickte den Kanzler finster an. Da fiel ihm Francois auf. Der Sänger saß etwas abseits der anderen RGV-Männer und gab ein Lied über die neugewonnene Freiheit Attikas zum Besten. Er hatte es selbst komponiert und nannte es nun „Parteihymne". Eine Gruppe Menschen hatte sich um ihn versammelt und lauschte aufmerksam seiner glasklaren Stimme. Schreckliches Gequakte; doch den Umstehenden schien es zu gefallen. Da kam von Wanzen plötzlich ein Einfall, der seiner Meinung nach so genial war, dass er beinahe vor Freude aufgeschrien hätte. Seine Begeisterung war so groß, dass er einen Jubelschrei nur schwer unterdrücken konnte, sodass ihm ein etwas wirr klingendes, freudiges Glucksen entwich, welches die Gestrandeten in seiner Umgebung erschrocken zusammenzucken ließ. Von Wanzen machte eine entschuldigende Geste und die anderen wandten sich kopfschüttelnd wieder ihrem Essen zu. Wahrscheinlich dachten sie, dass er nun endgültig den Verstand verloren hatte. Doch von Wanzen ließ sich nicht beirren und sprang auf, um mit einem erregten Gesichtsausdruck (der wohl nicht weniger wahnsinnig wirken musste, als das vorhergehende Glucksen) auf Francois zuzurennen.

Erschrocken unterbrach der Sänger sein Lied und duckte sich instinktiv zur Seite, als von Wanzen außer Atem und völlig enthusiastisch vor ihm zum Stehen kam. „Francois", schrie er fast. „Wir müssen uns unterhalten."
„So?", fragte der Sänger ungläubig, denn seit von Wanzens RGV-Austritt hatten beide kein Wort mehr miteinander gewechselt.
„Los, komm!", rief der Erste-Klasse-Passagier. „Wir machen einen Spaziergang. Ich habe eine tolle Idee und dafür brauch ich dich."
Zwar noch nicht ganz von der Notwendigkeit einer Unterhaltung überzeugt, aber immerhin neugierig geworden, stand Francois schließlich auf und folgte von Wanzen Richtung Meer.
Kaum waren sie außer Hörweite der anderen, begann der Erste-Klasse-Passagier voller Eifer von seinem Plan zu berichten. „Francois, mein Lieber. Hör zu. Mir ist da ein genialer Einfall gekommen. Eine Idee, die dich reich machen könnte. Dich – und mich vielleicht auch", fügte er beiläufig hinzu und tätschelte den Arm des Sängers, wie den eines alten Freundes. „Du warst mir immer der Liebste unter diesen ganzen Politbonzen", säuselte von Wanzen in schmeichelndem Tonfall. „ Zu den anderen habe ich nie einen guten Draht gehabt, aber mit uns beiden war das immer anders, nicht wahr? Darum möchte ich dir auch dieses Geschäft vorschlagen. Dein Wohl lag mir schließlich schon immer am Herzen."
Misstrauisch blickte Francois den dicken Erste-Klasse-Gast an und runzelte die Stirn. Doch bevor er etwas sagen konnte, fuhr von Wanzen schon in einer unglaublichen Redege-

schwindigkeit fort. „Wir haben uns von Anfang an gut verstanden und weißt du auch, warum das so ist? Wir sind beides Menschen mit einem gewissen Stil! Wir leben auf einem ganz anderen Niveau. Du als berühmter Sänger, und ich als erfolgreicher Geschäftsmann. Wir sind ganz anderes Klientel gewohnt, als dieses Proletariat hier. Ist doch so, oder?"
Der verwirrte Francois wollte gerade den Mund öffnen, um etwas zu entgegnen, doch schon plapperte von Wanzen ungebremst weiter. „Na klar ist das so! Und deswegen sollten wir hier auch zusammenarbeiten. Und nun zu meiner genialen Idee. Pass auf, du hast das gewisse Etwas. Deine Stimme, verstehst du? Und ich habe den Verstand, der dahinter stehen sollte. Ich bin Geschäftsmann, verstehst du? Ich verstehe etwas von Vermarktung."
Von Wanzen kramte an seiner Hose herum und zog hastig seinen Beutel mit Murmeln unter dem dicken Bauch hervor. „Hier sind 20 Murmeln. Das ist fast alles, was ich noch gespart habe. Dieses Geld werde ich in deine Karriere hier auf der Insel investieren. Wir organisieren ein Konzert für dich, und ich werde dein Manager sein. Du kennst doch den schnöden Alltag auf dieser gottverlassenen Insel. Die Leute tun alles für ein bisschen Ablenkung. Als Eintrittspreis nehmen wir natürlich ein paar Murmeln. Sagen wir fünf pro Nase. Das klingt zwar fürs Erste viel, aber die Leute haben ja auch inzwischen massig was angespart und diese einfältigen Bauern wissen doch gar nicht, wofür man sein Geld so ausgeben sollte. Die werden doch froh sein, wenn wir es ihnen abnehmen."
Er lachte spöttisch. „Verstehst du? Das wird unser großes Ding. Da kommst du ganz groß raus und kannst wieder zu

dem Star werden, der du vorher mal warst. Na, klingt das gut?"
Francois schaute etwas unsicher drein, doch bevor er etwas entgegnen konnte, schlug von Wanzen ihm übermütig auf die Schultern, sodass der Sänger einen kurzen Moment taumelte. Ohne Luft zu holen, geschweige denn, seinem Gegenüber die Zeit für eine Antwort zu geben, fuhr von Wanzen erregt fort. „Natürlich klingt das gut! Du bist mein Mann! Das wusste ich gleich. Auf dich kann man zählen. Also, was sagst du? Morgen Abend, großes Konzert? Überlass alles mir. Ich sorg' für die Werbung und die vollen Ränge. Du brauchst bloß zu singen. Beim Eintritt machen wir dann halbe-halbe. Na, ist das ein gutes Angebot?"
Diesmal antwortete Francois lieber sofort, aus Angst, er könnte erneut nicht zu Wort kommen. Mit unsicherer Stimme entgegnete er. „Naja, ich schätze schon."
„Na priiiiiima. Dann ist es beschlossene Sache. Schone deine Stimme und ruh dich aus. Lass mich nur machen. Ich hab jetzt einiges vorzubereiten. Wirst schon sehen, das wird der Hammer. Wirst schon sehen!" Und mit diesen Worten sauste von Wanzen davon und ließ einen vollkommen überrumpelten Francois am Strand zurück.

Ich war gerade damit beschäftigt, Bauholz in passende Stücke zu zersägen, als plötzlich jemand auf unsere Arbeitergruppe entgegenspurtet kam. Ich erkannte Herrn von Wanzen an seinem dicken Bauch, der beim Rennen rhythmisch auf und ab wippte. Prustend kam er direkt vor uns zum Stehen, nahm ein Blatt Papier von einem Stapel, den

er unter seinem Shirt verborgen gehalten hatte und hielt es mir entgegen. „Lies!", wies er mich prustend an.
Ich blickte auf den Zettel und las verdutzt vor: „Wollt ihr Paul als Kanzler säähn, müsst ihr die RGV schnell wääähln!"
„Nein, du Trottel! Lies die Rückseite!", unterbrach mich von Wanzen unwirsch.
„Oh, äähm…tschuldigung. Also hier steht: Liebe Attikaner! Heute Abend haben wir einen echten Star für euch organisiert. Es ist der fantastische Francois, der gegen ein geringfügiges Eintrittsgeld für euch singen wird. Lasst euch dieses Spektakel auf keinen Fall entgehen!"
Von Wanzen machte ein glückliches Gesicht und blickte überschwänglich zu uns hinüber, als hätte er den hier Versammelten gerade ein riesengroßes Geschenk gemacht. Wir jedoch schauten uns nur verwirrt an. Dann schließlich unterbrach einer das Schweigen. „Aber Francois singt doch jeden Abend!? Wieso sollten wir dafür Eintritt bezahlen?"
Für einen kurzen Moment erschien der Erste-Klasse-Passagier ratlos, was er hierdrauf erwidern sollte, entschied sich dann aber trotzig dreinzublicken und mürrisch zu antworten. „Dann kommt halt nicht. Ihr werdet so einiges verpassen".
Mit griesgrämigem Gesichtsausdruck drehte er sich beleidigt um und lief weiter zur nächsten Arbeitsgruppe, während er penibel darauf achtete, keinen der Zettel von seinem Stapel umfunktionierter Wahlplakate zu verlieren. Achselzuckend wandte ich mich wieder meinem Holzstück zu.
Doch während ich so vor mich hinarbeitete, konnte ich nicht anders, als an heute Abend zu denken. Vielleicht würde ein solches Konzert ja wirklich mal ein wenig Ab-

wechslung bedeuten. Wie sinnlos es auch erscheinen mochte, Unterhaltung hatten wir alle nötig. So schienen es auch die anderen Gestrandeten zu sehen. Herr von Wanzen hatte ganze Arbeit geleistet. Am Abend war der Platz um die Feuerstelle ausnahmslos besetzt von erwartungsvollen Attikanern. Der Matrose Jonas schritt herum und forderte jeden Zuhörer auf, fünf Murmeln in einen etwas schäbig aussehenden grauen Hut zu werfen. Er war offenbar als Kassierer engagiert worden, während der breitschultrige Viktor als Sicherheitsmann fungierte, um nichtzahlungswillige Gäste des Platzes zu verweisen. Doch dies wurde nicht nötig, da alle Gestrandeten bereitwillig ihre Murmeln in den Hut warfen. Wahrscheinlich wohl, weil man auch nicht so recht wusste, was man mit seinem gesparten Geld sonst so anfangen sollte. Für ein eigenes Haus war es zu wenig und für die tägliche Nahrung reichte es locker. Warum dann nicht ein wenig Unterhaltung?
Kaum wurde es ruhig unter den Zuhörern, erschien auch schon Francois auf einer aus fünf nebeneinander gelegten Balken improvisierten Bühne. Die Menge johlte und klatschte nach Leibeskräften. Im Nachhinein muss ich mich wirklich fragen, wieso das so war. Schließlich saß er doch jeden Abend an genau der gleichen Stelle am Feuer und sang. Da hatten dann die Wenigsten wirklich von ihm Notiz genommen. Doch kaum tauscht man den kalten Sand gegen ein paar Holzbalken aus, lässt einen fünf Glaskugeln Eintritt bezahlen und kündigt ihn als Übermenschen an, drehten die Leute durch, als wäre er der Heilige Vater persönlich.

Francois war vollkommen in seinem Element. Endlich konnte er sich wieder als ein richtiger Star fühlen. Er sang bestimmt zwei Stunden ununterbrochen, während die Menge begeistert applaudierte, johlte und tanzte.
Seit diesem einen Abend hatte sich der Sänger verändert. Die Kinder sahen ihn nun als Idol, die Frauen schmachteten ihn an und die Männer sahen ihn als einen unerreichbaren Konkurrenten. Und eben nicht, weil er gut singen konnte, sondern wohl eher aufgrund des ganzen Drumherums. Heute denke ich, dass viele von uns Gestrandeten zu dieser Zeit genau so jemanden wie ihn gebraucht hatten und das ist eine der traurigsten meiner Erkenntnisse.
Francois würde nie wieder der fleißige Arbeiter, der feurige Revolutionär oder der gewissenhafte Abgeordnete sein, der er vorher einmal gewesen war. Ich bleibe dabei. Dieser Auftritt hatte den Sänger verändert, und ich war mir nicht sicher, ob ich diesen Francois noch mochte.
Von Wanzen hingegen konnte sein Glück gar nicht fassen. Kaum hatte der letzte Zuschauer die Glaskugeln in den Hut geworfen, hatte er sich schon mit den Murmeln an seinen Schlafplatz zurückgezogen, noch bevor Francois den ersten Ton herausgebracht hatte. Gierig zählte er seinen Gewinn und schätzte ab, wie viel er davon wohl an Francois abgeben müsse, ohne dass dieser einen Betrug bemerken würde. Ich denke nicht, dass der dicke Geschäftsmann seinem „Star" gegenüber jemals ehrliche Absichten gehabt hatte. Zweifellos verfügte von Wanzen über viele nützliche Charaktereigenschaften. Fairness war jedoch keine von ihnen und zum fairen Teilen war er daher schlichtweg nicht fähig…

Ich ging an diesem Abend mit rauchendem Kopf ins Bett und philosophierte im Schlaf noch lange über das Erlebte.
Als ich schließlich am nächsten Morgen erwachte, stand die Sonne bereits hoch am Himmel und so entschied ich, noch etwas am Strand spazieren zu gehen, bevor ich mich an meine mühselige Arbeit machen wollte. Aber vielleicht würde ich heute auch mal blau machen. Das war das Schöne an unserer neuen Ordnung. Alle konnten tun und lassen was sie wollten. Jeder war sein eigener Herr und hatte ein Mitspracherecht. Auch die anderen schienen sich wohlzufühlen und das Wetter des heutigen Tages passte prächtig dazu. Die Sonne schien, selbst in den Maßstäben der hiesigen geografischen Breite, mit ungewöhnlicher Intensität und trug ihr Übriges zur Zufriedenheit der Gestrandeten bei.
Schlendernd spazierte ich am Meer entlang. Vorbei an der Feuerstelle, wo unsere Abgeordneten beisammensaßen und eifrig diskutierten. Ich hörte ihrer hitzigen Debatte eine Weile zu und beobachtete ihre Arbeit mit neugierigem Interesse. Die lauten Stimmen unserer Parlamentarier übertönten selbst das Rauschen der Wellen. Als ich jedoch hörte, dass sie sich lediglich darüber stritten, ob hellblau oder dunkelorange die Grundfarbe unserer neuen Lagerfahne werden sollte, ging ich gelangweilt weiter. Politiker wäre kein Job für mich gewesen, stellte ich entnervt fest. Viel zu eintönig und trocken. Da blieb ich lieber bei meinem Baudienst und sei er noch so anstrengend.
Schließlich kam ich an unserem Friedhof vorbei und hielt eine Weile inne. Zeit, um etwas über die Toten nachzudenken. So stand ich also einen Moment lang da und schritt

von Grab zu Grab in Gedanken an unsere Verstorbenen. Was würde Kapitän Weber sagen, wenn er das hier sehen könnte? Ob er wohl einsehen würde, wie viel besser unsere neue Gesellschaft jetzt war? Das bezweifelte ich.
Plötzlich wurde ich aus meinen Überlegungen gerissen. Als ich meinen Blick so gedankenverloren über die malerische Landschaft gleiten ließ, entdeckte ich etwas mir bis dato vollkommen Unbekanntes. Auf den, dem Friedhof angrenzenden Hügeln, schien sich viel getan zu haben. Anscheinend waren hier Felder ausgehoben worden. Ich sah eine Schar von Arbeitern eifrig durch die Gegend laufen und emsig sähen, pflügen und gießen.
Neue Felder? Die Alten waren doch völlig ausreichend gewesen. Da ich ja früher einmal in der Erntebranche beschäftigt gewesen war, hatte ich inzwischen etwas Ahnung von diesem Gewerbe. Ich beschloss also, mir die Sache etwas näher anzusehen. Neugierig lief ich hinüber und sprach einen der Arbeiter an. „Hey!"
„Moin", bekam ich als knappe Antwort, woraufhin ich interessiert fortfuhr. „Es werden wieder neue Felder bestellt? Was ist denn mit den alten?"
„Keine Ahnung!", sagte der Bauer. „Wenn de' mich fragst, ziemlich unnötig. Aber was soll's. Der Chef will's so, also wird's halt auch so gemacht."
„Der Chef?", fragte ich verdutzt, denn von Vorgesetzten hatte ich auf unserem Inselparadies schon länger nichts mehr gehört.
„Jau! Hast es noch net gehört? Der dicke Wanzen hat sich die gesamte Erntewirtschaft unter den Nagel gerissen. Soll 1000 Glaskugeln dafür beim Parlament lockergemacht haben. Hat offenbar 'nen heiden Gewinn gemacht durch das Gesinge gestern. Nun führt er sich hier auf wie Krösus!

Soll sich sogar 'nen Haus gekauft haben...", der Arbeiter schüttelte verärgert den Kopf und fuhr fort. „Naja, nun kann er jedenfalls selbst Bauern einstellen, Felder bestellen und die Ernte anschließend wieder an den Staat verkaufen. Keine Ahnung wozu der ganze Terz gut sein soll, wenn de mich fragst. Aber was soll's...der Dicke zahlt gut. Wenn du 'nen Job suchst, meld' dich bei ihm! Kann ich dir nur empfehlen."
Und mit diesen Worten wandte er sich wieder seiner Hake zu. Ich dachte angestrengt nach. Sein eigenes Geschäft in Attika zu besitzen – das wär schon was.
Müde vom vielen Grübeln ging ich zurück zum Lager, um mich schließlich am Feuer niederzulassen. Die zusätzliche Hitze der Flammen brannte mir unerträglich auf der verschwitzten Haut. Meine Kollegen vom Baudienst schienen wohl ebenfalls gerade Mittagspause zu machen, jedenfalls ließ sich Jonas erschöpft neben mir nieder. Der junge Matrose war kurz nach mir in die Baugruppe gekommen und inzwischen so etwas wie ein Freund für mich geworden. „Unglaublich", begann er. „Das Parlamentsgebäude ist noch kaum halbfertig und schon haben wir zwei neue Aufträge. Von Wanzen, der alte Schnösel, will doch tatsächlich sein eigenes Haus haben. Genau wie Francois. Scheinen ordentlich was eingenommen zu haben gestern..."
„Hab auch schon gehört", gab ich matt zurück. „Was meinst du? Werden wir uns auch mal unser eigenes Haus leisten können?" Jonas lachte nur müde. „Dafür können wir noch lange schuften."

Von Wanzens Beispiel machte offenbar Schule. Einige Gestrandete sahen nun auch ihre Zeit gekommen und erklärten sich für selbstständig. Viktor hing seinen Job als Koch an den Nagel und verkündete, er könnte ab sofort von jedem zahlungswilligen Gestrandeten als Bediensteter, Privatkoch oder auch Bodyguard eingestellt werden (je nach Wunsch des solventen Kunden). Ein ehemaliger Passagier der zweiten Klasse, sein Name war Egon, glaube ich, erklärte sich zum Kaufmann. Er sammelte tagsüber Beeren und Früchte, welche er abends an einem improvisierten Marktstand verkaufte. Ein System, das Zukunft haben sollte, denn das Parlament beschloss die Essensvergabe nach und nach gänzlich zu privatisieren.

Doch von allen Gestrandeten machte wohl mit Abstand niemand so viel Umsatz, wie Friedhelm von Wanzen. Der ehemalige Erste-Klasse-Gast übernahm einen Geschäftszweig nach dem nächsten, wobei er seinen Gewinn jedes Mal nutzte, um wieder neue und noch lohnendere Investitionen zu tätigen. Er war sogar auf die Idee gekommen, eine eigene Feuerwehr für Attika zu gründen. Dazu hatte er sich drei Gestrandete angestellt, die mit vollen Eimern jederzeit bereitzustehen hatten. Da es bislang jedoch nur eine Handvoll Hütten gab, schien dies jedoch eher eine Investition in die Zukunft zu sein. Doch nichtsdestotrotz verlangte er von jedem Hausbesitzer eine Grundsteuer, falls bei ihnen doch mal ein Feuer ausbrechen sollte. Da es allerdings noch niemals im Lager gebrannt hatte, hatte man ihn zunächst nur lachend weggeschickt. Als am nächsten Morgen jedoch die Hütte von Francois aus mysteriösen Gründen Feuer gefangen hatte, überlegten es sich die anderen Eigentümer schlagartig anders und zahlten brav.

Ich nenne diesen Vorfall als Beispiel für unser damaliges Zusammenleben, um deutlich zu machen, wie sehr sich das Leben für uns geändert hatte. Es gab nun niemanden mehr, der sich für das Wohl der Allgemeinheit wirklich einsetzen wollte, oder auch konnte. Dafür jedoch hatten wir etwas Neues erreicht. Ich spreche von Freiheit und der Chance, gesellschaftlich aufzusteigen. Ein Tausch, der uns damals durchaus lohnend erschien.

Mich jedoch hielt es an meiner Baustelle. Einerseits hatte ich zwar die Sehnsucht nach mehr als einem anstrengenden Acht-Stunden-Job voller körperlicher Schindereien, andererseits war ich aber auch froh, dass ich sicheres Geld verdiente und jederzeit und ohne mir existenzielle Sorgen machen zu müssen, in der Lage war, mich selbst zu versorgen.

So arbeitete ich Tag ein Tag aus mit den anderen Arbeitern am großen Parlamentsgebäude und schließlich kam der Moment, an dem der letzte Holzbalken verbaut und der letzte Nagel versenkt wurde. Unser Prachtstück war also fertig und nicht ohne Stolz betrachteten wir unsere Leistung. Ich hatte das Gefühl, einen Teil von mir selbst mit verbaut zu haben, so sehr rührte mich die Fertigstellung unserer langen Arbeit.

Am Abend dann kamen alle Gestrandeten zusammen und bestaunten unser Werk.

Kanzler Paul schritt zum Podium, das sich inmitten der kreisrund angeordneten Zuschauerreihen befand und begann zu sprechen.

„Meine sehr verehrten Attikaner! Liebe Bauarbeiter! Verehrte Abgeordnete! Ich freue mich außerordentlich, dass wir uns hier alle versammelt haben, um die Fertigstellung dieses wundervollen Parlamentsgebäudes zu feiern. Von hier wird ab heute die Politik unseres Inselstaates bestimmt werden. Ein Ort voller Inspiration, um die geballte Diskussionskraft unserer Politiker zu entfachen. Hier werden wir Geschichte schreiben! Auf das in diesem wundervollen Ort der Frieden und die Freiheit unseres Volkes auf ewig ein Heim finden kann", der Kanzler räusperte sich und fuhr fort. „Und um diesen glorreichen Moment abzurunden, ist es uns gelungen, einen Weltstar zu engagieren. Gegen eine geringfügige Gage aus der Staatskasse hat sich Francois dazu bereiterklärt, heute Abend für uns zu singen! Allerdings wollte ich vorher noch anmerken..." Doch wir würden wohl niemals erfahren, was Paul an dieser Stelle noch anzumerken hatte, denn die Menge brach bei der Nachricht über eine Francois'sche Gesangseinlage in tosendem Beifall aus. Ich beobachtete eine Frau, die während der Rede des Kanzlers eingenickt war und ungeniert angefangen hatte zu schnarchen. Bei der Ankündigung von Francois' Auftritt jedoch war sie dann aber schlagartig wach geworden und sprang mit einer ungezügelten Freude auf ihrer Sitzbank herum, sodass ich ernsthafte Angst um unser neues Bauwerk haben musste.

Schließlich stand Francois auf und schritt unter dem tosenden Applaus der Zuschauer zum Kanzler hinüber, der neben der Erscheinung des Sängers regelrecht zu verblassen schien. Die Menge wurde still und horchte mit erwartungsvoller Spannung. Francois wollte etwas sagen, doch verschluckte sich im selben Moment, sodass er nur ein schweinsartiges Glucksen hervorbrachte. Die begeisterte Zuschauerin, die sich zuvor auf ihre Sitzbank gestellt hatte, musste wohl gedacht haben, dass Francois bereits mit dem Singen angefangen hatte und fiel vor lauter Verzückung in

Ohnmacht. Mit einem gewaltigen Platsch (denn sie verfügte über eine enorme Körperfülle) stürzte sie in die Bankreihe vor ihr, wo die dortigen Gestrandeten eilig versuchten, dem Aufprall zu entgehen. Entsetzt musste ich feststellen, dass unser Holz für solche Belastungen wohl nicht ausgelegt war. Jedenfalls war die Sitzbank im Nu durchbrochen, und ich sah zu, wie Viktor, der als Aufpasser eingestellt worden war, sich seinen Weg durch die umstehenden Attikaner bahnte, um die noch benommene Dame nach draußen zu geleiten.
Etwas irritiert von den Auswirkungen seines Aufstoßens blickte Francois unsicher auf den entstandenen Aufruhr und murmelte ein leises „Tschuldigung…".

Nervös schreckte ich aus dem Schlaf. Die Nacht war unruhig gewesen, denn ich hatte einen merkwürdigen Traum gehabt. Ein seltsamer Mann stand vor mir und redete ermunternd auf mich ein. Sein Gesicht war das von Kanzler Paul, doch hatte er den Körper der dicken Frau, die während Francois' Vorstellung in Ohnmacht gefallen war. Ich folgte dem Mann bereitwillig. Er führte mich über eine wacklige Hängebrücke, die sich über einen tiefen Abhang spannte. Ein bläulich schimmernder Nebel umgab die düstere Szenerie und ließ mir einen kalten Schauer über den Rücken laufen. Ich versuchte Schritt zu halten, doch der Unbekannte lief schneller und schneller über die endlos erscheinende Brücke, einem unbekannten Nichts entgegen. Keuchend kam ich zum Stehen und rief „Ich kann nicht mehr!", doch der Mann winkte mir nur zu. Ich solle mich

doch beeilen. Plötzlich fing er an schaurig zu lachen und während er so vor mir stand und lachte, verwandelte er sich vor meinen Augen in Herrn von Wanzen. Doch diese Version des Neureichen war noch bedeutend dicker, als ihr Original. Er nahm mehr und mehr an Fülle zu und als er so dastand und lachend immer schwerer und schwerer wurde, zerbrach die Brücke schließlich unter dem enormen Gewicht seines Körpers. Mit einem gewaltigen Krachen fielen wir in die Tiefe. Schneller und schneller sausten wir herab, bis wir mit einem lauten Platschen in ein kaltes Gewässer fielen. Ich war klitschnass bis auf die Haut.
Ein erneuter Knall weckte mich endlich aus meinem schaurigen Traum. Verwirrt bemerkte ich, dass ich tatsächlich völlig durchnässt war. Es gewitterte. Blitze zuckten durch den sternenbedeckten Nachthimmel und der Donner grollte mit unglaublicher Intensität. Der Regen hatte sowohl meine Kleidung als auch den Boden unter mir vollkommen durchnässt. Ich lag quasi in einer einzigen Schlammlache. Wenn ich in diesem Zusammenhang also von Regen spreche, meine ich keinen dieser dagegen absolut lächerlich erscheinenden Schauer, die ich bisher kannte. Dieses Gewitter übertraf alles, was ich je zuvor an Unwettern erlebt hatte. Bemüht versuchte ich durch die dicht fallenden Tropfen hindurchzusehen und meine Augen gleichzeitig vor dem ankommenden Wasser zu schützen. Ich erkannte die verschwommenen Umrisse einiger anderer Gestrandeter und versuchte ihnen zu folgen, was bei dem vollkommen aufgeweichten Schlammboden gar nicht so einfach war. Wir liefen allesamt Richtung Wald, wenngleich ich schon als Kind gelernt hatte, dass man unter Bäumen keinen Schutz vor Gewittern suchen sollte. Doch hier trieb mich wohl die Gruppendynamik und wo sollten wir auch anders

hin, um Schutz zu suchen. Herr von Wanzen und die übrigen Hausbesitzer konnten natürlich einfach ihre Türen schließen und blieben trocken, doch wir anderen bekamen die volle Kraft der Naturgewalt zu spüren.

Frierend kauerten wir uns am Waldrand zusammen. Im dichten Gedränge erkannte ich schließlich Jonas und lief zu ihm hinüber.

„Schöne Scheiße, was?", begrüßte er mich.

„Das kannst du laut sagen", gab ich zurück: „'Ne Vermutung, wie lang der Spaß wohl dauern wird?"

„Kein Plan…"

Und der Spaß dauerte noch sehr lange. Müde standen wir dicht an dicht gedrängt und starrten stundenlang in den Himmel. „Arbeitszeit!", rief einer der Umstehenden amüsiert, als es bereits langsam hell wurde. Doch an Arbeit war heute wirklich nicht zu denken.

Ich nutzte die Gelegenheit, um den Wald etwas genauer zu erkunden. Obwohl er quasi ein direkter Nachbar von uns war, hatte ich kaum mal die Zeit gehabt, ihn mir näher anzusehen. Die Jäger und Sammler unter uns kannten ihn inzwischen wie ihre Westentaschen, doch für mich hatten die dichten Bäume mit ihrem weit verzweigten Blätterdach noch immer etwas sehr abenteuerliches. Zum Strand wollte ich bei diesem Wetter ja eh nicht zurück. Warum dann nicht etwas Nützliches tun?

Ich stiefelte also los, stets darauf bedacht, mich nur dort aufzuhalten, wo der Wald dicht genug war, um mich vor dem prasselnden Regen zu schützen.

Gedankenverloren bahnte ich mir also meinen Weg durch die Äste und Zweige, ständig mit gesenktem Blick, um nicht etwa über einen Baumstumpf zu stolpern, oder mich in einem Dornenstrauch zu verfangen. Wie ich so vor mich hinlief und die Umgebung in vollen Zügen in mir aufnahm, hörte ich plötzlich Stimmen aus der Dunkelheit. Der Wald war hier so dicht, dass ich kaum noch sehen konnte, was vor mir lag und der zugezogene Himmel tat sein Übriges, sodass ich für einen kurzen Moment völlig orientierungslos dastand und mich fragte, aus welcher Richtung ich die Stimmen wohl gehört hatte. Der pausenlose Regenfall, durchzogen vom knallenden Donner, sorgte dafür, dass ich keinen weiteren Ton der vermuteten Unterhaltung mehr vernahm. Hatte ich sie mir etwa nur eingebildet? Ich spitzte die Ohren und hörte genauer hin. Ein weiteres Donnergrollen, gefolgt von einer kurzen Periode der Ruhe und ich war mir sicher – hier unterhielten sich Zwei. Ganz leise zwar, aber dennoch hatte ich mich nicht geirrt. Ein Wunder, dass ich sie bei diesem Unwetter überhaupt hatte hören können. Doch woher kamen die Stimmen? Es konnte nicht von weit weg sein, denn sonst hätte ich mit Sicherheit nichts gehört. Leise schlich ich in die Richtung, wo ich ihre Urheber vermutete. Bis heute kann ich nicht genau sagen, warum ich überhaupt schlich. Es war doch eigentlich nichts Verbotenes dabei, sich im Wald zu unterhalten. Doch wahrscheinlich war es der geheimnisvolle Ort, das schaurige Gewitter sowie der verschwörerische Unterton, den ich bei den Sprechenden herauszuhören glaubte, der mich vorsichtig werden ließ.

Schließlich erreichte ich einen besonders dicken Baumstamm, hinter dem ich die Unterhaltung deutlich vernehmen konnte. Neugierig lugte ich hervor und sah die verregneten Silhouetten zweier Menschen. Der eine schien ein

Mann zu sein, die andere eine etwas rundlich anmutende Frau.

„Ich sag dir, das sollten wir uns nicht bieten lassen! Genug ist genug. Das kann zu einer echten Gefahr werden." Hektisch sah sich der Sprechende um, vermutlich aus der begründeten Angst heraus, belauscht werden zu können.

Die Frau antwortete: „Wenn du glaubst, ich würde deinen Verfolgungswahn unterstützen, dann hast du dich geschnitten. Jeder hat das Recht, so viel zu kaufen wie er mag. Das nennen wir Freiheit und Freiheit ist der Grundgedanke unserer Gesellschaft. Dafür haben wir lange gekämpft. Willst etwa gerade du mir sagen, dass du das schon vergessen hast? Ich setze unsere Werte nicht aufs Spiel für deine Hirngespinste."

Und plötzlich wurde mir schlagartig klar, wer da sprach. Ich hatte die Stimmen kurz nicht zuordnen können, doch nun wusste ich es. Ich belauschte gerade eine Unterhaltung zwischen unserem Kanzler Paul und der Oppositionsführerin Maria. Vielleicht hätte sich ein anständiger Attikaner in diesem Moment zurückziehen und den Politikern ihren gebührenden Freiraum gewähren sollen, doch ich war wie gebannt vor Neugier.

„Er kontrolliert bereits den gesamten Ackerbau und die Feuerwehr. Wenn wir ihm jetzt auch noch den Jagdsektor überlassen, ist das eindeutig zu viel. Wovon soll denn noch die Staatskasse gefüllt werden, wenn die Essenseinnahmen nach und nach wegbrechen?", fragte Paul erregt.

„Na, dann erhöhen wir halt die Steuern. Es sollte doch sowieso alles privatisiert werden. Das war doch auch dein Wunsch! Aber das sind doch alles Themen, die wir offen im

Parlament besprechen können und nicht in einer einsamen Ecke im dunklen Wald."

Maria sah den Kanzler vorwurfsvoll an, und Paul wirkte verlegen.

„Also, du hast schon recht, aber…nun ja…ich habe das Gefühl, dass einige meiner Parteifreunde sich von von Wanzen irgendwie beeinflussen lassen. Vielleicht lassen sie sich von ihm einfach nur blenden oder so, vielleicht ist aber auch mehr im Spiel. Jedenfalls wäre es gut möglich, dass ich die Stimmen der Fortschrittspartei benötigen werde, um seinen Antrag auf den Verkauf unseres Jagdsektors abzulehnen…", der Kanzler, schaute betreten zu Boden und ruderte nervös mit den Armen.

Maria entgegnete entrüstet. „Du willst hier also eine geheime Absprache mit mir treffen? Du weißt schon, dass das illegal wäre? Für so etwas haben wir nicht gekämpft, Paul. Dann wären wir kein Stück besser als Weber."

„Ach, verstehst du denn nicht? Ich versuche doch nur, unsere Gesellschaft zu schützen. Hier geht es nicht um meine Macht, begreif das doch."

„Pah", entgegnete Maria abfällig. „Wenn dein Freund Sven dich hier nur so sehen könnte, Paul. Er würde sich im Grabe umdrehen. Du solltest dich etwas schämen!"

Mit diesen Worten machte die Vorsitzende der Fortschrittspartei energisch kehrt und schritt so wütend in die Dunkelheit davon, dass dagegen selbst der Donner irgendwie freundlich und zurückhaltend wirkte.

Beklommen blieb der Kanzler zurück und trat unbeholfen von einem Bein auf das andere. Schließlich musste er sich wohl dazu entschlossen haben, zu den restlichen Gestrandeten zurückzukehren. Jedenfalls steuerte er zu meinem Ent-

setzen direkt auf mich zu. Hastig versuchte ich leise an ihm vorbeizuschleichen, doch es war zu spät.
„He! Wer ist da?", hörte ich Paul erschrocken rufen.
Ertappt blieb mir nichts anderes übrig, als mich zu zeigen.
„Ich bin´s nur…", antwortete ich, während ich verzweifelt versuchte, dabei möglichst unschuldig zu klingen.
„Hast du uns etwa belauscht???"
„Nun ja…", gab ich schüchtern zurück. „Es war keine Absicht. Ich war gerade ein wenig spazieren und habe zufällig eure Unterhaltung aufgeschnappt. Habe kaum richtig zugehört! Keine Ahnung, worüber ihr gesprochen habt."
Paul jedoch wirkte alles andere als überzeugt. Wütend fuhr er mich an. „Gespräche zwischen zwei Abgeordneten sind vertraulich. Wie kannst du es nur wagen, uns zu belauschen? Wir sollten dich…"
Er überlegte kurz, doch da dem Kanzler nichts einfiel, womit er hätte drohen können, ergänzte er in einem nun deutlich milderen Tonfall. „…Naja…also ich würde dich bitten, dass du alles, was du gehört zu haben glaubst, streng vertraulich behandelst. Ich kann mich doch auf dich verlassen, oder? Du bist doch schließlich ein guter Bürger und stolzer Attikaner, richtig?"
„Öhm…ja, schätze schon…", gab ich unsicher zurück.
„Na siehst du. Dann kann ich mich doch auf dich verlassen, nicht wahr? Wunderbar…wunderbar…nun muss ich weiter. Viel zu tun. Viel zu tun. Mach´s gut." Und mit diesen Worten schritt der etwas zerzaust wirkende Kanzler zurück in Richtung Waldrand. Ich stand noch eine Weile lang nur so dar und dachte nach, während das Unwetter donnernd durch die Bäume fegte.

Doch so schnell wie das Gewitter gekommen war, war es dann auch wieder verschwunden. Die Wolken hatten sich binnen Minuten aufgehellt und verschwanden schließlich ganz, um dem Himmel sein übliches Blau zurückzugeben. Urplötzlich zeigte sich auch die Sonne wieder und bestrahlte den Wald mit ihrem wärmenden Licht, ganz so, als wäre nie etwas gewesen.

Als ich schließlich an den Strand zurückkehrte, sah ich die anderen bereits wieder am Lagerfeuer sitzen. Ich erspähte Jonas in der Menge und gesellte mich zu ihm. Freundlich nickte er mir zu und rückte zur Seite, um Platz zu machen. Erschöpft ließ ich mich neben ihm nieder und beobachtete die Flammen bei ihrem flackernden Tanz. Offenbar genossen die Attikaner diesen außergewöhnlichen Tag. Regen hatten wir hier schon ewig nicht mehr gehabt. Die Stimmung war ausgelassen und man sehnte sich nach geselligem Miteinander. Ich dachte über das belauschte Gespräch nach und überlegte, ob ich Jonas davon erzählen sollte. Schließlich entschloss ich mich dagegen. Wenn Paul erfahren würde, dass ich mit der Geschichte hausieren gehe, gäbe es sicher nur Scherereien.
Ich entschied mich also dazu, den Mund zu halten und wandte mich lieber dringenderen Bedürfnissen zu. Zum Beispiel hatte ich Hunger. Da traf es sich gut, dass Fritz gerade die Runde machte, um die täglichen Essensmurmeln einzusammeln. Ich ließ eine meiner Glaskugeln in seinen Hut fallen und machte mich auf zur Verpflegungsausgabe. Heute gab es Braten mit Waldbeeren. Die Köche hatten ganze Arbeit geleistet. Dankbar biss ich ins saftige Fleisch. Wie wäre es wohl, wenn von Wanzen die Jagdwirtschaft kontrollieren würde? Ich meine, letztendlich blieb Fleisch

doch Fleisch; egal von wem wir unser Essen kauften. Also bliebe doch alles beim Alten…oder?

Nachdenklich verspeiste ich meine Mahlzeit und aß hungrig, bis selbst die letzte Beere in meinem Mund verschwunden war. Dann beschloss ich kurzerhand bei der heutigen Parlamentssitzung zuzusehen, denn der sich abzeichnende Konflikt hatte mein Interesse geweckt. Mal sehen, vielleicht könnte das ja ganz spannend werden…

Und so machte ich mich am späten Nachmittag auf den Weg zur Parlamentshütte. Noch immer empfand ich so etwas wie Stolz, an diesem einzigartigen Gebäude mitgebaut zu haben. Als ich durch die große Eingangspforte schritt, blickte ich fast ehrfürchtig in die Runde. Die Abgeordneten saßen auf ihren Bänken, offenbar nach Parteizugehörigkeit geordnet. Ich war überrascht, wie wenige von ihnen anwesend waren. Offenbar hatten viele die Lust am politischen Alltagsleben verloren. Wie ich gehört hatte, mussten sie nicht einmal erscheinen und bekamen trotzdem ihre täglichen Glaskugeln. So ein Leben müsste man haben…

Schließlich sah ich mich schmunzelnd nach der Bank um, die die äußerst korpulente Frau während Francois' Auftritt zerlegt hatte. Die Bretter waren noch nicht ausgetauscht worden, sondern wurden lediglich notdürftig mit ein paar Seilen stabilisiert. Diese Ecke der Parlamentshütte wurde von den Abgeordneten argwöhnisch gemieden. Wahrscheinlich aus Angst, die Bank könnte erneut brechen.

Auf Besucher war man offenbar nicht eingestellt, denn als ich den Raum betrat, wurde ich zunächst einmal völlig irritiert angestarrt. Fritz kam sogar direkt auf mich zu und

fragte. „Kann ich dir irgendwie helfen? Gleich findet hier eine Sitzung des Parlaments statt, die möchtest du dir doch nicht etwa anhören, oder?" Der alte Mann lachte vergnügt, womit er augenblicklich aufhörte, als er mich nicken sah.
„Oh. Wirklich? Wir haben sonst nie Besucher. Es interessiert sich zumeist keiner. Naja, aber gut. Ist ja schließlich nicht verboten zuzusehen, nicht wahr? Also nimm am besten irgendwo hinten Platz. Aber Vorsicht vor der Bank dort drüben. Der traut keiner so recht."
Artig ging ich auf die letzten Reihen zu und entschied mich, dann auf einer der Bänke der RGV Platz zu nehmen. Amüsiert bemerkte ich, wie der Kanzler mich die ganze Zeit über misstrauisch beäugt hatte. Doch nun schien er sichtbar erleichtert über meine Platzwahl. Vielleicht hatte er gefürchtet, dass ich irgendetwas gegen ihn im Schilde führte, jetzt, wo ich dieses merkwürdige Gespräch mitangehört hatte.
Ich ließ den Blick kreisen. Es waren wirklich ausgesprochen wenige Abgeordnete erschienen, doch die, die da waren, unterhielten sich rege. Fritz musste sich mehrere Male räuspern, bis er endlich die ungeteilte Aufmerksamkeit aller Anwesenden für sich beanspruchen konnte.
„Sehr geehrte Abgeordnete", begann er förmlich und fuhr mit einschläfernd monotoner Stimme fort. „Hiermit erkläre ich die heutige Sitzung für eröffnet. Ich freue mich, dass Sie erschienen sind, wenn Sie denn erschienen sind und werde Ihnen nun die Tagesordnung verlesen. Punkt 1: Die Begrüßung der Parlamentarier. Dieser Punkt wurde von mir soeben ausgeführt." Er hielt kurz inne, während ein Abgeordneter auf der ersten Bankreihe genussvoll gähnte.
„Der Punkt 2 der Tagesordnung betrifft die Eintragung des Lagernamens Attika in unsere Verfassung. Punkt 3 befasst

sich mit dem Antrag eines Bürgers über die Privatisierung des Jagdsektors. Punkt 4 beinhaltet die Verabschiedung der Parlamentarier in den Feierabend mit abschließendem Händeschütteln."

Fritz hatte ein wirklich einsames Talent zu reden, ohne die Stimmlage zu verändern, sodass sich schon nach seinem ersten Satz die Müdigkeit in mir bemerkbar machte. Doch ich zwang mich, wachzubleiben. Andere waren da offenbar nicht so diszipliniert. Ein Abgeordneter vor mir hatte sich über die gesamte Banklänge ausgestreckt und schnarchte ungeniert. Auch die anderen schienen irgendwie abwesend. Lediglich Paul machte einen aufgeregten Eindruck. Hibbelig wippte er auf seinem Sitzplatz hin und her.

Schließlich fuhr Fritz fort. „Punkt 2: Die Vor- und Nachteile unseres Lagernamens wurden die letzten Monate über ausgiebig diskutiert. Darum nun die Abstimmung. Wer ist für den Erhalt von Attika als unseren Lagernamen und seiner schriftlichen Festlegung?"

Alle Abgeordneten, die noch nicht eingeschlafen waren, meldeten sich. Einer stieß dem schlafenden Parlamentarier vor mir mit dem Ellenbogen in die Rippen, woraufhin dieser jedoch nur verärgert schnaubte und sich auf die andere Seite drehte.

„Ähm, nun ja, gut. Das scheint mir die Mehrheit zu sein. Gibt es Gegenstimmen? Enthaltungen? Nein? Nun gut dann ist es beschlossen. Ab heute heißen wir auch laut Verfassung Attika. Vielen Dank, dies war ein geschichtsträchtiger Augenblick", Fritz hielt kurz inne, um ein dem Moment angemessenes Schweigen zu erzeugen, während er verächtlich zu dem schlafenden Kollegen hinübersah, der ihn mittlerweile mit seinem Schnarchen übertönte.

„Kann den mal einer aufwecken, bitte? Meine Güte...", sagte er wütend, um dann mit unverändert einschläferndem Tonfall fortzufahren. „Kommen wir nun zu Tagesordnungspunkt 3. Ich habe hier einen Antrag nach §27 c der Lagerverordnung zur Privatisierung öffentlichen Eigentums...wo hab ich ihn noch...Moment...er müsste doch...ah ja, hier. Also: Es handelt sich um einen Antrag des Bürgers Friedhelm von Wanzen..."

Bei diesen Worten nickte Fritz jemandem auf den hinteren Bänken zu und ich bemerkte überrascht, dass der dicke Erste-Klasse-Passagier ein paar Plätze von mir entfernt saß. Er winkte mit einem gekünstelten Lächeln zurück und zwinkerte in die Runde.

„Also dann", fuhr der Vorsitzende fort. „Wer ist für die Privatisierung des Jagdsektors?"

Doch kaum hatten die ersten Abgeordneten ihre Hände nach oben gestreckt, sprang Paul plötzlich auf.

„Halt", rief er so energisch in die Runde, dass alle Abgeordneten erschrocken aus ihren Tagträumen gerissen wurden. „Ich beantrage hiermit eine vorhergehende Debatte, um die Vor- und Nachteile einer Privatisierung erläutern zu können."

Irritiert sah Fritz ihn an. „Nun also...ja...hmm... na, wenn dir das wichtig ist. Warum nicht. Dann...ähm... bitte ich den Kanzler von Attika ans Rednerpult."

Paul sprang auf und lief mit schnellen Schritten auf das Podium zu. Alle Abgeordneten waren plötzlich hellwach. Selbst der schnarchende Parlamentarier vor mir hob irritiert den Kopf. Aus dem Augenwinkel konnte ich beobachten, wie sich von Wanzens Miene merklich verdüsterte.

„Sehr geehrte Abgeordnete, meine lieben Parteifreunde, verehrte Opposition", begann der Kanzler erregt. „Heute sollen wir über ein Gesetz entscheiden, über dessen Auswirkungen sich viele von uns gar nicht recht im Klaren sind. Sicherlich ist die Privatisierung unserer Nahrungsmittelproduktion eines unserer längerfristigen Ziele. Doch muss dieser Schritt in langsamen und in geordneten Bahnen ablaufen, denn mit dem Wegfall der Nahrungsmitteleinnahmen geht dem Staat eine wichtige Geldquelle verloren, auf die wir nur mit einer Steuererhöhung reagieren könnten. Diese Entscheidung sollte wohl überlegt sein und bedarf einer vorhergehenden regen Diskussion", der Kanzler hielt kurz inne, zögerte und ich bemerkte, dass er seine nun folgenden Worte ganz genau abwog. „Zudem sehe ich ein weiteres Problem in der Privatisierung des Jagdsektors an den Attikaner Friedhelm von Wanzen. Zweifelsfrei begrüße ich ein gesundes Unternehmertum in unserem Lager, doch habe ich in diesem Fall begründete Bedenken. Der betreffende Bürger verfügt bereits über den landwirtschaftlichen Bereich unserer Nahrungsmittelproduktion, und ich bezweifle den positiven Nutzwert einer Monopolisierung in diesem gesellschaftlich wichtigen Wirtschaftszweig. Mehr noch – ich sehe hier sogar eine große Gefahr für unser friedliches Miteinander!"
Paul sah mit ernstem Gesicht in die Runde, fast, als erwartete er, sich nun verteidigen zu müssen. Doch die Abgeordneten wirkten im Gegenteil fast ein wenig überrascht über diese hitzige Rede, waren sie doch gewohnt, ansonsten nur müde ihren Arm zu heben oder auch nicht – ganz wie die Parteilinie es eben gerade verlangte. Verwirrt sah man sich

um, als suche man für die eigene Meinungsbildung Schützenhilfe beim Nebenmann.
Plötzlich sprang von Wanzen wütend auf und brüllte voller Zorn durch das Parlament: „WAS FÜR EINE UNVERSCHÄMTHEIT! WAS GLAUBEN SIE, SICH RAUSNEHMEN ZU KÖNNEN? ICH BIN FREIER ATTIKANER UND KANN KAUFEN WAS ICH WILL!"
Ich sah, wie Paul nervös wurde, doch bevor er etwas sagen konnte, war Maria aufgestanden und sprach an Fritz gewandt. „Herr Vorsitzender. Ich beantrage hiermit ebenfalls eine Stellungnahme zu diesem Thema abgeben zu dürfen."
Fritz, der mir vollkommen überfordert von der plötzlich so emotional gewordenen Parlamentssitzung erschien, entgegnete unsicher. „Nun ja…also…klar…wieso nicht. Bitte, Frau Oppositionsführerin."
Maria schritt nach vorne und drängte sich ans Pult, wobei sie den Kanzler überschwänglich zur Seite stieß.
„Verehrte Abgeordnete", begann sie. „Es ist nun an der Zeit, für unsere hart erfochtenen Werte einzustehen. Wir wollten totale Freiheit und die haben wir nun mühevoll erreicht. Wir möchten jedem einzelnen Bürger die Möglichkeit geben, sich frei zu entfalten. Die Menschen sollen sich selbst regieren. Keinen Staat mehr haben, der ihre Geschicke bestimmt, sondern ihr Schicksal in die eigene Hand nehmen können. Daher haben wir beschlossen, die Staatsbetriebe des Unterdrückerregimes nach und nach an das Volk zurückzugeben. Dieser Schritt ist unabdingbar und jeder, der sich dem in den Weg stellt, muss sich dem Vorwurf konfrontiert sehen, die alten Herrschaftsstrukturen weiterführen zu wollen. Wir wollen nicht erneut zu dem Unrechtsstaat mutieren, der einst unser Lager beherrschte. Jeder, der sich der Freiheit der Attikaner entgegenstellt, ist

ein Feind unserer Selbstbestimmung. Darum sage ich: Stimmt für die Privatisierung! Entscheidet euch für die Freiheit und gegen die Staatsdiktatur!"
Tosender Beifall bei den Anhängern der Fortschrittspartei. Die RGV-Leute dagegen wussten offenbar nicht so ganz, wie sie zu reagieren hatten. Einige klatschten unsicher, wieder andere buhten, die meisten jedoch blieben regungslos.
„Also...", meldete sich plötzlich Fritz wieder zu Wort. „...Da nun alle Redebeiträge beendet sind, können wir nun endlich zur Abstimmung kommen. Wer ist...?"
„HALT!", hörte ich plötzlich jemanden brüllen. Von Wanzen war erneut aufgesprungen und schrie mit hochrotem Kopf. „Ich beantrage, dass die Entscheidung vertagt wird! Die Abgeordneten der RGV sind durch diese verleumderischen Anschuldigungen des Kanzlers völlig verunsichert worden und sollten erst einmal Zeit bekommen, ihre Gedanken zu sortieren."
„Aber ich muss doch sehr bitten!", entgegnete der Vorsitzende und fuhr in seiner gewohnt monotonen Stimmlage fort. „Nach §13 Absatz 12 der allgemeinen Verfahrensregeln im Parlamentssaal muss ein solcher Antrag mindestens 24 Stunden vor Sitzungsbeginn eingereicht worden sein. Demnach kann hierdrauf keine Rücksicht genommen werden und..."
„Ach papperlapapp", mischte sich plötzlich Paul ein. Auch er hatte mittlerweile einen hochroten Kopf und seine Stimme bebte vor Wut. „Lassen wir den Herren Abgeordneten ruhig Zeit sich zu entscheiden. Sie sollen sich gut überlegen, wofür sie ihr Handzeichen geben wollen." Mit

diesen Worten schlug er verärgert mit der Faust auf seine Sitzbank und funkelte von Wanzen böse an.
„Nun ähhh…", stammelte Fritz sichtbar überfordert. „Also, nun ja…also, ich denke…man könnte eine Ausnahme…wenn sie nichts dagegen haben, Frau Oppositionsführerin? Nein? Hmm…nun denn, dann soll es so sein. Die Abstimmung wird vertagt auf die Parlamentssitzung in drei Tagen. Kommen wir nun zu Punkt 4 der Tagesordnung. Ich wünsche Ihnen einen angenehmen Feierabend und hoffe, Sie bei der nächsten Debatte wiederzusehen, zu der Sie dann auch gerne mal wieder etwas zahlreicher erscheinen dürfen."

In der kommenden Nacht wollte ich nicht so recht zur Ruhe kommen. Ich dachte noch viel über das Gehörte nach und versuchte, mir einen Reim darauf zu machen, was eine vorschnelle Privatisierung so für Gefahren mit sich brachte und ob ich dafür oder dagegen war.
Ich denke, dass viele der Abgeordnete meine Aufregung ganz und gar nicht teilten, sondern sich vielmehr fragten, was denn das ungewohnte Hin und Her überhaupt sollte. Sicherlich war ich, abgesehen von Paul, Maria und Herrn von Wanzen selbst, wohl der einzige Attikaner, der an diesem Abend schlecht einschlafen konnte. Als ich dann endlich in das Reich der Träume versank, waren diese vor allem beunruhigender und bedrohlicher Natur.

Der Verräter

Von Wanzen schritt in seiner Hütte nervös auf und ab. Eigentlich konnte man seine Unterkunft schon als ein richtiges Haus bezeichnen. Aus den anfänglichen zwei Zimmern waren inzwischen vier geworden. Mit jedem neuen Geldregen aus der Landwirtschaft hatte von Wanzen anbauen lassen. So konnten alle Gestrandeten auf den ersten Blick erkennen, dass es sich bei dem dicken Erste-Klasse-Passagier zweifellos um den reichsten Attikaner handelte. Eigentlich ein Grund, um sich zufrieden zurückzulehnen. Von Wanzen verfügte über genügend Murmeln und sichere Einnahmequellen, ohne dass er selbst noch hätte wirklich arbeiten müssen. Doch er wollte mehr. In ihm strebte ein Verlangen nach größerem Reichtum und der damit verbundenen Macht. Jeder, der ihm im Wege stand, musste beseitigt werden, selbst wenn es sich dabei um den Kanzler persönlich handelte.
Angestrengt dachte er nach. Die Rechte an der Jagdwirtschaft würde er nur über das Parlament bekommen und dort hatte Paul nun mal das Sagen. Von Wanzen war schlau genug zu erkennen, dass der Kanzler ihn fürchtete. Ihn, mit seinem Reichtum und seinem Einfluss. Wenn die RGV einheitlich gegen seinen Antrag stimmen würden, hätte er keine Chance. Doch was war Paul schon ohne seine Partei-

freunde. Die Grundlage seiner Machtbasis würde wegbrechen, wenn es von Wanzen gelingen könnte, die Abgeordneten gegen ihren Führer aufzubringen. Doch das war alles andere als einfach.

Es klopfte. Viktor trat herein. Von Wanzen hatte den ehemaligen Sternekoch inzwischen als seinen persönlichen Leibwächter eingestellt.

„Chef, hier ist einer von diesen Politikern an der Tür. Reinlassen?", fragte der 2-Meter-Mann ergeben.

„Ja bitte, Viktor. Heiße unseren Gast willkommen, aber vergiss nicht, ihn vorher gründlich zu durchsuchen. Wir wollen kein Risiko eingehen."

Der Koch nickte murrend und schlurfte aus dem Raum.

Kein Risiko eingehen… Das war das Grundprinzip einer jeden demokratischen Abstimmung, dachte von Wanzen feixend, als der besagte Abgeordnete schließlich eintrat.

Er war von karger Statur und hatte schütteres gräuliches Haar, das eine glänzende Halbglatze umkränzte. Seine Gesichtsform war spitz zulaufend, was ihm zusammen mit seinen vorstehenden Vorderzähnen ein rattenartiges Äußeres verlieh. Bekleidet war der Mann mit einer dunklen Anzughose und einer schwarzen Lederjacke, die seiner Erscheinung einen noch unseriöseren Ausdruck verlieh.

Betreten sah er zu Boden und begrüßte von Wanzen mit den verlegenen Worten: „Ich dürfte gar nicht hier sein…"

„Gregor", entgegnete der Erste-Klasse-Passagier mit aufgesetzter Freundlichkeit. „Schön, dich zu sehen! Ich hoffe, es geht dir gut?"

Der Mann nickte knapp. „Ich bin Politiker. Wir können uns nicht groß beklagen. Viel besser würde es mir jedoch gehen, wenn ich mit meiner Familie endlich in ein richtiges Haus wie dieses hier einziehen könnte."

„Das versteh ich. Das versteh ich nur zu gut. Für Männer unseres Formates ist es doch wirklich unbefriedigend, am Strand schlafen zu müssen. Wir verdienen mehr und das solltest du dir auch bald leisten können, mein Freund. Doch kommen wir zunächst zum geschäftlichen Teil", von Wanzens Stimme wurde mit einem Schlag ernst. „Wie viele wirst du überzeugen können?"
Gregor senkte den Kopf und sah sich im Raum um. Wahrscheinlich spähte er die Möglichkeiten aus, belauscht zu werden und entschied sich dann, mit leiser Stimme zu flüstern. „Das ist schwer zu sagen. Es existiert die alte Rebellenriege. Gefühlgesteuerte, abhängige Idioten, wenn du mich fragst. Die sind Paul treu bis aufs Blut. Schätze, da ist nichts zu machen. Aber es gibt noch andere Abgeordnete, die nicht so fest im Sattel sitzen, wenn du verstehst was ich meine. Da könnte ein wohl überlegter gut gemeinter Ratschlag von mir oder auch die ein oder andere Murmel helfen, um ihre Meinung ins rechte Licht zu rücken."
„Wie viel brauchst du?", fragte von Wanzen pragmatisch.
„Insgesamt sollten 500 Glaskugeln genügen, um meine Kollegen zu überzeugen."
„Und wie viel willst du für dich?"
„Nichts."
„Nichts?"
„Nichts!"
„Wenn ich eines in meinem Leben gelernt habe mein Freund", begann von Wanzen altklug, „dann ist es die Tatsache, dass es nichts auf dieser Welt für umsonst gibt."
Gregor lachte. „Das mag schon so stimmen. Darum lass es mich für dich so formulieren. Ich will NOCH nichts. Aber

mit Sicherheit werde ich bei der ein oder anderen Gelegenheit auf deine Schulden bei mir zurückkommen."
Der Gedanke, bei jemand anderem in der Kreide zu stehen, gefiel von Wanzen gar nicht. Doch was blieb ihm anderes übrig? Lieber hätte er ihm 1000 Murmeln gezahlt, doch um seine Ziele zu erreichen, muss man schließlich auch manchmal unbequeme Entscheidungen treffen. Widerwillig schlug von Wanzen in die ausgestreckte Hand des Abgeordneten, woraufhin dieser wohlwollend lächelte.
„Auf Wiedersehn, Herr von Wanzen. Auf das die Abstimmung zu ihren Gunsten ausfallen wird."
„Das wird sie. Davon bin ich überzeugt."
Bei diesen Worten machte Gregor eine übertriebene Verbeugung, drehte sich um und verschwand aus dem Raum.

Die Abstimmung kam von Wanzen jetzt nur noch wie eine reine Formsache vor. Als er das Parlamentsgebäude betrat und sich in die hinterste Reihe setzte, zierte ein diabolisches Lächeln sein Gesicht.
Er beobachtete den Kanzler, der mit hochrotem Kopf dastand und leise mit seinen Getreuen diskutierte. Dieser Trottel glaubte doch tatsächlich die Abgeordneten allein mit seinen Worten überzeugen zu können. Bei diesem Gedanken schnaubte von Wanzen spöttisch.
Er suchte Gregor in der Menge und sah seinen Mitverschwörer auf einer der vorderen Bänke. Die Blicke der beiden trafen sich kurz, doch ihre Gesichter blieben ausdruckslos, denn schließlich war höchste Geheimhaltung angebracht.
Fritz stolzierte zum Podium, und es wurde sofort ruhig im Raum. Der Vorsitzende palaverte in seiner gewohnt einschläfernden Weise und ging mit monotoner Stimme die

einzelnen Tagesordnungspunkte durch, von denen einer langweiliger klang als der andere.
Dieses Geschwätz langweilte von Wanzen und bestärkte ihn nur in seinem Glauben, dass das Parlament nicht mehr war, als ein Haufen von realitätsfernen Idioten, die bei weitem nicht die Kompetenz besitzen, Attika zu regieren. Als endlich der herbeigesehnte Tagesordnungspunkt an der Reihe war, schritt Paul zum Rednerpult und hielt eine feurige Rede gegen das besagte Vorhaben. Maria hielt in ihrer Redezeit dagegen.
Ein lächerliches Schauspiel. Dieses sinnlose Geschwätz hättet ihr euch sparen können, dachte von Wanzen abfällig. Schließlich schritt Fritz wieder nach vorne.
„Sehr verehrte Abgeordnete. Ich bitte nun um ihr Handzeichen. Wer ist für die Bewilligung des eingereichten Antrages?"
Nun wurde es spannend. Maria und nahezu die gesamte Fortschrittspartei meldeten sich sofort. Und dann, zögernd und fast ein bisschen beschämt, meldeten sich zu Pauls Entsetzen auch die ersten Abgeordneten der RGV. Zuerst einige Wenige, dann aber immer mehr.
Gregor, der sich als einer der Ersten gemeldet hatte, konnte ein Lächeln des Triumphes nicht verkneifen.
Der Kanzler sah sich ungläubig um und die Zornesröte stieg ihm ins Gesicht. „Wieso?", fragte er an seine untreuen Parteigenossen gewandt.
„Oha", rief Fritz verdutzt. „Nun gut. Da muss ich jetzt zählen. Einen Augenblick bitte…ja… das ist knapp mehr als die Hälfte. Damit wird dem Antrag stattgegeben. Der Jagd-

sektor kann nun privatisiert werden. Nana, meine geschätzten Kollegen. Ich muss doch sehr bitten!"
Der Vorsitzende sah erstaunt, dass einige der RGV-Mitglieder, allen voran der Kanzler höchstpersönlich, wütend aufgesprungen waren und nun außer sich vor Zorn durch den Raum brüllten. „Das ist ja ungeheuerlich. Bestechung! Das ging nicht mit rechten Dingen zu. Verräter!"
Innerhalb weniger Minuten war ein gewaltiger Tumult im Parlament ausgebrochen. Wüste Beschimpfungen wurden ausgetauscht und erste Gegenstände flogen durch den Raum.
„Aber, aber, meine Herren Parlamentarier. Ich bitte um Haltung", begann Fritz, doch eine Bank, die nur knapp an seinem Kopf vorbeiflog, zwang den Vorsitzenden, unter seinem Rednerpult Deckung zu suchen.
Von Wanzen sah dem Schauspiel belustigt zu. Er hatte der Politik ein Schnippchen geschlagen und war nun mächtig stolz auf sich. Endlich hatte er diesem aufgeblasenem Kanzler und seinem minderbemittelten Gefolge eine Lektion erteilt, die sie so schnell nicht mehr vergessen würden.
Unter dem Gebrüll und den Beschuldigungen der Abgeordneten war noch ein letzter verzweifelter Versuch des Vorsitzenden zu hören, die Sitzung zu einem geordneten Abschluss zu bringen.
„Und nun zum letzten Tagesordnungspunkt", keuchte er verängstigt unter seinem Pult, während sich vor ihm eine handfeste Schlägerei entfachte. „Ich wünsche Ihnen einen schönen Feierabend und bis zur nächsten Sitzung."

Ich erfuhr von alldem erst am Abend beim Lagerfeuer. Gerade hatte ich mir mein Essen gekauft und mich erschöpft auf dem Sand niedergelassen, als Jonas sich aufgeregt neben mich setzte.

„Weißt du schon das Neuste?", fragte er mich sensationsheischend.

„Nein", gab ich wahrheitsgetreu zurück.

„Im Parlament soll es eine Prügelei gegeben haben", sagte er, während er lässig in einen Apfel biss. „Ich hab´s vom Küchenjungen erfahren. Sein Vater ist Abgeordneter der Fortschrittspartei."

„Soso. Worum ging´s denn?"

„Von Wanzen hat sich die Jagdrechte unter den Nagel gerissen. Das soll dem Paul ganz und gar nicht gefallen haben. Gerade auch, weil viele seiner eigenen Parteigenossen gegen ihn gestimmt haben", antwortete Jonas schmatzend.

Ich erinnerte mich an das Gespräch im Wald und die nachfolgende Parlamentsdebatte. Irgendwie tat mir unser Kanzler leid. Er hatte bestimmt nur das Beste für Attika im Sinn gehabt.

Jonas fuhr fort. „Nun hat er eine handfeste Parteikrise. Bin gespannt, wie er die Wogen wieder glätten will."

Mit diesem Einwand schien mein Freund durchaus recht zu haben. Paul brauchte Wochen, um wieder Ruhe in die eigenen Reihen zu bekommen. Dafür musste er sogar einen Abgeordneten entlassen. Sein Name war Gregor. Offenbar wurde er vom Kanzler beschuldigt, Parteigenossen gegen ihn aufgehetzt zu haben.

Der besagte Aussässige fing schon wenige Tage nach seinem Rauswurf bei uns im Baudienst an. Ich kann nicht wirklich behaupten, dass ich ihn gemocht hatte und damit stand ich nicht gerade alleine da. Auch meine Kollegen konnten den Neuen offensichtlich nicht leiden, denn er erweckte einen schmierigen und fast schon überheblichen Eindruck. Andersherum machte er auch keinen Hehl daraus, dass er uns „niedere" Arbeiter wenig schätzte und seine Beschäftigung bei uns nur von kurzer Dauer sein würde. „Nur bis er etwas Besseres gefunden hätte", hörte ich ihn einmal abfällig verkünden.

Durch das neue Gesetz, um das im Vorfeld so viel aufleben gemacht worden war, änderte sich zunächst erst einmal recht wenig für uns. Mit der Ausnahme, dass die Jäger nun eben durch von Wanzen eingestellt und bezahlt wurden. Seine Verpflegung erwarb man jetzt fast ausschließlich direkt bei dem dicken Erste-Klasse-Passagier und nicht mehr über den Staat. Um weiterhin Einnahmen zu erzielen, hatte unsere Regierung beschlossen (diesmal in uneingeschränkter Einigkeit), die Steuern zu erhöhen.

Um auf die Überlegung zurückzukommen, was sich in der Zwischenzeit für mich geändert hat, fällt mir noch folgendes ein.

Zwar war ich nun ein freier Mann, doch wurde erneut auf meine Lasten gelebt. Es gab Menschen, die reicher waren als ich. Reicher und mächtiger. Irgendwo im inneren meines Herzens hatte ich mir vorgenommen, eines guten Tages zu ihnen zu gehören. Ich hatte die Chance für einen Neuanfang bekommen. Hätte alles besser machen können, als in meinem vorherigen Leben auf dem Festland. Doch ich fühlte mich erneut wie ein Versager, auch wenn ich es mir selbst wohl niemals eingestanden hätte. Ich verdiente meinen Lebensunterhalt damit, Häuser zu bauen. Häuser, die ich mir selbst wohl nie würde leisten können. Ich diente erneut nur den anderen. Früher war es mein Versicherungskonzern gewesen, dann Kapitän Weber und seine Offiziere und nun waren es eben jene Leute, die sich ein Haus leisten konnten. Ich diente, diente und diente. Mein Leben lang. Insgeheim verspürte ich Bewunderung für Herrn von Wanzen. Schließlich war er jemand, der es geschafft hatte. Er hatte es geschafft aufzusteigen. Reich und mächtig zu werden. Ich sah verstohlen zu Jonas hinüber. Ob er wohl gerade dasselbe dachte? Sollte ich ihn fragen? Nein, das würde sicher unangenehm werden. Für ihn und nicht zuletzt auch für mich. Wer gesteht sich schon gerne ein, versagt zu haben? Wie würde es sich wohl anfühlen, einmal derjenige zu sein, der besser ist, der sich auszeichnet und der Ü Ist. Einmal nicht der sein, der niedere Arbeiten zu verrichten hat, sondern bedeutend und mächtig werden. Das ist es doch, wofür ein Mann streben sollte. Macht und Anerkennung. So wollen es schon unsere Urtriebe. Der Mächtige sucht sich das beste Weibchen. Die Unterwürfigen können sich mit den Resten begnügen. Und auch andersherum. Frauen stehen auf nichts mehr als auf erfolgreiche Männer und dabei spielt es dann kaum eine Rolle, wie alt und hässlich dieser eigentlich ist. Mit einer ordentlichen Portion Macht bekommen selbst über 70-Jährige noch ihr Vergnügen mit der einen oder anderen noch kaum ganz ausgewachsenen Versuchung. Düster lächelnd musste ich an meine Jugendlieben denken. Ihr Name war Rosa. Eine sehr schöne und durchaus intelligente Frau. Es war mir bis heute ein Rätsel, wie Frauen, die ansonsten überaus vernünftig waren, sich plötzlich Hals über Kopf einem Mann hingeben konnten, nur weil dieser irgendeine Machtposition innehatte. Und dabei waren diese vermeintlichen

Machtpositionen an Skurrilität kaum zu überbieten. Ich war total erstaunt, als ich herausfand, dass Frauen selbst auf Türsteher, Barkeeper und DJs standen, bloß weil sie in ihrem Umfeld eine scheinbare Macht ausstrahlen. Diese ist nüchtern betrachtet natürlich nur sehr begrenzt und achtet man auf den Stundenlohn eines Kellners, so wirken diese „Urgefühle" geradezu lächerlich. Ebenso verhält es sich mit Uniformen. Wieso um Himmels Willen mögen so viele Frauen Männer in Uniform? Letztendlich ist doch auch diese nur ein Machtsymbol, welches aber an Primitivität kaum zu unterbieten ist. Ist es wirklich so, dass Frauen durch einen Mann in Uniform dominiert werden wollen? Wie sich diese Beobachtung mit der gesellschaftlich so hochgehaltenen Frauenrechtsbewegung vereinbaren lässt, bleibt mir wirklich schleierhaft.

Ich möchte hiermit klarstellen, wie wichtig Macht und Anerkennung für ein jedes Lebewesen sind. Sie sind eng mit der Sexualität verbunden, welche letztendlich ein beim modernen Menschen häufig viel zu sehr unterschätzter Motivationsfaktor für das tägliche Streben sowie die perspektivische Zielsetzung darstellt.

Und so war es auch bei mir – ich wünschte, endlich auch einmal Macht zu besitzen. Sei es verliehen durch politische Ämter oder durch großen Reichtum. Letztendlich wollte ich Anerkennung. Da ich diese Anerkennung, wie es schien, auch im neuen System niemals erreichen würde, machte sich ein Gefühl der Leere in mir breit und ich war mir sicher, dass es Jonas, der sich gerade gähnend im Sand ausstreckte, ähnlich erging wie mir.

Am nächsten Morgen war ich schon sehr früh wach. Ich hatte mal wieder schlecht geschlafen und viel zu viel ge-

träumt. Noch müde zog ich mich an und ging Richtung Wald, um meine Notdurft zu erledigen. Zum Verrichten dieser menschlichen Bedürfnisse hatten wir einen kleinen abgesteckten Bereich vorgesehen. Frauen und Männer strikt voneinander getrennt, denn wer will sich schon gern vom anderen Geschlecht beim Pinkeln beobachten lassen? Ein Vorteil beim frühen Aufstehen war die Tatsache, dass man keine Angst haben musste, dass einem der Nebenmann auf die Füße pinkelte, was zu den Rushhour-Zeiten ein echtes Problem darstellte, da der Pinkelbereich doch etwas zu klein ausgefallen war.
Zurzeit jedoch stand ich fast alleine hier, einmal abgesehen von Fritz, der wie ich die Gewohnheit besaß, früh aufzustehen. Der Vorsitzende winkte mir freundlich zu, während er mit der anderen Hand den morgendlichen Strahl gerade hielt. Ich fürchtete schon, er würde gleich auf mich zukommen und mir selbige zum Gruße hinstrecken wollen. Bei diesem Gedanken beeilte ich mich angeekelt und sah zu, dass ich wegkam. Doch noch nicht ganz wieder am Waldrand angekommen, hörte ich plötzlich ein seltsames Rascheln in den Büschen. Unentschlossen stand ich da und wog zwischen meiner Neugier und der Privatsphäre meiner Mitgestrandeten ab. Da war es wieder – ein Rascheln hinter dem großen Busch zu meiner Rechten. Was soll's. Man wird ja wohl mal nachschauen dürfen. Vorsichtig schritt ich also um das Gestrüpp herum, während sich plötzlich einige widerspenstige Dornen an meinem Bein verfingen und mir ein kurzer Fluch entglitt.
„He! Wer da?", hörte ich jemanden erschrocken rufen.

„Ich bin´s nur", gab ich zurück und als ich die Person erblickte, erkannte ich Francois. Er hockte vor mir und war offenbar gerade dabei, seine Notdurft zu verrichten.
Der Sänger errötete leicht und fauchte böse. „Was soll der Unsinn? Scher dich fort! Du siehst doch, dass ich beschäftigt bin."
„Entschuldige…ich dachte nur…naja, hier ist doch gar kein offizieller Toilettenplatz!?"
„Ja und? Wer bist du? Die Klopolizei?", rief Francois immer noch wütend und ertappt zugleich. „Ich möchte dich mal sehen, wenn du nirgendwo mehr hingehen kannst, ohne gleich von allen erkannt und belästigt zu werden. Ich bin schließlich ein Star. Da hab ich jawohl das Recht, mich ab und an mal diesen neugierigen Spannerblicken zu entziehen, oder?"
Ich musste lachen. „Du hast recht. Die wenigsten Menschen bedenken, dass ihre „Stars" auch mal auf die Toilette müssen, so wie echte Menschen aus Fleisch und Blut."
Die Miene des Sängers verfinsterte sich. „Über mich macht sich keiner lustig. Schon gar kein Niemand wie du! Du weißt wohl nicht, wen du vor dir hast. Wie würden schließlich meine Fans über mich denken, wenn sie ihr Idol auf dem Klo sehen?"
Ein durchaus lustiger Gedanke, der bei mir nur weiteres Gelächter verursachte. Irritiert starrte Francois mich an und entschied sich dann, offenbar seine Taktik zu ändern und mir ein finales Angebot zu machen. Mit einem gönnerhaftem Gesicht, als würde die Sache damit erledigt sein, griff er in seine heruntergelassene Hose und holte Zettel und Papier hervor. Mit schwungvollen Zügen und ungewaschenen Händen kritzelte er seine Unterschrift auf das Blatt und streckte es mir mit einer Geste hin, als würde er mir gerade

das schönste Geschenk meines Lebens überreichen. „Hier, bitte. Du bekommst hiermit eines meiner seltenen Autogramme. Ich weiß, das ist zu großzügig, aber nimm es und erzähl dafür im Gegenzug niemandem von deiner beschämenden Beobachtung."
Verdutzt und belustigt zugleich starrte ich abwechselnd auf die Autogrammkarte und dann auf den mit heruntergelassener Hose dahockenden Francois. Ich war nicht sicher, ob dies ein Scherz sein sollte, doch als ich in das ernste Gesicht des Sängers sah, prustete ich los vor Lachen.
„Behalte dein Papier", sagte ich belustigt. „Du wirst es bestimmt noch nützlich verwenden können und sei es nur, um deinen Hintern abzuwischen."
So überließ ich den völlig verdatterten Francois seiner selbst und machte mich auf den Weg zu meiner Arbeitsstelle, wo ich mit etwas Verspätung eintraf.
Die anderen warteten schon auf mich, denn schließlich gab es viel zu tun. Von Wanzen wollte seine ersten Einnahmen aus dem Fleischverkauf gebührend feiern, indem er sich einen weiteren Anbau an sein ohnehin schon überdimensionales Haus leistete.
Unter den strengen Augen von Viktor, der die Arbeiten akribisch für unseren Auftraggeber überwachte, machten wir uns an die Arbeit. Ich schleppte Holz, sägte und hämmerte, bis der Tag sich schließlich seinem Ende neigte.
Als die Sonne schon fast untergegangen war und ihr orangenes Licht sich bereits in den seichten Wellen des Meeres spiegelte, waren wir eigentlich vollkommen geschafft und sehnten nichts so sehr her, wie den Feierabend. Doch diesmal sollte es anders kommen. Kaum hatte der Erste seinen

Hammer niedergelegt, sahen wir aus der Ferne zwei Gestalten auf uns zueilen. Bei näherem Hinsehen erkannte ich die eine von ihnen. Es handelte sich ohne Zweifel um Paul, unseren Kanzler. Den anderen Mann kannte ich nur vom Sehen. Er war ein großer schlaksiger Kerl mit einem wenig intelligenten Gesicht. Seine abstehenden Ohren in Kombination mit einer steckdosenförmigen Schweinsnase verliehen ihm ein geradezu dümmliches Aussehen. Sein Gang war von roboterartiger Steifigkeit, als müsste er über jeden seiner Schritte explizit nachdenken.
Beide unterhielten sich angeregt, hielten aber inne, sobald sie in Hörweite waren. Gespannt legten wir unsere Werkzeuge beiseite und blickten den Besuchern erwartungsvoll entgegen, während Viktor die ganze Szenerie argwöhnisch beäugte. In respektvollem Abstand stellten wir uns straff in Reih und Glied auf, schließlich war der Kanzler eine absolute Autoritätsperson. Eventuell handelte es sich bei dieser Verhaltensweise aber auch nur um ein antrainiertes Relikt aus dem Weberregime.
„Liebe Arbeiter", begann Paul, kaum dass er vor uns zum Stehen kam. „Ich habe Ihnen eine erfreuliche Neuigkeit zu machen.".
Misstrauisch blickten wir ihn an.
„Lange her, dass ein Politiker uns mal gute Neuigkeiten gebracht hat", scherzte mein Nebenmann.
In der Tat war das Ansehen dieser Berufsgruppe in letzter Zeit arg gesunken, was nicht zuletzt auch mit dem Anheben der Steuern zusammenhing.
Paul tat, als hätte er nichts gehört und fuhr unbeirrt fort. „Ich möchte Ihnen nun mitteilen, dass der Bausektor in einem von mir initiierten Eilverfahren privatisiert worden ist."

Der Kanzler warf einen gehässigen Seitenblick auf den verdutzten Viktor, der von dieser Nachricht wohl genauso unangenehm überrascht wurde, wie sein Chef, den er mit Sicherheit umgehend informieren würde.
Als Paul weitersprach, war der Triumpf in seiner Stimmlage deutlich herauszuhören. „Ich möchte Ihnen somit ihren neuen Arbeitgeber vorstellen: Harald Schleicher. Herr Schleicher ist ein sehr fähiger Geschäftsmann und zudem ein treues RGV-Mitglied. Aufgrund seiner langjährigen Erfahrung und dem glänzenden Wissen über das Baugeschäft war das Parlament willig, ihm diesen Sektor zu einem Spottpreis zu überlassen."
Der Kanzler lächelte seinem Abgeordneten auffordernd zu, der ihn daraufhin jedoch nur fragend ansah.
„Na los, Harald. Stell dich vor!"
Der neue Boss des Bauwesens sah sich unsicher um, als müsse er noch über seine Worte nachdenken und formulierte dann langsam. „Ich bin Harald Schleicher."
Irritiert standen wir da, unsicher, was nun von uns als Reaktion erwartet wurde. Sollten wir uns jetzt auch vorstellen oder genügte ein unsicheres Nicken? Nach einigen Augenblicken peinlichen Schweigens, unterbrach Paul schließlich die Stille. „So, nun kennt ihr euch ja. Dann können wir jetzt zurück. Komm Harald!"
Mit diesen Worten drehten die beiden sich um und schritten von dannen.
„Das war ja mal sehr merkwürdig", gluckste Jonas neben mir.

„Ja", erwiderte ich nachdenklich. „Sieht so aus, als wollte unser geschätzter Kanzler einen Gegenpol zur Wanz´schen Wirtschaftsmacht schaffen."
„Vor allem habe ich noch nie einen so hörigen Menschen, wie den Herrn Schleicher gesehen. Der sieht ja selbst vom Äußeren schon aus wie eine Marionette", lachte Jonas.
Aus den Augenwinkeln beobachtete ich Viktor, der sich schlurfend ins Innere des Hauses zurückzog. Zweifellos wird von Wanzen alles andere als begeistert sein, wenn er diese Neuigkeit erfährt. Es war kein Geheimnis, dass sich der reichste Bürger Attikas zu keiner Zeit mit dem bereits Erreichten zufriedengegeben und auf die Gewinne des Bausektors geschielt hatte.

Tatsächlich war Herr von Wanzen außer sich. Wütend und mit hochrotem Kopf kam er auf unsere Baustelle gerannt und befahl den sofortigen Stopp aller Arbeiten.
„Eher lebe ich wie ein obdachloser Penner in einem Zelt, als dass dieser minderbemittelte Schleicher auch nur eine Murmel an meinem Anbau verdient", schrie er uns erregt entgegen. Da wir allesamt nur in improvisierten Zelten oder sogar lediglich auf Decken schliefen, hielt sich unser Mitleid für ihn jedoch in Grenzen.
Tatsächlich hatte sich der ehemalige Erste-Klasse-Passagier bei seinen Mitgestrandeten in letzter Zeit relativ unbeliebt gemacht. Seit er das absolute Nahrungsmittelmonopol innehatte, genoss er eine quasi konkurrenzlose Marktsituation, die er sich gewissenlos zu Nutze machte. Statt dem staatlichen Einheitsessen gab es nun zwei verschiedene Portionen – eine billige und eine teurere Variante, wobei lediglich letztere Fleisch enthielt. Dies sorgte für ordentlichen Unmut bei den schlechter verdienenden Attikanern. Doch

was sollte man schon machen? Mit von Wanzen wollte es sich letzten Endes niemand verscherzen. Schließlich war es besser schlechte Nahrung zu bekommen, als gar keine.
So kam es, dass ich meine Fleischrationen stark einschränken musste, auf lediglich einmal „gutes" Essen in der Woche, während die Besserverdiener genüsslich in die duftenden Wildschweinkeulen bissen.
Doch es gab auch erfreulichere Ereignisse in Attika. Zum Beispiel hatte Svenja, ein nettes junges Mädchen und gute Freundin von Jonas, ihr Geschick mit Nadel und Faden genutzt und ihm zuliebe aus ein paar Stofffetzen einen Fußball zusammengenäht. So kickten wir inzwischen regelmäßig einmal die Woche nach Feierabend auf einem improvisierten Bolzplatz am Strand. Die Tore hatten wir simpel mit unseren Schuhen markiert und Viktor machte den Schiedsrichter. Ich selbst war zwar kein überragender Spieler, doch verstand ich es ganz gut zu dribbeln und konnte den ein oder anderen Ball mit einem gezielten Schuss zwischen den Schuhen unterbringen. Doch das war kein Vergleich zu Jonas. Ich hatte keine Ahnung, dass mein Freund ein so begnadeter Fußballspieler war. Fast tanzend glitt er durch die gegnerischen Reihen und versenkte einen Ball nach dem anderen.
So vertrieben wir unsere wöchentlichen Abende und hörten oft erst auf zu spielen, als wir unsere Hand vor Augen nicht mehr erkennen konnten. Eine Beschäftigung, die uns durchaus Freude bereitete und unser aller Ehrgeiz antrieb. Ich würde sogar so weit gehen zu sagen, endlich etwas gefunden zu haben, dass uns half, den sonst so tristen Alltag zu vergessen. Endlich eine Tätigkeit, die man nicht zwang-

haft ausführen musste, um am Ende des Tages etwas zu Essen zu erhalten. Keine stumpfe und wenig Freude bereitende Arbeit, die immer gleich ablief und nur dem einen Zweck diente – seinem persönlichen Überleben.
Die anderen Gestrandeten schienen das genauso zu sehen, jedenfalls strömten jede Woche mehr Menschen zu unserem Fußballfeld am Strand. Und wenn sie nicht zum selber spielen kamen, dann wollten sie zumindest aufmerksam zugucken. Diese Begeisterung blieb auch bei den Abgeordneten nicht unbemerkt und so wurde unser wöchentliches Fußballspiel kurzerhand zu einer offiziellen attikanischen Veranstaltung auserkoren, bei der es sich selbst der Kanzler nicht leisten konnte zu fehlen und regelmäßig mit seinen Parteigenossen zum Spiel erschien.
Doch all meine soeben ausgiebig geschilderte Begeisterung für den neuen Sport endete jäh an einem warmen Sommerabend.
Lange hatte ich nichts mehr von neuen Übernahmeideen des eifrigen Geschäftsmannes von Wanzen gehört, doch mir hätte klar sein müssen, dass dieser seine erlittene Schmach nicht reaktionslos hinnehmen würde. Er würde sich nicht so einfach von Paul den Schneid abkaufen lassen, sondern holte nun sozusagen aus, für einen neuen Rundumschlag.
Wir hatten gerade ein anstrengendes Spiel hinter uns gebracht, und ich war völlig erschöpft Richtung Meer getrabt, um mir die Spuren des Fußballkrimis vom Körper zu waschen. Zeitgleich müde und euphorisiert über den errungenen Sieg, ließ ich mich in die warmen Wellen fallen. Die Sonne war zwar längst untergegangen, doch hatte sie durch ihre zuvor pralle Wärme, ein noch angenehmes Klima hinterlassen.

Ich ließ mich eine Weile treiben und genoss die Ruhe, als plötzlich jemand mit einem frenetischen Jubelschreib ins Meer gespurtet kam. Links und rechts wich das Wasser platschend zur Seite und der Läufer hinterließ eine schmale Schneise im warmen Nass.

„Haha", gluckste seine Stimme laut und triumphierend, wobei Fische und Vögel erschrocken das Weite suchten. Es war Jonas, der sich kopfüber neben mir ins Wasser fallen ließ.

„Hey. Immer langsam mit dir. Das war doch nur ein Spiel", lachte ich überrascht von so viel Freude.

„Scheiß auf das Spiel", frohlockte Jonas. „Ich habe ausgezeichnete Neuigkeiten."

„So?"

„Ja. Vorhin kam der dicke Wanzen zu mir und rate mal, was er gesagt hat?"

„Ähm…keine Ahnung…", antwortete ich wahrheitsgemäß, aber mit einer üblen Vorahnung im Bauch.

„Er will mich kaufen."

„Dich kaufen?"

„Ja, mich und dich und den Fußball überhaupt. Verstehst du? Er braucht nur noch die Zustimmung des Parlamentes, um sich unsere Spiele als offizielle attikanische Veranstaltung privatisieren zu lassen! Und weißt du, was er dann machen will?"

„Nein!?"

„Echte Tore bauen lassen! Und nicht nur das. Es soll Bänke und Tribünen geben. Und er will mich bezahlen. Bezahlen, verstehst du? Ich werde echter Fußballer. Davon hab ich immer geträumt."

„Ach so?", fragte ich ungläubig. „Und was hat er davon? Du kennst doch den dicken Geizhals...der macht doch nichts für umsonst."

„Eintritt", entgegnete Jonas glücklich. „Der Sack will Eintritt verlangen für die Zuschauer. Soll er doch, oder? Solange er uns bezahlt, ist mir das egal. Nie wieder Baudienst schieben."

Ich blickte meinen strahlenden Freund unsicher an. Eintritt...natürlich! Hätte ich mir doch denken können. Er nimmt den armen Attikanern das letzte bisschen kostenlose Freude. Ich überlegte kurz, dann entschied ich: „Nein!"

„Nein?"

„Wenn von Wanzen tatsächlich selbst von unserem privaten Fußballvergnügen profitieren will, dann mach ich da nicht mit. Dann steige ich aus der Mannschaft aus. Denk doch mal nach. Selbst für gutes Essen müssen wir schon draufzahlen. Du magst den Mistkerl doch auch nicht. Jetzt haben wir die Chance, es ihm heimzuzahlen. Dafür müssen wir uns nur geschlossen weigern, sollte er sein Vorhaben tatsächlich durch das Parlament bringen können."

„Du bist wohl verrückt!", rief Jonas erschrocken. „Glaubst du, ich will bis zu meinem Tod am Hungertuch nagen? Das ist die Gelegenheit für mich. Ungerechtigkeit hin oder her."

Ich beließ es dabei mit den Schultern zu zucken, da ich keine Lust hatte, mich mit meinem Freund zu streiten und hoffte inständig, dass es dem Kanzler diesmal gelingen würde, von Wanzen aufzuhalten.

Paul kochte vor Wut, tat er doch alles um von Wanzens Einfluss auf die Gesellschaft zu minimieren. Er wollte auf keinen Fall, dass ihm der dicke Neureiche seine Position als mächtigster Mann Attikas streitig machte. Doch musste er sich eingestehen, dass von Wanzen sich als durchaus hartnäckiger Gegner erwies. Mit seinem neusten Einfall hatte er jedenfalls nicht gerechnet. Die Freizeit der Attikaner zu kontrollieren, hielt er für einen cleveren Schachzug seines Widersachers, welcher in jedem Fall verhindert werden musste.

Von Wanzen brauchte für seinen Machterhalt lediglich Reichtum, die Stimmung des Volkes konnte ihm hierbei nahezu egal sein. Bei Paul jedoch war das ganz anders. Bald waren wieder Wahlen und um in seinem Amt bestätigt zu werden, war er auf eine gute Stimmung im Lager mehr als angewiesen.

Wie also reagieren? Wie konnte man den mächtigen Konkurrenten in seine Schranken verweisen?

Ein warmer Wind zog auf. Der Kanzler stand auf einer Klippe am Meeresrand und blickte hinaus auf den Horizont, dort, wo sich das Blau des Wassers mit dem Blau des Himmels vereinte. Vielleicht würde hier eines Tages ein Schiff auftauchen und seinem Attika ein jähes Ende bereiten. Viele sehnten sich eine Rettung so sehr herbei, doch Paul war sich alles andere als sicher, ob er überhaupt gerettet werden wollte. Im „wahren" Leben war er Küchengehilfe gewesen. Kein besonders angenehmer Beruf. Ständig ist er herumkommandiert worden, wodurch er sich eindeutig im Klaren darüber war, was hierarchische Strukturen bedeuteten. Nun war er selbst einmal am längeren Hebel, konnte Befehle erteilen und dann erstaunt beobachten, wie penibel sie befolgt wurden. Er hatte Macht gekostet und war süchtig nach ihr geworden. Jetzt, wo er sie innehatte, konnte und wollte er sich auf keinen Fall mehr vorstellen, wie es ohne sie wäre.

Der Kanzler ließ den Blick schweifen. Rechts von ihm konnte er Attika sehen. Seine Zelte, Hütten und nicht zuletzt auch das schöne Parlamentsgebäude waren aus der Ferne deutlich zu bestaunen. Hier auf dieser Klippe zu stehen und die Zeltstadt zu beobachten, erfüllte den ehemaligen Rebellen mit Stolz. Dies war so etwas wie „sein" Lager. Noch ehrfürchtiger jedoch blickte er nach links. Hier hinter diesem Felsen hatten sie immer ihre heimlichen Versammlungen abgehalten. Hier hatten sie Pläne geschmiedet und sich aufgebäumt. Aufgebäumt gegen ein System aus Ungerechtigkeit und Unterdrückung. Er dachte an Sven, seinen toten Freund und Rebellenführer. Wie hätte er reagiert, würde er jetzt an seiner Stelle stehen?

Ein erneuter Windzug durchstrich Pauls Haar und in diesem Moment war er entschlossener denn je, seine Idee von einer freien Gesellschaft gegen alle Feinde zu verteidigen. Niemals würde er sich von von Wanzen unterdrücken lassen. Er war kein geringerer als der Kanzler von Attika und niemand sonst.

Plötzlich hörte er Schritte hinter sich. Obwohl er genau wusste, um wen es sich dabei handelte, zuckte er instinktiv in sich zusammen. Ohne sich umzudrehen und gedankenverloren in die fernen Wellen schauend, begrüßte er den Ankömmling mit den schlichten Worten. „Ich hätte nicht gedacht, dass Sie wirklich hier erscheinen würden."

„Wenn mich mein Kanzler bittet, werde ich ihm diesen Wunsch wohl kaum abschlagen können", erwiderte ein Mann mit nicht zu überhörendem Spott in der Stimme.

Nun endlich wandte sich der Kanzler um und sah in das gehässig grinsende Gesicht von Friedhelm von Wanzen.

„Sie wissen, warum ich Sie sehen wollte?"
„Nun, Viktor meinte, es schien sich um etwas sehr wichtiges zu handeln. Darum wollte ich Sie natürlich auf keinen Fall warten lassen", sagte der Dicke im gleichbleibend höhnischen Tonfall.
Paul ließ sich nicht beirren und entgegnete erregt. „Ich weiß, was Sie vorhaben. Ihnen reicht ihr Reichtum nicht. Ständig streben Sie nach mehr, wie ein unersättlicher Aasgeier. Ich weiß, dass sie meinen Posten wollen, von Wanzen! Ihre Enttäuschung, nicht Kanzlerkandidat geworden zu sein, haben Sie nie überwunden. Glauben Sie, ich merke nicht, dass Sie fleißig dabei sind, an meinem Stuhl zu sägen? Ihnen ist es bereits mit betrügerischen Mitteln gelungen, eine meiner Abstimmungen zu kippen. Aber seien Sie gewiss, so etwas wird nie wieder geschehen. Seien Sie sich sicher, dass ich Sie ab jetzt ständig im Auge behalte. Wagen Sie es ja nicht, irgendwie gegen mich zu intrigieren."
Die Worte sprudelten nur so aus dem Kanzler heraus, ganz so, als hätten sie sich bereits über Wochen in ihm angestaut. Seine Augen waren voller Hass. Böse funkelte er seinem dicken Widersacher entgegen, der überrascht durch so viel Ehrlichkeit zurückwich.
Doch dann fing sich von Wanzen wieder und auch er bebte jetzt vor Zorn. Der anfängliche Spott war verflogen und wurde ersetzt durch eine Mischung aus Verachtung und Wut. Mit nun todernster Stimme flüsterte er. „Seien Sie versichert mein Kanzler, ihr Titel ist mir vollkommen egal. Ich muss nicht Kanzler werden, um viiiel, viiel mächtiger zu sein, als sie es jemals sein werden. Lassen Sie sich gewarnt sein – jeder, der meinen Bestrebungen im Wege steht, wird

gnadenlos eliminiert werden. Ganz gleich, ob einfacher Arbeiter oder Kanzler von Attika."
Die tosende Brandung schlug krachend gegen die Klippe. Beide Kontrahenten standen einander direkt gegenüber, bereit für den Showdown. Die Spannung schien greifbar zu sein. Da, ganz plötzlich, räusperte sich Paul und schritt langsam, aber mit zornrotem Gesicht an seinem Widersacher vorbei.
„Ich werde Sie fertigmachen, von Wanzen. Ehe Sie sich versehen, werden Sie der gleiche Niemand sein, der Sie vor ihrem ergaunerten Reichtum waren", zischte er im Vorbeigehen und ohne sich noch einmal umzusehen, stapfte der Kanzler in Richtung Attika davon.

Der Krieg war noch lange nicht vorüber, dachte von Wanzen. Im Gegenteil, er fing gerade erst an. Was er brauchte, war ein cleverer Schlachtplan. Bestechung hatte zwar zeitweilig gut funktioniert, doch jetzt, wo Gregor nicht mehr im Parlament saß, war es ein allzu schwieriges Unterfangen. Wie von Wanzen es auch drehte und wendete, gegen den Kanzler und seine Parlamentsmehrheit würde er seine Fußballprivatisierung niemals durchbekommen und dabei hatte er es sich schon so schön ausgemalt – feste Spieltage, ein kleines Stadion, Snackverkäufe aus eigener Produktion und nicht zuletzt die horrenden Eintrittsgelder der unterhaltungssüchtigen Menge. Das konnte er sich nicht kaputtmachen lassen.
Wenn das alles also mit Paul nicht möglich war, dann musste dieser eben aus dem Weg geräumt werden. Nur wie sollte er das anstellen? Der Kanzler war ein mächtiger und vor allem entschlossener Feind. Ihn würde man nicht einfach bestechen können. Doch es musste einen Weg geben.

Und dann fiel es von Wanzen so plötzlich ein, dass er einen spontanen Freudenschrei ausstieß, der durch die krachenden Wellen glücklicherweise von niemandem zu hören war. Natürlich. Das war die Lösung. Wieso war er nicht schon viel früher darauf gekommen?
Keuchend drehte sich der dicke Neureiche um und hastete zurück in sein Haus. Mit einem gewaltigen Satz schlug er die Tür auf und jagte dem dahinter stehenden Viktor einen gewaltigen Schrecken ein. Der Fünf-Sterne-Koch war mittlerweile zum Mädchen für alles geworden und war gerade dabei, seinem Chef ein luxuriöses Abendmahl zuzubereiten, für das die meisten Attikaner ohne zu zögern ihren rechten Arm gegeben hätten. Vor Schreck ließ der Riese seinen Kochlöffel mit einem gewaltigen Platschen in den Topf fallen. Von oben bis unten mit Soße bekleckert seufzte er mürrisch und versuchte, wortlos die Sauerei zu entfernen. Wenn dieser von Wanzen nur nicht halb so gut zahlen würde, hätte ich ihm mit dem Löffel spontan eins übergebraten, dachte Viktor schmollend, aber blieb stumm.
Von Wanzen registrierte das Missgeschick nicht einmal und fragte stattdessen mit einer Singsang-Stimme. „Viktor. Mein guter Viktor. Weißt du, wann die nächsten Wahlen stattfinden?"
Der Koch, der gerade damit beschäftigt war, heiße Soßenflecken aus seinem Hemd zu wischen, grunzte nur unwirsch.
„Nächste Woche, Viktor. Nächste Woche", rief von Wanzen aufgeregt. „Weißt du denn nicht, was das heißt?", ergänze er schließlich, als die erhoffte Reaktion ausblieb. „Das ist meine Gelegenheit, um diesen aufgeblasenen Kanz-

ler zu stürzen. Völlig legal, verstehst du? Doch dafür brauch ich die Opposition. Viktor. Lauf los und hol mir Maria her."

Der Koch jedoch sah alles andere als begeistert aus und starrte nur mürrisch auf seine anbrennende Soße.

„Vergiss doch das verdammte Essen, Viktor. Kipp es weg oder sonst was. Es gibt jetzt weitaus wichtigere Dinge zu erledigen. Hol mir Maria her! Los, mach schon!"

Der Pakt mit dem Teufel

Das neue Bündnis zwischen Maria und Herrn von Wanzen blieb nicht lange geheim. Irgendwie sickerte es durch. Über Maria zu den Mitgliedern der Fortschrittspartei, von den Abgeordneten zu ihren Familien, von den Familienmitgliedern zu ihren Arbeitskollegen und wie auch immer dann zu den Küchengehilfinnen. Und was die Küchengehilfinnen wussten, wusste bald ganz Attika, das war klar.
So erfuhr auch ich eines guten Tages von Herrn von Wanzens neuer Liebe zur Opposition. Eine Neuigkeit, die Paul wohl die Nackenhaare zu Berge stehen ließ, denn schließlich war von Wanzen ein Mann mit großem Einfluss. Als Arbeitgeber von über der Hälfte aller Attikaner war er durchaus ein bedeutender politischer Faktor für unser Lager.
Bis zu den Wahlen war es nur noch eine Woche hin und eigentlich war ein eindeutiger, aber langweiliger Wahlkampf mit anschließendem Sieg der RGV zu erwarten gewesen. Doch die Einmischung des dicken Erste-Klasse-Passagiers machte das ganze Unterfangen zu einer hochspannenden Angelegenheit.
Man bemerkte schon nach wenigen Tagen, wie ernst es von Wanzen war, denn er ging in die volle Kostenoffensive. Es wurden Plakate gemalt, Wahlgeschenke gemacht und

Fähnchen gebastelt. Mitglieder der Fortschrittspartei und solche, die versprachen, eben jene zu wählen, bekamen sogar bis zum Wahlabend kostenloses Erste-Klasse-Essen gestellt. Mampfend saßen jene dann am Lagerfeuer und verspeisten ihre fleischigen Köstlichkeiten, während ich in meiner mageren Bohnensuppe herumstocherte und versuchte, das Knurren meines Magens zu übertönen. Ich hatte sogar schon mit dem Gedanken gespielt, einfach zu behaupten, auf jeden Fall die Fortschrittspartei zu wählen, um dann auch in den Genuss des köstlichen Fleisches zu kommen. Doch dabei hätte ich mich irgendwie schlecht gefühlt.

Schweigend sah ich zu Jonas hinüber. Dieser hatte offenbar weniger Gewissensbisse. Herzhaft kaute er auf seiner Hähnchenkeule herum, ohne mich auch nur eines müden Blickes zu würdigen. Tatsächlich hatten wir die letzten Tage nicht mehr miteinander gesprochen. Von Wanzen hatte ihn und einige meiner Fußballkollegen dazu überredet, gegen eine satte Entlohnung in Shirts mit der Aufschrift „Echte Fußballfans wählen die Fortschrittspartei!!!" zu spielen.

Ich und einige andere von uns hatten sich dagegen geweigert. Doch da wir in der Minderheit waren, wurde beschlossen, uns schlichtweg aus der Fußballmannschaft zu suspendieren. Seit diesem Tag hatte Jonas kein Wort mehr mit mir geredet, und ich vermisste seine vertraute Gesellschaft ein wenig.

Als ich aufgegessen hatte, machte ich mich wieder auf den Weg zu meiner Arbeitsstelle. Momentan bauten wir ein Haus für Herrn Schleicher, unserem neuen Baumogul. Er hatte offenbar die Gelegenheit beim Schopfe gepackt und sich und seiner Familie ein schönes Haus bauen lassen. Wer wusste schließlich, wie lange ihm noch die Baurechte gehö-

ren würden, falls Maria die Wahl gewinnen sollte? Und so drängte der Bauherr auf eine schnelle Fertigstellung, was allen Arbeitern den letzten Nerv kostete.
Die Nachmittagssonne brannte unerträglich auf meinem Nacken, und ich schwitzte wie verrückt.
„Diese anstrengende Scheißarbeit im Sklaventempo", hörte ich Jonas lauthals schimpfen. „Langsam hab ich echt kein Bock mehr drauf."
Ich hörte, wie sich Herr Schleicher merklich räusperte, dann aber wohl entschied, lieber nichts zu sagen. Das Reden war nun mal nicht seine Stärke.
Jonas war in außerordentlich schlechter Stimmung und auch mir ging das Geschufte allmählich auf die Knochen. Mit zitternden Händen sägte ich ein Holzstück nach dem anderen zurecht, um es dann zur Weiterverarbeitung erschöpft an meinen Nebenmann weiterzureichen.
Plötzlich hielt ich kurz inne. Etwas war auffällig. Irgendetwas fehlte…und da plötzlich fiel es mir auf. Wieso hatte ich Gregor noch gar nicht meckern hören? Sein sonst so lästiges Gehader war normalerweise mit einer nahezu hundertprozentigen Verlässlichkeit an jedem Arbeitstag deutlich zu vernehmen, sodass wir uns alle bereits daran gewöhnt hatten. Umso seltsamer, wenn es plötzlich fehlte und das gerade an einem so anstrengendem Tag wie heute.
Irritiert spähte ich zu Gregor hinüber, doch der Unruhestifter saß seelenruhig im Schneidersitz und vernagelte artig zwei Bretter miteinander, so, als wäre er der Vorzeigearbeiter schlechthin. Dieses Verhalten beunruhigte mich irgendwie. Dann plötzlich, als hätte er meine Erwartungshaltung gespürt, hielt er inne. Na endlich. Gleich würde das

Gemecker losgehen wie üblich. Offenbar war ich zu vorschnell gewesen.
Gregor räusperte sich vernehmlich und Herr Schleicher schaute ihn überrascht an.
„Ja?", fragte der Bauherr.
„Ich muss mich für heute entschuldigen. Habe einen wichtigen Termin", antwortete Gregor, als wär es das normalste von der Welt, nach Belieben Feierabend machen zu dürfen.
„Das...ähm...nun ja", begann Schleicher sichtbar überfordert mit dieser Forderung. „Das geht nicht. Weil...ähm...naja, ich muss bald einziehen. Also müssen Sie bald fertigwerden! Hier kann keiner weg!"
„Ist das so?", entgegnete Gregor verächtlich. „Dann habe ich hiermit gekündigt. Mach deinen Scheiß doch allein, du Volltrottel."
Bei diesen Worten erstarrten alle wie vom Donner gerührt. Sicherlich war Harald Schleicher nicht sehr beliebt und obendrein auch nicht der Hellste, aber nichtsdestotrotz war er der Chef des Bausektors und sollte doch mit einem gewissem Maß an Respekt behandelt werden. Völlig verdattert sahen wir uns an und auch Herr Schleicher hatte keinen blassen Schimmer, wie er mit einer solchen Situation umgehen sollte. Gregor lachte nur selbstgefällig, angesichts der allgemeinen Verblüffung, dann warf er seinen Hammer in den Sand, machte auf dem Absatz kehrt und stolzierte davon, nicht ohne seinen ehemaligen Kollegen noch einen missbilligenden Seitenblick zuzuwerfen.
Was er wohl vorhatte? Ohne Arbeit war das Leben in Attika absolut kein Vergnügen. So schnell würde er bestimmt keinen neuen Job finden und wovon wollte er bis dahin leben? Neugierig sah ich ihm nach und musste zu meinem Erstaunen feststellen, dass er schnurstracks auf das von

Wanz´sche Anwesen zulief. Aus der Ferne konnte ich beobachten, wie Viktor die Tür öffnete und den ehemaligen Abgeordneten nach einem kurzen Wortwechsel ins Haus geleitete. Wie gerne würde ich wissen, was es da so dringendes zu besprechen gab. Aber was soll´s. Ich würde es wohl nie erfahren. Seufzend wandte ich mich wieder meiner Säge zu.

Von Wanzen saß gerade an seinem Schreibtisch und dachte nach. Nirgends hatte er in den letzten Tagen so viel Zeit verbracht wie hier. Ein Wahlkampf ließ sich schließlich nicht von alleine gewinnen. Ständig war er damit beschäftigt, neue Pläne auszuhecken und Strategien auszuloten. Wie konnte er die Fortschrittspartei möglichst kosteneffizient zum Sieg führen?
Er hatte sogar eine inoffizielle Umfrage veranlasst. So wie es schien, begann seine Arbeit langsam aber sicher Früchte zu tragen. War es doch zunächst Paul und seine RGV gewesen, die in allen Umfragen klar vorne lagen, hatte seine Werbeoffensive dazu geführt, dass die Wahl nun mindestens zu einem Kopf-an-Kopf-Rennen werden würde.
Oft hatte er sich in der Zwischenzeit mit Maria getroffen. Zunächst war die ehemalige Köchin recht skeptisch gewesen, wegen der Beeinflussung der Gestrandeten durch Wahlgeschenke und ähnliches. Doch hatte sie einsehen müssen, dass kostenlose Mahlzeiten die Menschen weitaus mehr beeindruckten, als simple Reden über eine möglicherweise bessere Zukunft. Die Führerin der Fortschrittspartei war letztendlich pragmatisch genug gewesen, auf von Wan-

zens Zug aufzuspringen. Vielleicht war es die Möglichkeit, in der Regierung endlich ihre eigene Politik durchsetzen zu können, vielleicht aber auch der schiere Machtwille, der sie hierbei ihre Grundsätze vergessen ließ.

Als Paul von dem Pakt seiner politischen Gegnerin mit seinem Erzfeind erfuhr, soll er außer sich gewesen sein. Augenzeugen zufolge hatte er dem Überbringer der schlechten Nachricht aus schierer Wut einen Stift an den Kopf geworfen. Keiner wusste so recht, ob diese Geschichte stimmte, doch war unverkennbar, dass einer der RGV-Abgeordneten während der letzten Sitzung eine Augenklappe getragen hatte.

Lässig lehnte sich von Wanzen in seinem Stuhl zurück. Die Sonne war mittlerweile fast untergegangen und warf nur noch schwaches Licht in den kleinen Raum. Es lief alles nach Plan. Wenn Paul erst einmal abgesetzt war, würde er keine Bedrohung mehr darstellen. Von Wanzen lachte in sich hinein. Maria würde dann die Gesetze machen und in dem Bewusstsein, dass sie ihr neues Amt nur ihm zu verdanken hatte, würde sie Entscheidungen nur noch zu seinen Gunsten treffen.

Es klopfte an die Tür. Er erwartete keinen Besuch. Wer mochte das jetzt noch sein?

„Ja, bitte?", fragte von Wanzen schroff. „Wer stört? Es ist bereits Abend."

Die Tür öffnete sich einen Spalt breit und Viktor streckte seinen großen Kopf herein. „Hier ist wieder dieser Politiker für Sie, Chef."

„Oh man… Was will der denn jetzt schon wieder? Nun ja, dann lass ihn halt rein. Aber bleib in der Nähe!"

Der Koch grunzte nur, als Zeichen, dass er verstanden hatte, dann zog er seinen Kopf wieder ein und schloss die Tür.

Hastig positionierte sich von Wanzen hinter seinem Schreibtisch in einer lässig zurückgelehnten Stellung, von der er dachte, dass sie einschüchternd wirken würde. Was konnte dieser verdammte Gregor nur wollen? Seine Aufgabe war getan. Er war nur noch ein Klotz am Bein, der Schwierigkeiten bereiten konnte und Schwierigkeiten konnte er bei weitem nicht gebrauchen. Nicht gerade jetzt. In dieser Situation, wo alles auf dem Spiel stand.
Erneut klopfte es an der Tür.
„Herein", rief von Wanzen, während er sich bemühte, möglichst beiläufig zu klingen.
Und herein kam Gregor. In seiner schwarzen Lederjacke und schmieriger denn je. Der Besucher trat in den dunklen Raum und machte eine völlig übertriebene Verbeugung.
„Herr von Wanzen", begrüßte er sein Gegenüber.
„Gregor. Wie schön, dich zu sehen", log der Gastgeber und setzte einen seiner gönnerhaften Gesichtsausdrücke auf. „Ich hoffe, es geht dir und deiner Familie gut?"
Natürlich interessierte es von Wanzen kein Stück, wie es seinem ehemaligen Mitverschwörer ging. Vielmehr wurde er langsam ungeduldig. Was sollte dieses Theater? Dieser Schmierlappen sollte sagen, was er will und dann schleunigst wieder verschwinden…
„Sehr gut. Danke der Nachfrage", antwortete Gregor im selben aufgesetzten Tonfall. „Aber ich bin nicht hergekommen, um Höflichkeiten auszutauschen, und ich bin mir sicher, du fragst dich brennend, was der Grund für meinen Besuch ist. Hab ich recht?"
Von Wanzen zögerte kurz, dann nickte er. „In der Tat. Ich muss sagen, dass ich etwas unter Zeitdruck stehe. Ich habe

noch mein Strategiepapier hier zu Ende zu bringen und dann wird es auch langsam Zeit, mich in meine Schlafräume zurückzuziehen. Wenn du es also kurz machen könntest, wär ich dir sehr dankbar."

„Oh, ich verstehe. Natürlich…kommen wir am besten gleich zur Sache. Du bist ein vielbeschäftigter Mann." Gregor lachte spöttisch auf.

„Genau", entgegnete von Wanzen nun etwas irritiert. „Also, was gibt es?"

„Du erinnerst dich doch sicher noch an unsere Abmachung? Du bist mir einen Gefallen schuldig, schließlich habe ich dir deine Mehrheit bei der Abstimmung besorgt. Erinnerst du dich? Und ich möchte hinzufügen, unter größten privaten Verlusten, denn wie du sicher mitbekommen hast, habe ich dabei meinen Job verloren."

Von Wanzen seufzte. So etwas hatte er sich schon gedacht. Genervt sah er auf, überlegte kurz und entgegnete dann betont freundlich. „Sicher. Ich bin dir sehr dankbar. Wie kann ich mich erkenntlich zeigen? Möchtest du Geld? 500 Murmeln? Wäre das angemessen?"

„Wie schon gesagt, ich möchte dein Geld nicht…"

Von Wanzen zog die Augenbrauen hoch. Jemand, der keine Murmeln wollte, war ihm suspekt. „Und was willst du dann?"

„Mach mich zum Kanzler von Attika!"

Für einen Moment war es vollkommen still im Raum, so überrascht war von Wanzen von dieser abstrusen Forderung. Das musste ein Scherz sein!? Sicher hatte Gregor einen Witz gemacht, also fing von Wanzen höflicherweise an zu lachen. Doch die Miene seines Gegenübers verfinsterte sich plötzlich. „Ich bin nicht zu Scherzen aufgelegt", sagte Gregor mit todernster Stimme.

Von Wanzen gefror das Lachen schlagartig im Halse. „Das kann doch nicht dein Ernst sein! Du bist doch nicht einmal mehr in einer Partei. Der ganze Wahlkampf ist auf Maria ausgerichtet. Sie wird die neue Kanzlerin."
„Das mag schon sein. Zumindest für die erste Zeit. Bis wir eine Möglichkeit gefunden haben, sie loszuwerden. Dann werde ich der Kanzler."
„Wieso du?", fragte von Wanzen ehrlich verblüfft.
„Weil du dafür sorgen wirst, dass ich zum Vizekanzler ernannt werde. Und was die Parteimitgliedschaft angeht – ich bin seit heute Morgen stolzes Mitglied der Fortschrittspartei. Das war nicht wirklich schwer…sie werfen einem die Aufnahmebögen mittlerweile förmlich hinterher. Hab sogar 'ne kostenlose Mahlzeit dafür bekommen", sagte Gregor schelmisch grinsend.
„Wieso sollte ich gerade dich zum Vizekanzler machen?"
„Nun ja, zunächst einmal hatten wir eine Abmachung, deren Teil du damit erfüllen würdest. Zum anderen brauchst du dringend einen Verbündeten an der Parteispitze. Wenn du ehrlich bist, ist deine neue Freundschaft zu Maria eher zweckgebunden. Womit wirst du sie an dich binden können, wenn sie erst einmal Kanzlerin ist und damit alles hat, was sie wollte? Ich dagegen habe dir immer treue Dienste geleistet und werde dies auch weiterhin tun. Zu guter Letzt möchte ich noch hinzufügen, dass du bestimmt nicht möchtest, dass unsere Abmachung von damals öffentlich wird, nicht wahr? Gerade jetzt in Wahlkampfzeiten wäre das doch sehr hinderlich…"
Von Wanzen schnaubte aufgebracht. „Versuchst du etwa, mich zu erpressen?"

„Versetz dich doch mal in meine Lage, alter Freund. Ich möchte doch nur meinen Standpunkt deutlich machen", entgegnete Gregor mit einem gekünstelten Unterton in der Stimme.

Der Erste-Klasse-Passagier stand nachdenklich auf und schritt zum Fenster. Gebannt blickte er auf einen Punkt im inzwischen prachtvoll funkelnden Sternenhimmel, ohne wirklich wahrzunehmen, was er eigentlich sah. Zu sehr überschlugen sich seine Gedanken. Vielleicht hatte Gregor recht? Vielleicht war es wirklich von Vorteil, ihn in der Partei zu haben. Sicherlich war sein Mitverschwörer korrupt wie nichts Gutes, doch das hieß auch, dass man ihn mit Geld gut im Zaum halten konnte. Und keiner würde ihm mehr Murmeln bieten können, als von Wanzen selber. Auf Maria hingegen war kaum Verlass. Sie arbeitete viel zu idealistisch. Was, wenn sie sich früher oder später zum gleichen Problem entwickeln würde wie Paul?

„Nun gut", begann von Wanzen nachdenklich. „Mir erscheinen deine Argumente logisch, und ich will sehen, was sich machen lässt. Gleich morgen früh werde ich Maria sagen, dass sie dich zu ihrem Vertreter ernennen soll. Wie wir dann weiterhin verfahren, müssen wir sehen, wenn die Wahl gewonnen ist."

„Ich vertraue auf deine Durchsetzungsfähigkeit", entgegnete Gregor sichtbar triumphierend. „Dann kann ich dich jetzt deinem Strategiepapier überlassen. Ich wünsche eine geruhsame Nacht."

Ohne ein weiteres Wort zu verlieren, drehte sich Gregor um und rauschte hinaus.

Als ich mich am nächsten Morgen zum Frühstück niederließ, musste ich feststellen, dass ich mich am Tag zuvor geirrt hatte, als ich dachte, niemals zu erfahren, was Gregor mit von Wanzen so wichtiges zu besprechen hatte. Tatsächlich hatte sich die Nachricht in Windeseile verbreitet.
Ich hatte kaum den ersten Bissen heruntergeschluckt, da kam Jonas bereits auf mich zugestürmt und setzte sich wie selbstverständlich neben mich. „Hast du schon gehört? Unser Gregor geht wieder in die Politik."
Noch überrascht darüber, dass meine ehemalig bester Freund wieder mit mir sprach, entgegnete ich. „Ehrlich? Ich dachte immer, die RGV würde eher Kapitän Weber in ihre Partei aufnehmen, als Gregor nochmals in ihre Nähe zu lassen."
„Hehe", grinste Jonas. „Ganz so ist es nicht. Der gute Gregor ist jetzt bei der Fortschrittspartei. Maria hat ihn sogar zu ihrem offiziellen Vertreter ernannt."
„Das hieße ja...", entgegnete ich überrascht, „dass, sollte Maria die Wahl gewinnen, Gregor zum Vizekanzler werden würde?"
Jonas nickte angewidert. Der Gedanke gefiel uns ganz und gar nicht. Gregor gehörte zu der Sorte Mensch, von denen ich mich wirklich nicht im Parlament vertreten sehen mochte.
In Gedanken versunken blickte ich auf den Sandboden, als Jonas plötzlich zu Sprechen begann. Seine Stimme klang schuldbewusst und verlegen: „Und was ich noch sagen wollte. Tut mir leid wegen der Fußballgeschichte. Falls du nicht mehr spielen willst, wenn von Wanzen uns sponsert,

ist das dein gutes Recht. Ich mag den dicken Schnösel ja auch nicht."
Es bedeutete mir ausgesprochen viel, dass sich Jonas an diesem Tag bei mir entschuldigte. Erfreut streckte ich ihm meine Hand entgegen und erleichtert schlug er ein. Dann stand ich auf und machte mich auf den Weg zurück zu meiner Decke. Vielleicht würde ich ja eines Tages auch mal eine eigene Hütte besitzen, doch bis jetzt reichten meine Murmeln dafür hinten und vorne nicht und das, obwohl ich jeden Tag hart arbeitete.
Wie ich so durch das Lager schlenderte, fiel mir plötzlich eine Gruppe von Menschen auf. Sie schienen in ein Wortgefecht verwickelt, zumindest gestikulierten sie wild herum. Beim Näherkommen erkannte ich sie allesamt als RGV-Mitglieder. Ich beachtete die Abgeordneten nicht weiter und schritt auf meine Decke zu. Jetzt noch ein halbes Stündchen hinlegen und dann auf zur Arbeit. So wie jeden Tag. Diese langweilige Monotonie würde unsere aller Moral wohl irgendwann brechen.
Erschöpft ließ ich mich nieder und beobachtete die Streitenden aus der Entfernung. Gut möglich, dass die RGV-Leute langsam nervös wurden. Gestern gab es wieder kostenlose Fleischrationen für alle Fortschrittsparteiwähler und konnte man den neusten Umfragen glauben, lag Maria nun deutlich vorne. Dementsprechend war es kein Wunder, dass die Stimmung in der Regierung immer gereizter wurde. Schließlich trennte sich die Gruppe Streitender und ich erkannte Paul, als einen von ihnen. Wutentbrannt stapfte der Kanzler in meine Richtung davon. Als er mich im Vorbeigehen erkannte, hielt er inne, überlegte kurz und ging dann zu meiner Überraschung schnurstracks auf mich zu.

„Hey", begrüßte er mich mit vor Zorn zitternder Stimme. „Ich möchte deine Meinung hören!"
„Öhm...okay", gab ich zurück, irritiert darüber, dass jemand wie Paul an meiner Meinung interessiert war.
„In zwei Tagen ist die Wahl. Wen wirst du wählen und warum?"
Verdutzt sah ich unseren Kanzler an. „Ich dachte immer, die Wahl wäre geheim!?"
„Jaja, blabla. Ich will dir was sagen. Hier ist nichts, wie es sein sollte. Korrupte Schweine überall. Die Wähler lassen sich kaufen, genau wie die Abgeordneten. Meine eigenen Parteifreunde fragen sich offen, ob ich wohl der richtige Kandidat für diese Abstimmung bin, verstehst du das? Wir lassen uns kaufen, mein Freund. Kaufen. Du denkst, wir sind frei? NEIN! Großer Irrtum! Wir haben unsere Freiheit schon lange verloren! Es herrscht nicht das Volk. Hier herrschen die Murmeln. Wir haben versagt. Ich habe versagt!!!"
Während der Kanzler diese Sätze gesprochen hatte, war seine Stimme von einem vertraulichen Flüstern in ein wahnsinnig anmutendes Brüllen übergegangen. Ringsherum wandten sich uns irritierte Gestrandete zu, die offenbar vom Geschrei ihres Kanzlers aufgeweckt wurden und nun völlig perplex herüberstarrten. Ich selbst war vor Schreck zusammengezuckt und versuchte nun, irgendetwas Beruhigendes zu entgegnen. „Aber, Herr Kanzler, noch ist die Wahl doch gar nicht entschieden."
Paul jedoch ließ sich nicht besänftigen. Wütend fuchtelte er mit den Armen und schrie das halbe Lager wach. Dann endlich rannte er völlig aufgebracht in Richtung Wald da-

von, wobei er es sich nicht nehmen ließ, alles und jeden auf seinem Weg anzubrüllen.

Schließlich war es endlich soweit. Der Tag der Wahl war gekommen. Erwartungsfroh waren wir alle früh aufgestanden und saßen gemütlich beim Frühstück. Heute sollten sich also die Weichen für unsere Zukunft stellen. Vor allem freuten wir uns jedoch darüber, dass wir für den heutigen Tag frei bekommen hatten, um uns voll auf die Wahlveranstaltung konzentrieren zu können. Da das Parlamentsgebäude zu klein für alle Gestrandeten war, wurden um einen kleinen Hügel außerhalb des Lagers mehrere Tische und Bänke aufgestellt. Hier würden dann die Redner stehen und ihre abschließenden Wahlkampfreden halten.
Auf unserem Weg zum Versammlungsort kamen wir an der Hütte des Kanzlers vorbei. Paul saß im Schneidersitz davor und starrte ins Leere, während er wie ein Wahnsinniger mit seinem Kopf vor und zurück wippte. Beim Vorbeigehen hörte ich, dass er offenbar zu allem Überfluss auch noch ununterbrochen mit sich selbst redete.
„Ich habe versagt. Soviel Blut. Wir haben versagt. Alles war umsonst", flüsterte der Kanzler mit seltsam verzehrter Stimme.
„Seine Parteifreunde haben ihn abgesetzt", flüsterte mir Jonas ins Ohr. „Offiziell hat er ein Burnout, aber wenn du mich fragst, waren es eher seine schlechten Umfragewerte, die sie bewogen haben, ihn zum Rücktritt zu drängen."
„Paul wird nicht mehr kandidieren?", fragte ich überrascht. „Aber wer denn dann?"
„Offenbar haben sie sich für den Schleicher entschieden…"
Und tatsächlich. Kaum hatten alle Gestrandeten auf den Bänken Platz genommen, begann Fritz von dem krank-

heitsbedingten Ausfall des Kanzlers zu berichten. Ein Raunen ging durch die Menge. Diese Nachricht war für viele neu gewesen.
„Stattdessen", fuhr Fritz fort „wird der Chef der Bauwirtschaft, Harald Schleicher, für die RGV zur Wahl stehen".
Ich war mir absolut nicht sicher, ob dies ein kluger Schachzug gewesen war. Obwohl Paul wohl die Wahl verloren hätte, war er den Gestrandeten immerhin ein Begriff und hatte im Gegensatz zu Schleicher wenigstens ein paar treue Anhänger.
Nun rief Fritz die beiden Kandidaten nacheinander zum Reden auf, damit die noch unschlüssigen Gestrandeten eine letzte Entscheidungshilfe bekamen. So hielten sowohl Herr Schleicher als auch Maria eine letzte Ansprache. Wenn ich mich recht entsinne, konnte ich keinen wirklichen Unterschied in deren Inhalt erkennen. Beide sprachen von Freiheit, Demokratie und dem attikanischen Traum, betonten, wie viel ihre jeweilige Partei schon für die Gesellschaft erreicht habe und ließen sich anschließend von ihren Anhängern feiern.
Am Ende ging Fritz mit seinem Hut herum. Jeder Attikaner hatte erneut eine Tonscherbe bekommen, auf der er seinen Favoriten einritzen sollte.
Als sämtliche dieser „Wahlzettel" schließlich eingesammelt waren, trennte man sich wieder, damit das Auszählungskomitee ungestört seiner Arbeit nachgehen konnte.
Da wir ja allesamt am heutigen Tag nicht arbeiten mussten, überlegte ich mir, was mit der gewonnenen Freizeit anzufangen sei und entschied mich für eine Partie Fußball mit den anderen. Als ich auf dem Weg zum Spielfeld wieder an

Pauls Hütte vorbeikam, bemerkte ich, dass der Altkanzler verschwunden war.

„Der Arme...", flüsterte Jonas mir zu, und ich nickte mitleidig. Paul hatte an diesem Tag alles verloren, wofür er einmal gekämpft hatte. Stellung, Macht, Parteifreunde und Ansehen. Noch dazu hatte er seinen festen Glauben an eine bessere Gesellschaft wohl verloren. Sein Idealismus hatte uns alle geprägt, doch offenbar schien ihn dieser jetzt verlassen zu haben.

Wir spielten den Nachmittag über bis in die Abendstunden. Bald schon würde das Ergebnis verkündet werden und ausnahmslos alle Attikaner waren gespannt, wer wohl das Rennen gemacht hatte.

Ich entschloss, mich vor der Verkündung am Lagerfeuer noch zu waschen, denn schließlich war meine Kleidung von den körperlichen Anstrengungen durchnässt. Müde ließ ich mich also im Meer treiben und bewunderte die untergehende Sonne. Trotz der abnehmenden Fülle waren ihre Strahlen noch warm und intensiv, sodass ich auf dem Rücken liegend anfing, träumerisch vor mich hin zu dösen.

Was würde uns wohl ein Regierungswechsel bringen? Letztendlich war es doch das Gleiche. Egal ob Maria oder Schleicher, unsere beiden Parteien ähnelten sich schon sehr. Vielleicht bräuchte man mal ein wenig Abwechslung im Parteienspektrum. Ob ich glücklich war mit unserer neuen Regierungsform? Ich war mir nicht mehr sicher. Sicherlich hatte ich die Freiheit, selbst zu entscheiden, von wem ich regiert werden wollte, doch letztendlich machte es doch keinen wirklichen Unterschied. Das tägliche Leben der einfachen Gestrandeten war nahezu dasselbe geblieben, wie schon unter Kapitän Weber. Man musste Arbeiten bis zur Erschöpfung, mit dem einen Unterschied, dass man jetzt

selbst für seine Ernährung verantwortlich war und zumindest potenziell die Chance hatte, „reich" zu werden. Obwohl ich mich schon fragte, ob ich mit ehrlicher Arbeit als Bauarbeiter jemals wirklich aufsteigen konnte.
Ein weltliches Verlangen ließ mich aus meinen Tagträumen erwachen. Ich musste pinkeln. Genervt schritt ich aus dem Wasser. Gerne hätte ich noch weiter vor mich hingeträumt und die letzte Wärme des Tages genossen, doch da half alles nichts. Ich trocknete mich ab und schlüpfte wieder in meine Kleidung. Inzwischen war es dunkel geworden. Das war das Besondere an dieser Umgebung. Es konnte mit einem Schlag dunkel werden und quasi von einem Moment zum anderen war es dann plötzlich erschreckend kalt. Meiner Blase sei Dank lag ich nun nicht mehr im kühlen Wasser, sondern befand mich auf dem Weg zur Klostelle. Zwar bibbernd, aber wenigstens vollständig angezogen.
Sehnsüchtig lief ich am Lagerfeuer vorbei, dessen Wärme mich kurz streifte. Der Platz war schon weitläufig gefüllt und eine gespannte Erwartungshaltung lag bereits in der Luft. Ich beschleunigte also meine Schritte, um rechtzeitig zur Verkündung des Ergebnisses wieder bei den anderen zu sein.
Rasch betrat ich den Wald. Hier war es noch dunkler, als am Strand, und ich konnte kaum meine Hand vor den Augen erkennen. Frierend erreichte ich den Toilettenplatz.
„Ist hier jemand?", fragte ich in die Dunkelheit, denn schließlich wollte ich keinem anderen Gestrandeten versehentlich auf die Füße pinkeln. Keine Antwort. Das erstaunliche an Fragen in die Dunkelheit ist, dass obwohl man

nicht wirklich eine Antwort erwartet, die Tatsache, dass tatsächlich niemand antwortet, irgendwie Angst einflößt.
Zitternd stellte ich mich in Position und verrichtete mein Geschäft. Beim Umdrehen stieß mein Fuß gegen etwas Hartes. Fluchend vor Schmerz bückte ich mich herunter und tastete nach dem Gegenstand. Es war die Fackel, die eigentlich immer nachts aufgestellt wurde, um die Lagertoilette zu beleuchten. Jemand musste sie im Vorbeigehen umgestoßen haben, sodass sie erloschen war.
Na, schöner Schlamassel, dachte ich und versuchte, mich in der Dunkelheit zu orientieren. Langsam tastete ich mich vorwärts, bis eine große Tanne meinen Weg streifte. Hier musste ich nun rechts herum. Oder war es links? Plötzlich kreischte von irgendwoher ein Vogel, und ich zuckte verschreckt zusammen. Dieser verfluchte Wald schien kein Ende zu nehmen. Offenbar war ich in die falsche Richtung gelaufen. Panik machte sich in mir breit. Was, wenn ich nicht mehr zu den anderen zurückfinden würde? Ich war schon eine ganze Weile gelaufen und noch immer war kein Strand in Sicht. Die Dunkelheit ließ nicht zu, sich wirklich orientieren zu können. Plötzlich ein Knistern im Unterholz. Direkt neben mir. Ob es hier wohl gefährliche Tiere gab? Hastig verdrängte ich diesen schaurigen Gedanken und ging weiter, immer darauf bedacht, bloß nicht im Kreis zu laufen. Schließlich musste ich mir eingestehen, mich verlaufen zu haben. Wieder ein Knacken, diesmal von weiter vorne. War es nur ein heruntergefallener Ast? Oder gar irgendein Raubtier, das sich gerade heimtückisch an sein ahnungsloses Opfer heranpirschte? Die Vorstellung, hier übernachten zu müssen, erschien mir wahrlich alles andere als rosig. Und dann plötzlich sah ich es. Licht!

Irgendwo zwischen den Bäumen leuchtete ein Feuer. Vielleicht konnte ich aus der Ferne das Lagerfeuer sehen? Erleichtert spurtete ich los. Immer auf das Licht zu. Ich rannte in heller Aufregung und als sei der Teufel persönlich hinter mir her. Schneller und schneller, bis ich plötzlich jäh zum Stehen kam. Aus vollem Lauf war ich gegen etwas sehr großes geprallt, wobei die Wucht des Aufpralles mich sofort umgeworfen hatte. Mein Kopf knallte auf den harten Waldboden, wo ich benommen liegenblieb. Einen kurzen Augenblick später wurde mir schwarz vor Augen. Mit aller Kraft kämpfte ich gegen die Ohnmacht an und als ich schließlich mühsam die Lieder öffnete, erkannte ich eine riesige Gestalt, die sich über mich gebeugt hatte. Ich sah die verschwommenen Umrisse eines sehr großen Mannes.
Der Mann hielt mir seinen Arm hin und als ich mich daran hochzog, erkannte ich, dass er in seiner anderen Hand eine Fackel hielt. Offenbar war ich keineswegs auf das Lagerfeuer zugelaufen, sondern lediglich dem Schein seines brennenden Holzstabes gefolgt.
Wacklig versuchte ich mein Gleichgewicht zu halten und bemerkte, dass ich leicht an der Schläfe blutete. Der Unbekannte hob seinen Arm und das Licht erhellte sein dreckverschmiertes Gesicht. Da plötzlich erkannte ich, wen ich vor mir hatte!
„Viktor?", fragte ich ungläubig.
Mein Gegenüber grunzte zustimmend.
„Was machst du hier?"
„Den Kanzler suchen. Er war verschwunden."
„Paul ist verschwunden? Und du meinst, er ist hier im Wald?"

„Das weiß ich sogar", erwiderte der Koch knapp.
„Hast du ihn etwa gefunden?"
Statt zu antworten trat Viktor stumm einen Schritt zurück und deutete mit seiner Fackel vielsagend in eine Richtung. Erst jetzt nahm ich meine Umwelt überhaupt erst richtig war. Wir standen auf einer kleinen Lichtung, gar nicht weit weg vom Lager. Ich konnte durch die dichten Bäume sogar den Strand ausmachen. In der Mitte der Lichtung stand ein einsamer Baum. Etwas an ihm verwunderte mich, und ich sah genauer hin. Er hatte kräftige und weitläufig auslaufende Äste. An dem dicksten dieser Äste schien eine Art Bündel zu hängen.
Fragend sah ich Viktor an, der daraufhin näher an das seltsame Gehänge herantrat und als seine Fackel die Szenerie schließlich vollends erleuchtete, entwich mir ein spontaner Schrei des Entsetzens. Am Baum hing mit einem strammen Strick um den Hals der leblose Körper von Paul.

Der Kanzler ist tot, es lebe der Kanzler!

Ich stand eine ganze Weile nur so da und versuchte zu realisieren, was ich hier zu sehen bekam. Paul war für mich sowie für viele andere Gestrandete eine Art Held gewesen. Er hatte an vorderster Front gegen Weber und sein Regime gekämpft, er war es, der unser freiheitliches System aufgebaut und angeführt hatte und genau dieses System war es auch, das ihn letztendlich getötet hatte.
Ein sanfter Windzug überkam die Lichtung, durchzog meinen zitternden Körper und brachte die Blätter um uns zum Rascheln.
Wie konnte das passieren? Wieso? Und wie zur Antwort auf meine Frage erblickte ich plötzlich ein weißes Blatt, das im Wehen des Windes flatterte. Es war provisorisch an den dicken Stamm des Baumes befestigt worden, doch als die erste kräftige Böe ihn erreichte, löste es sich und wehte direkt auf mich zu. Mit einem schnellen Griff erfasste ich das Papier, endknüllte es in meiner Hand und begann aufgeregt zu lesen:

Liebe Gestrandete,
wenn ihr das hier lest, werde ich wahrscheinlich schon tot sein und viele von euch werden sich fragen warum. Die Antwort auf diese Frage ist einfach – ich habe versagt und kann es nicht

ertragen zuzusehen, wie unsere guten Vorsätze erneut mit einem großen Grauen untergehen werden!
Als ich entschloss, Kanzler zu werden, hatte ich vor, unsere Welt endgültig von der Geißel der Unterdrückung zu befreien. Doch alles was ich erreicht habe, war eine neue Form der Unterdrückung zu schaffen. Früher war es Kapitän Weber, jetzt ist es das Geld, das uns zu seinen Sklaven macht. Noch ist es euch vielleicht kaum bewusst, doch eure Regierung wurde machtlos. Gefangen im Spagat zwischen ihrer Erpressbarkeit zu den Reichen und dem Zwang der Widerwahl durch die Bürger. Ich habe meinen Kampf gegen diese Unterdrückung gekämpft und verloren. Ich habe eingesehen, dass es keine bessere Welt für uns geben kann, solange Menschen, mit ihrem natürlichen Bestreben nach Einfluss und Macht, in ihr leben. Dies ist erst der Anfang einer Entwicklung, die sich nun nicht mehr stoppen lässt. Denkt an meine Worte, wenn es soweit ist. Ich jedoch möchte diesen Moment nicht mehr miterleben.
Im Hoffen auf eine bessere Welt

Kanzler Paul

Als ich nach kurzem, schweigsamem Lesen wieder aufsah, bemerkte ich, dass sich Tränen in meinen Augen angesammelt hatten. Hatte Paul recht? Würde sich unsere Situation nun immer weiter verschlimmern? War es wirklich nur eine Frage der Zeit, bis die erschaffene Gemeinschaft erneut zusammenbrechen würde?
Ich wurde jäh aus meinen Überlegungen geholt, als mir plötzlich der Brief aus den Händen gerissen wurde.
„Den behalte ich", brummte Viktor. „Würde sonst nur unnötig Unruhe bereiten."

Ich wollte widersprechen, doch der finstere Blick des Koches brachte mich zum Schweigen. Manchmal sollte man vielleicht besser die Klappe halten, dachte ich und blieb stumm.

Die Menschenmenge hatte einen großen Kreis um den aufgehängten Toten gebildet. Die Gestrandeten schwiegen andächtig in einer Mischung aus Unglauben und Fassungslosigkeit. Sie hatten im Gegensatz zu mir keinen blassen Schimmer, warum sich der ehemalige Kanzler umgebracht haben könnte. Natürlich wurde viel spekuliert, doch ich hielt mich bedeckt und erzählte niemandem von Pauls Abschiedsbrief.
Schließlich entschied man sich, den Toten abzuhängen und in einer langen Trauerprozession zum Lagerfriedhof zu geleiten. Hier wurde in großer Eile ein Grab ausgehoben und der Kanzler hineingelegt.
Paul war, obwohl er wohl nicht wiedergewählt worden wäre, ein sehr beliebter Mann gewesen und so war die Anteilnahme an seinem plötzlichen Tod riesig. Die Gestrandeten versammelten sich am Grab und sangen ein gemeinsames Klagelied. Viele Menschen schluchzten oder brachen schlichtweg in Tränen aus. Auch ich hatte ein sehr beklemmendes Gefühl im Magen. Immer wieder musste ich an seine Worte im Abschiedsbrief denken. *„Dies ist erst der Anfang einer Entwicklung, die sich nun nicht mehr stoppen lässt."*
Ja, vielleicht war Paul ein Held gewesen, doch wir hatten aufgehört, auf Helden zu hören, zumindest solange diese noch am Leben waren.

Unter den Eindrücken des Tages ging das Ergebnis des Wahlabends fast unter. Kaum einer nahm noch groß Notiz davon, dass sich Marias Fortschrittspartei mit einem erdrutschartigen Sieg durchgesetzt hatte. Eine Folge des „guten Wahlkampfes", wie es hieß.

Als ich mich an diesem ereignisreichen Abend schlafen legte, war mein Kopf mit lauter wirren Gedanken gefüllt. So war es kaum verwunderlich, dass ich nur schwer einschlafen konnte und als ich dann endlich ins Reich der Träume entschwunden war, durch wilde Fantasien geplagt wurde.

Ich kämpfte mich durch einen dichten Wald, getrieben von der Angst, angestachelt von Panik. Ich rannte. Rannte nach Leibeskräften. Ich war so schnell, dass die Umrisse des Waldes verschwammen. Sie verschmolzen in meinem hektischen Lauf zu einem Farbenmeer aus sattem Grün. Grün. Überall grün. Plötzlich, aus dem Nichts eine riesige Hand. Sie packte mich an der Schulter und zog mich mit einem gewaltigen Ruck in einen Busch. Hier lag ich nun. Alle Viere von mir gestreckt auf dem Waldboden. Doch die Hand griff immer stärker zu. Fester und fester. Schließlich drückte sie mir mit einer solchen Kraft in den Oberarm, dass ich jäh erwachte. Ich riss die Augen auf und sah entsetzt, dass tatsächlich eine Hand auf meiner Schulter lag. Vor lauter Panik entfuhr mir ein schriller Schrei, bevor ich wie wild geworden auf den Besitzer der Hand einschlug. Mein erster Schlag verfehlte sein Ziel, doch beim Zweiten traf meine Faust mitten in Viktors Gesicht. Der Koch zeigte sich vom Aufprall des Hiebes wenig beeindruckt und sah mich vielmehr interessiert an. „Was soll das?", fragte er verblüfft.

„Öhm, entschuldige…", gab ich kleinlaut zurück. „Du hast mich erschreckt."
Viktor zuckte kurz mit den Achseln, dann fuhr er fort. „Zieh dich an und komm mit! Der Boss will dich sehen!"
Mit dem „Boss" war offenbar sein Arbeitgeber, Herr von Wanzen, gemeint. Wenig begeistert von der Aussicht, mitten in der Nacht bei dem neureichen Wichtigtuer antreten zu müssen, fragte ich. „Was will er denn? Und warum können wir das nicht morgen klären?"
„Keine Ahnung", brummte Viktor. „Kommste jetzt oder nicht?".
Ich dachte kurz darüber nach, doch schließlich siegte meine Neugier. „Gut, ich zieh mir nur schnell was an."
Leise versuchte ich im Dunkeln meine Kleidung zu finden und streifte mir eine Hose über. Wie spät wird es wohl sein? Aufgrund der Lichtverhältnisse ließ sich wenig sagen. Hier war es entweder sehr hell oder vollkommen dunkel. Viel dazwischen gab es auf dieser Insel nicht. Jedoch schätzte ich, dass die Sonne bald wieder aufgehen müsste, denn schließlich hatte ich ja ein gutes Weilchen geschlafen. Stumm folgte ich nun dem Koch Richtung Wanz´schem Anwesen, was keine leichte Aufgabe war, da unser Weg an zahlreichen Liegeplätzen vorbeiführte. So sehr ich mich auch anstrengte, passierte es dennoch, dass wir hier und da mal auf einen Fuß, Bauch oder auch Gesicht traten, dessen Besitzer uns jeweils wüste Beschimpfungen hinterherriefen. Jetzt war ich wiederum sehr froh, dass Dunkelheit herrschte und meine Unachtsamkeiten daher anonym blieben.
Endlich erreichten wir unser Ziel, und Viktor öffnete die schwere Eingangspforte zum Haus.

„Hier entlang", murrte er knapp und deutete auf eine Tür am Ende eines langen Korridors. Ich hatte dieses Haus zwar mit errichtet, doch war ich dennoch überwältigt von seiner schieren Größe. Da das Anwesen immer nach und nach erweitert worden war, war mir seine inzwischen protzige Dimension nie so klar gewesen, wie in diesem Moment. Nicht schlecht, dachte ich staunend und erinnerte mich bitter an die einfachen Gestrandeten, auf die ich eben getreten war. Sie schliefen auf Decken, während hier drinnen locker Platz für zwanzig von ihnen gewesen wäre.
Schließlich war ich am Ende des Flures angelangt und klopfte artig an die Tür. Als Antwort bekam ich ein herrisches „Herein!".
Ich öffnete und betrat ein großzügig eingerichtetes Arbeitszimmer. Hinter einem langen, eichenen Schreibtisch saß der dicke Herr von Wanzen auf einem hölzernen Stuhl mit übertrieben riesiger Lehne. Tatsächlich wirkte er wie ein König auf seinem Thron.
Eingeschüchtert sagte ich „Guten Abend" und setzte mich auf einen kleinen Hocker direkt vor dem überproportionierten Tisch, auf dem ich aussehen musste, wie ein kleiner Schuljunge, da mein Gesicht gerade noch so über die Tischplatte hervorlugen konnte.
„Guten Abend", erwiderte mein Gegenüber in einem autoritären Tonfall. Tatsächlich hatte ich das Gefühl, mindestens dem Papst persönlich gegenüber zu sitzen.
„Geht es Ihnen gut?"
„Ja", log ich, obwohl mir insgeheim die Dummheit dieser Frage sehr wohl bewusst war, denn wie sollte es schon jemandem gehen, der mitten in der Nacht aus seinem Bett geholt wurde.

„Sicherlich fragen Sie sich, warum ich so dringend mit Ihnen sprechen wollte", begann von Wanzen langsam und mir wurde klar, dass er jedes Wort, das er aussprach, sehr genau abwog.
„Das würde ich in der Tat gerne wissen", gab ich neugierig zurück.
„Nun ja, ich möchte gar nicht lange um den heißen Brei herumreden. Es geht um diesen Brief, den sie beim Körper unseres toten Altkanzlers, Gott hab ihn selig, gefunden haben."
Nun wurde mir schlagartig einiges klar. Natürlich musste es dem dicken Wanzen sehr missfallen, dass eine solche Anklageschrift gegen die reichen Attikaner existierte, deren reichstes Mitglied eben er selber war. Möglicherweise hatte er Angst, dass ich den Inhalt dieses heiklen Briefes verbreiten würde. Und tatsächlich: Als er weitersprach, hörte ich das Unbehagen deutlich aus seiner Stimme heraus.
„Ich möchte Ihnen versichern, dass derlei Schriften die öffentliche Ruhe in Attika massiv stören könnten. Sicherlich stimmen Sie mit mir in der Ansicht überein, dass derlei unangenehme Botschaften nicht für die Ohren der gemeinen Gestrandeten geschaffen sind. Hab ich nicht recht?"
Ich zögerte mit meiner Antwort, wobei ich beobachten konnte, wie der mächtige von Wanzen vor Spannung die Luft anhielt.
Nach kurzer Überlegung, währenddessen sich eindeutig Angstschweiß auf der Stirn meines Gegenübers bildete, gab ich wahrheitsgemäß zurück. „Da bin ich mir nicht sicher. Eigentlich hätten die Attikaner doch ein Recht darauf zu erfahren, warum Paul sich das Leben genommen hat."

Von Wanzen prustete entrüstet los. „Was soll das heißen? Sie sind sich nicht sicher? Verstehen Sie denn nicht? Dieser Brief könnte unsere freiheitliche Grundordnung ins Wanken bringen!"
Schließlich hielt er kurz inne. Offenbar dachte der Erste-Klasse-Passagier angestrengt nach. Plötzlich machte sich ein schmieriges Lächeln auf seinem Gesicht breit. Mit aufgesetztem Grinsen, unterlegt mit schleimiger Höflichkeit, fuhr er fort. „Oh ja. Natürlich. Ich verstehe, was Sie wollen. Sie sind Bauarbeiter, nicht wahr? Sicher haben Sie es satt, auf einer Decke zu schlafen, wie ein Penner. Bestimmt wollen Sie auch regelmäßig Fleischportionen bekommen, hab ich recht? Dafür reicht ihr Einkommen natürlich nicht aus… Aber wissen Sie was? Heute ist Ihr Glückstag. Viktor wird Ihnen beim Verlassen meines Anwesens einen Beutel in die Hand drücken. Da werden genug Murmeln drin sein, damit Sie sich den ein oder anderen Wunsch erfüllen können."
Von Wanzen stand auf und klopfte mir kumpelhaft auf die Schulter, während er freudlos lachte.
Für einen Moment war ich vollkommen baff von seinem Vorschlag, doch dann entgegnete ich empört. „Sie wollen mich bestechen? Mein Schweigen bezahlen?"
„Aber, aber…", gab von Wanzen immer noch lachend zurück. „Bestechen klingt so hart. Nennen wir es doch lieber einen Gefallen für einen hart arbeitenden Bauarbeiter, der für seine gute Arbeit sicherlich ein paar Murmeln mehr verdient hätte, als er tatsächlich bekommt."
Ich muss zugeben, dass ich sehr wohl über dieses Angebot nachgedacht habe. So stark war mein Wunsch nach gesellschaftlichem Aufstieg. Letztendlich entschied ich mich jedoch zu entgegnen. „Behalten Sie ihr Geld! Auch ein

Bauarbeiter hat seine Grundsätze. Ich beispielsweise lasse mich nicht kaufen! Doch kann ich Sie trotzdem beruhigen. Ich werde den Inhalt von Pauls Abschiedsbrief für mich behalten und sei es nur zu dem Zweck, keine Unruhe zu schüren. Auf Wiedersehn, Herr von Wanzen." Dann stand ich auf und verließ, ohne ein weiteres Wort zu verlieren, den Raum.
Mit dieser Nacht hatte sich einiges für mich verändert. Nun endlich hatte ich erkannt, dass von Wanzen keineswegs zu beneiden war, denn Murmeln verdarben offenbar den Charakter.

Maria setzte sich in die erste Bankreihe. Dies war nun ihr Platz. Endlich auf der Regierungsbank sitzen, das war immer ihr Traum gewesen. Das Parlamentsgebäude war noch kaum gefüllt. Die Abgeordneten trafen erst nach und nach ein und vereinzelt gab es einige Hände zu schütteln. Jeder wollte der neuen Kanzlerin gratulieren, zumindest jeder, der sich der Fortschrittspartei zurechnete. Die Ränge der RGV waren noch verhältnismäßig leer und Maria fragte sich, ob unter ihrer klaren Wahlniederlage wohl auch ihre Motivation gelitten hatte. Ein Platz auf der Oppositionsbank war mit einem schwarzen Tuch ausgekleidet worden. Eine symbolische Geste für den toten Altkanzler, der wohl hier gesessen hätte, wäre er nicht zu dem Entschluss gekommen, sich einen Strick um den Hals zu legen und die Bühne der Politik auf diese dramatische Weise für immer zu verlassen.
Maria sah Schleicher hereinkommen und grüßte höflich. Der neue Anführer der Gestrandetenvereinigung hob aner-

kennend die Hand und nahm andächtig neben dem schwarzen Tuch Platz.

Schließlich betrat Gregor den Raum, und Marias Miene verfinsterte sich. Der neue Vizekanzler hatte seinen Ruf als Verräter nie ganz ablegen können und genoss daher wenig Sympathie; weder auf der Seite seiner alten Parteigenossen noch bei seinen neuen. Wie selbstverständlich schritt er auf die erste Bankreihe zu und setzte sich direkt neben die Kanzlerin.

„Guten Morgen, Maria", sagte Gregor und streckte ihr mit einer schmierigen Geste seine Hand entgegen und Maria reichte ihm, wenn auch leicht angewidert, die ihre.

Einen gefährlichen Pakt war sie da eingegangen, das wusste sie. Letztendlich hatte sie sich ihren Sieg bei von Wanzen gekauft. Da gab es nichts zu beschönigen. Ohne seine Wahlkampfhilfe in Form von großzügiger finanzieller Unterstützung würde sie zweifellos noch immer auf der Oppositionsbank sitzen und Paul wäre Kanzler geblieben. Am Leben und wohl motivierter denn je.

Doch fürchtete sich Maria schon jetzt vor den Folgen ihres Handels. Von Wanzen hatte sich keinen Tag Zeit gelassen, sondern war kurz nach der Bekanntgabe des Wahlsieges bei ihr erschienen. Offiziell um zu gratulieren, letztendlich ging es ihm jedoch darum, erste Forderungen zu stellen. Es war dem bedingungslosen Geschäftsmann schon lange ein Anliegen, die abendlichen Fußballspiele zu kapitalisieren. Ein Stadion sollte errichtet und Eintrittsgelder erhoben werden. Für dieses Vorhaben brauchte er die Zustimmung des Parlamentes, welche die neue Kanzlerin ihm einfahren sollte. So kam es also, dass die erste gemeinsame Absprache getroffen wurde, noch bevor Paul überhaupt unter der Erde lag.

Die Sitzung begann, und Fritz schritt zum Rednerpult. Der alte Mann schien sichtbar mitgenommen vom Tod des Altkanzlers. Mit zittriger Stimme begann er die Leistungen Pauls zu würdigen und setzte anschließend eine Schweigeminute an. Schließlich forderte er Maria und Gregor auf, ihre Antrittsreden zu halten. Die Kanzlerin nutzte die Redezeit, um von Wanzens Antrag auf die Tagesordnung zu setzen. Der Vizekanzler dagegen hielt in seiner ganz eigenen und dabei vollkommen unsympathischen Art eine Rede über die Wichtigkeit des Parlamentes für Attika, was nicht ganz einfach war, da die RGV-Abgeordneten ihn unentwegt ausbuhten, sodass Fritz die Politiker mehrfach zur Besonnenheit ermahnen musste. Tatsächlich gab es wohl niemanden, den die RGV-Leute mehr hassten als Gregor, der für sie, gerade auch im Angesicht von Pauls plötzlichem Tod, zu einer Art Judas geworden war.
Schließlich kam es zur Abstimmung über von Wanzens Pläne und Maria stellte erleichtert fest, dass sie die Abgeordneten der Fortschrittspartei fest hinter sich hatte. Eine große Mehrheit war für das Stadion und so schienen ihre Schulden bei dem Neureichen getilgt. Obwohl sie es insgeheim besser wusste, hoffte sie, dass von Wanzen sich hiermit zufriedengeben und keine weiteren Forderungen mehr an sie stellen würde. Ansonsten müsste sie sich eben etwas einfallen lassen…

Wie nicht anders zu erwarten, hatte von Wanzen noch einige Wünsche mehr und so war das Staunen groß, als ich eines Morgens zum Dienst antrat und den dicken Erste-Klasse-Passagier vor mir sah.

„Meine hoch geschätzten Bauarbeiter", begrüßte er uns mit einer Stimme, die eher abfällig, als wertschätzend klang. „Ich muss Ihnen mitteilen, dass ihr bisheriger Chef, Harald Schleicher, von unserem geliebten Parlament abgesetzt worden ist. Man hat sich entschlossen, den Bausektor erneut zu privatisieren und nun raten Sie mal, wer den Zuschlag bekommen hat."

Von Wanzen grinste dümmlich, doch als er merkte, dass niemand große Lust verspürte, etwas zu antworten, ergänzte er genervt. „Na ich natürlich."

Ein Raunen ging herum, denn von Wanzen war inzwischen dafür bekannt, lieber auf den Profit zu starren, als auf das Wohl seiner Mitarbeiter.

„Aber, aber, meine Freunde. Wieso so lange Gesichter? Glaubt mir, ihr werdet begeistert sein, wenn ihr erfahrt, was euer nächstes Projekt sein wird." Erneut machte von Wanzen eine Pause und wartete auf gespannten Enthusiasmus. Als wieder keine Reaktion kam, fuhr er kopfschüttelnd fort. „Na der Bau eines Fußballstadions für Attika. Ist das nicht der Hammer?"

Ein solches Mammutprojekt hieß eine Menge anstrengender Arbeit mit eventuellen Überstunden, weshalb sich unsere Freude sichtbar in Grenzen hielt. Zudem kochte ich innerlich vor Wut. Nun konnte also eintreten, was mir absolut missfiel. Neben unserem Arbeitsleben würde von Wanzen nun auch unsere Freizeit kontrollieren wollen und zudem noch versuchen, hierbei einen Profit für sich herauszuschlagen.

Mit dem Stadionbau schien er es denkbar eilig zu haben, denn schließlich war Zeit gleich Murmeln. So kam es also, dass wir, ehe wir uns versahen, damit beschäftigt waren, Holzbalken von den Holzfällern aus dem Wald hinunter zum Fußballplatz zu tragen. Treffenderweise waren es gar nicht mal die Tribünen, die zuerst errichtet wurden, sondern vielmehr ein hoher Sichtschutz, der das Spielfeld vor nichtzahlenden Zuschauern abschotten sollte. Diese Tätigkeit sorgte dafür, dass meine Laune ins unermessliche fiel, während ich ungläubig beobachtete, wie mein Freund Jonas pfeifend einen Holzbalken über den anderen zusammenzimmerte. Ich hatte das Gefühl, dass er mit dem neuen Auftrag überaus glücklich war. Vielleicht erhoffte er sich insgeheim, mit dem Bau eines Stadions zu einem gefeierten Fußballstar aufzusteigen zu können. Dieses Gedankenspiel missfiel mir außerordentlich, sodass ich mich in diesem Moment entschloss, nie wieder Fußball spielen zu wollen.

Die Tage wurden kürzer und der nahe Wald verlor seine Blätter. Paul war nun schon einige Wochen tot und aus den täglichen Gesprächen fast vollends verschwunden. Man sah kaum noch jemanden zu seinem Grab pilgern, um Andacht zu halten oder ein paar Blumen niederzulegen. Die Welt hatte sich eben weitergedreht.
Das geplante Stadion entwickelte sich neben dem Parlamentsgebäude zu dem aufwendigsten Projekt, an dem ich jemals beschäftigt war. Lange Arbeit, viel Fleiß und noch mehr Geduld steckten in seiner Fertigstellung. Doch eines Tages dann war es endlich soweit.
Es herrschte inzwischen, zumindest für diese Breitengrade, eine unvorstellbare Kälte und die Gestrandeten bibberten in ihren Decken am Lagerfeuer. Aufgrund der monotonen

Tristesse, mit der jeder Tag verlief, einer wie der andere, war die Stimmung unter den Attikanern denkbar schlecht. Da war es kein Wunder, dass die meisten Gestrandeten auf die Fertigstellung des neuen Stadions brannten. Endlich wieder Unterhaltung, endlich mal Spaß und Abwechslung, erhoffte man sich und wir Arbeiter gaben unser Bestes, um diesen Wunsch möglichst schnell zu erfüllen.

Dann, eines Morgens, war es schließlich Herr von Wanzen, der sich mit breiter Brust vor dem Lagerfeuer aufbäumte und den versammelten Gestrandeten stolz von der Vollendung des Bauprojektes berichtete. Nicht ganz bescheiden taufte er das Stadion gleich mal auf den Namen „Wanzenarena", was uns Bauarbeiter wahrlich missmutig stimmte, denn schließlich war es unser Schweiß gewesen, der für die schnelle Fertigstellung gesorgt hatte. Doch wir ließen uns besänftigen durch die ungewohnte Freude, die plötzlich unter den Attikanern aufkam. Egal wie das Ding hieß, Hauptsache es munterte uns alle auf, dachte ich und stimmte in den allgemeinen Beifall ein. Noch an diesem Abend sollte eine große Eröffnungsfeier stattfinden. Francois würde auftreten und eines seiner beliebtesten Lieder anstimmen. Darauf freuten sich alle. Vor allem, da man den Sänger in letzter Zeit kaum noch zu Gesicht bekommen hatte. Er war scheu geworden, dieser Francois. Einige sprachen sogar von Arroganz. Andere wiederum bemerkten, dass ein so brillanter Sänger ruhig etwas eingebildet sein dürfe. Tatsächlich hatte er seit langem niemanden mehr an sich herangelassen und lebte ziemlich zurückgezogen. Aß nicht mehr mit den „normalen" Gestrandeten am Lagerfeuer, sondern bekam eigens von von Wanzen zusammengestellte Edelkost direkt in sein luxuriöses Haus geliefert. Selbst bei den Toilettengängen schottete er sich von den anderen ab. Letztendlich konnte ich sein Verhalten teilweise nachvollziehen, denn schließlich konnte unser Superstar nirgendwo mehr hingehen, ohne dass ihn eine Schar von kreischenden Mädchen verfolgte. Der Preis für seinen Ruhm war eben die Einsamkeit. Doch wofür ich kein Verständnis hatte, war seine abwertende Haltung den anderen Attikanern gegenüber. Die seltenen Male, die man ihn zu sehen bekam, ließ er die Umstehenden spüren, dass er sie keinesfalls auch nur ansatzweise als ebenbürtig empfand. Neben den Murmeln schien wohl auch der Ruhm den Charakter zu verderben. Das Merkwürdige war nur, dass die meisten Gestrandeten sein Verhalten ihnen gegenüber billigend in Kauf nahmen und ihn, so hatte ich das Gefühl, durch sein unnahbares Getue nur noch mehr verehrten.

Ich verbrachte den Nachmittag am Lagerfeuer. Unser Projekt war ja nun endlich fertiggestellt, und wir gönnten uns eine kleine Verschnaufpause, bis es am nächsten Tag mit dem gewöhnlichen Hüttenbau für die neureichen Attikaner weitergehen sollte. Ein kalter Windzug durchschoss meine Glieder, und ich rückte frierend näher an die prasselnden Flammen. Wenn das Wetter nicht bald besser werden würde, müssten wir uns echt etwas einfallen lassen. Schließlich war es meiner Meinung nach ein unhaltbarer Zustand, dass einige Gestrandete nachts auf ihren Decken zittern mussten, während es doch noch genug Platz in den Häusern gäbe. Ich hoffte, dass sich unsere Oberschicht bei diesem Wetter als so gnädig erweisen würde, ein paar von uns bei sich unterzubringen. Doch bislang hoffte ich vergebens.

Unten am Strand konnte ich kopfschüttelnd beobachten, wie Jonas verbissen, aber auch vollkommen konzentriert, mit dem Ball trainierte. Meinen Freund hatte offenbar ein wahnsinniger Ehrgeiz gepackt, beim heutigen Eröffnungsspiel eine gute Figur machen zu wollen. Eine Liste war herumgegangen, um zwei Mannschaften zu bilden. Die fähigsten Fußballer unter uns sollten sich eintragen. Jonas hatte die Liste auffordernd zu mir weitergereicht, doch ich hatte dankend abgelehnt. Mein Entschluss in dieser Sache war gefallen, und ich würde konsequent bleiben.

Dann endlich war es soweit. Viktor stand am einzigen kleinen Tor zum Stadion und ließ einen Gestrandeten nach dem anderen passieren. Natürlich nicht, ohne vorher die fünf Murmeln Eintritt zu kassieren.
Da ich als einer der Ersten vor Ort war, hatte ich sozusagen freie Platzwahl. Gespannt ließ ich mich auf eine der mittleren Reihen nieder. Gerade so, dass ich nicht zu weit vom Geschehen wegsitzen würde, aber dennoch eine gute Übersicht genießen konnte. Nicht ganz ohne Stolz schwenkte ich meinen Blick über die sich langsam füllenden Ränge. Für unsere Verhältnisse war die Wanzenarena ein gigantisches Bauwerk geworden. Von der einen Seite war das Stadion durch das Meer begrenzt, gegenüberliegend stand die Tribüne, auf der genügend Platz war, für ausnahmslos alle Gestrandeten. Man hatte von überall eine einigermaßen gute Sicht auf das Spielfeld und wenn das Spiel dem Zuschauer doch einmal zu langweilig werden würde, könnte er den Blick über das Meer schweifen lassen und den malerischen Sonnenuntergang beobachten.

Die Seiten der Arena waren durch hohe Holzzäune blickdicht vor nichtzahlenden Gästen verschlossen und sorgten so für eine gewisse Privatsphäre.
Kaum waren die Ränge gefüllt, gab Viktor ein Zeichen und schloss das Eingangstor. Sofort machte sich eine erwartungsvolle Stille bei den Zuschauern breit. Keine Minute später erkannte ich den dicken von Wanzen in die Arenamitte stolzieren. Ganz in der Manier eines römischen Kaisers hob er ehrerbietig die Hände. Wären die Gestrandeten nicht sowieso schon vollkommen still gewesen, wären sie bei dieser Geste sicherlich verstummt.
„Liebe Bürger von Attika", begann von Wanzen mit gewichtiger Stimme. „Ich möchte Sie hiermit herzlichst in der Wanzenarena willkommen heißen. Vor Ihnen liegt eine neue Feierabendbeschäftigung mit Abwechslung und Vergnügen. Ich hoffe, Sie sind gespannt auf den Auftritt unserer Fußballstars, die ihren Sport nun in einer völlig neuen Dimension ausleben können."
Ich blickte hinüber zu Jonas und die anderen Spieler, die am Rand des Spielfeldes Aufstellung bezogen hatten.
„Doch zunächst…", fuhr der Gastgeber fort „möchte ich unserem geliebten Francois die Gelegenheit geben, die neue Arena mit seiner begnadeten Stimme gebührend einzuweihen."
Tosender Applaus brach aus, gemischt vom Gekreische verrückt werdender Frauen. Ich verdrehte nur die Augen. Dieses ganze Superstartamtam ging mir allmählich gehörig auf die Nerven.
Letztendlich jedoch musste die Show des Gesangstalentes leider ausfallen, da dieser sich im Vorfeld offenbar so

gründlich betrunken hatte, dass er den Zuschauern nicht viel mehr entgegenbringen konnte, als ein herzhaftes Rülpsen. Doch zu meinem abermaligen Erstaunen waren die Gestrandeten dennoch hellauf begeistert von seinem Auftritt und feierten den Sänger, als hätte er gerade eine seiner schönsten Arien vorgetragen.
Das anschließende Fußballspiel jedenfalls wurde ein voller Erfolg. Mit viel Einsatz und Begeisterung ging es zur Sache, und Jonas gelang es tatsächlich, drei Tore zu schießen, wodurch er zum gefeierten Star seiner Mannschaft aufstieg.
An diesem Abend ging ich sehr müde, aber dennoch bestens unterhalten zu Bett. So ließ es sich aushalten. Endlich gab es für uns Beschäftigung, auch abseits der täglichen Arbeit. Jedenfalls, solange man das nötige Kleingeld dafür übrig hatte…

„Sie will es nicht", sagte Gregor entnervt. „Ich habe alles versucht. Meinen gesamten Einfluss innerhalb der Partei geltend gemacht…keine Chance."
Von Wanzen runzelte finster die Stirn. Dieses undankbare Miststück, dachte er zornig und ließ sich auf seinen Stuhl nieder. Es war dunkel im Raum. Die Fensterläden hatte der Hausherr zugezogen. Sowohl um die Kälte nicht hereinzulassen als auch um möglichen Spionen das Lauschen zu erschweren. Lediglich eine kleine Fackel erhellte das Arbeitszimmer in einem spärlichen, dunkelroten Licht.
„Alles, was sie erreicht hat, hat sie nur mir zu verdanken! Nur mir Gregor, verstehst du?", brüllte von Wanzen aufgebracht.
„Selbstverständlich, mein Herr! Das war ganz meine Rede. Sie macht einen großen Fehler, dessen bin ich mir sicher."

Bei diesen Worten vollführte Gregor innerlich einen wahren Freudentanz. Er war seinem heimlichen Ziel nun nur noch einen winzigen Spaltbreit entfernt.
Von Wanzen brummte mürrisch. „Sie lässt mir keine Wahl. Ich muss unserer Kanzlerin wohl noch einmal meine Macht demonstrieren, um sie zur Besinnung zu bringen."
Gregor wurde nervös. Es zerriss ihn innerlich fast vor Spannung. Konnte er es jetzt wagen? Der richtige Zeitpunkt schien gekommen. Wenn nicht jetzt, wann dann? Der Vizekanzler hielt für einen Augenblick die Luft an, dann schließlich platzte es aus ihm heraus. „Was soll denn das bringen, mein Herr?"
Irritiert sah von Wanzen auf. „Wie bitte?"
„Denk doch einmal nach, selbst wenn du Maria erpressen könntest, deinen Plänen zuzustimmen, du wirst sie dann für immer zum Feind haben. Wäre es da nicht besser, jemanden an der Spitze zu sehen, der dir aus ehrlicher Ergebenheit heraus dienlich ist?", sagte Gregor in seiner schmeichlerischsten Stimme.
Von Wanzen schluckte. Sicherlich wusste er genau, worauf der Vizekanzler hinauswollte, dennoch zwang er sich zu fragen. „An wen denkst du?"
Wie zur Antwort machte Gregor eine vielsagende Verbeugung. „Mach mich zu deinem Kanzler von Wanzen! Ich würde dir aufrichtig zur Seite stehen. In mir hättest du einen Verbündeten, der alle deine Entscheidungen trägt. Formell wäre ich es zwar, der die politische Macht hätte, doch letzten Endes würdest du der wahre Herrscher über Attika sein."

Von Wanzen sah vom Schreibtisch auf und musterte seinen Mitverschwörer eindringlich. Er hatte recht. Zwar war Gregor ein schmieriger Gauner, doch was die zwischenmenschliche Politik betraf, war er brillant.
„Herr Vizekanzler, bitte geh' und schicke Maria zu mir. Es ist Zeit, mit deiner Parteiführerin zu sprechen."
„Jawohl, mein Herr", antwortete Gregor, während er sich zwang, nicht in ungezügeltem Jubel auszubrechen und verschwand.

Maria saß allein im ansonsten verlassenen Parlamentsgebäude und war tief in den eigenen Gedanken versunken. Die Parteibesprechung hatte weit länger gedauert als üblich und bei der Kanzlerin einen mehr als faden Beigeschmack hinterlassen.
Sie hatte sich zu einem mutigen Schritt entschieden. Wer sich einmal erpressbar macht, ist immer erpressbar, dass musste sie sich nun eingestehen. Doch genug war genug. Es wurde Zeit, aus diesem Teufelskreis auszubrechen. Sicherlich war von Wanzen ein wichtiger und auch gefährlicher Mann, doch sie war immerhin die Kanzlerin von Attika. Sie hatte diesem machtgierigen Schweinehund lange genug seine Wünsche erfüllen müssen, doch nun ging er zu weit. Hatte er doch tatsächlich über seinen Speichellecker Gregor gefordert, eine eigene Bank gründen zu dürfen. Nun also wollte er die Erlaubnis, fleißig Geld verleihen zu können, um so noch mehr Gestrandete in seine Abhängigkeit zu zwingen. Damit hatte er den Bogen endgültig überspannt. Der Machthunger dieses Herrn musste unbedingt bekämpft werden und damit würde sie am heutigen Tage beginnen.
Plötzlich hörte Maria Schritte und zuckte instinktiv zusammen. Im leeren Plenarsaal hallte jedes Geräusch mit

enormer Intensität. Sie kniff die Augen zusammen und versuchte, im klammen Licht der Fackeln den Ankömmling zu erkennen. Eine Gestalt bewegte sich schlurfenden Schrittes in Richtung Kanzlerin und zu ihrem Bedauern erkannte sie ihren Vizekanzler auf sich zukommen.
„Gregor?", rief Maria schrill. „Was willst du noch hier? Wir haben alles geklärt, was es zu besprechen gab."
Doch Gregor antwortete nicht, sondern schritt nur stumm weiter auf seine Parteichefin zu. Dann schließlich kam er direkt vor ihr zum Stehen und funkelte sie finster an. Maria wurde es plötzlich sehr unwohl im Beisein dieses unsympathischen Mannes, doch sie zwang sich, ihre ängstlichen Gedanken davonzuschieben und wiederholte, mit diesmal sehr viel energischerer Stimme. „Was willst du hier?"
„Nun ja", begann der Vizekanzler langsam und ohne ihr in die Augen zu sehen. „Ich glaube, Herr von Wanzen möchte mit dir sprechen. Vielleicht gehst du mal rüber zu ihm. Es geht um deine politische Zukunft." Gregor lachte gehässig und sah voller Abscheu auf seine Kanzlerin herab. Maria verspürte plötzlich das starke Bedürfnis aufzustehen und ihrem Gegenüber auf gleicher Höhe zu begegnen.
„Wenn von Wanzen mit mir reden möchte, soll er selber kommen. Ich bin die Kanzlerin von Attika und keine Dienerin, die er sich mal eben schicken lassen kann", rief sie empört. Hoffentlich war sie jetzt nicht zu weit gegangen, dachte Maria kurz, doch dann siegte ihr Trotz. „Sag deinem Wanzen, dass er sich einen Termin von meiner Sekretärin geben lassen kann, wenn er glaubt, dass noch irgendwelcher Redebedarf besteht." Sie stand ihrem Vizekanzler nun direkt gegenüber und funkelte ihn böse an.

„Wie sie wollen. Das werde ich ihm so ausrichten, meine Kanzlerin", entgegnete Gregor gehässig, wobei er das Wort „Kanzlerin" ironisch überbetonte.
Maria spürte, wie eine schwere Last von ihr abfiel, als sich Gregor endlich umdrehte und entfernte. Erleichtert atmete sie auf, nichts ahnend, was ihr noch bevorstehen würde.
Die Kanzlerin setzte sich nieder und genoss die nun wieder ungestörte Stille. Ihre Glieder entkrampften sich, und sie spürte, wie jegliche Anspannung aus dem erschöpften Körper wich. Die Einsamkeit in diesem großen Raum wirkte irgendwie beruhigend auf die ehemalige Köchin und so dauerte es gar nicht lange, bis sie die Last ihrer Lieder nicht mehr halten konnte und dem Verlangen nachgab, ins Reich der Träume zu entgleiten. Die Kanzlerin atmete ruhig und regelmäßig. Sie spürte kaum den kalten Luftzug, der das Parlament durchflutete, als die Tür sich schließlich erneut öffnete. Sie bemerkte auch nicht die dumpfen Schritte gleich mehrerer Männer, die sich ihr näherten. Nahm das unangenehme Gefühl, der feindseligen Blicke kaum wahr. Doch als sich schließlich eine eiskalte Hand an ihren Hals legte, schreckte Maria mit einem jähen Schrei hoch.
Gregor zog erschrocken seinen Arm zurück. „Ich bitte vielmals um Entschuldigung, meine Kanzlerin. Ich wollte Sie nicht erschrecken", gluckste er höhnisch.
Maria sah sich um und erkannte drei Männer. Neben dem Vizekanzler stand der dicke von Wanzen und sah verächtlich auf sie herab. Ihre Miene verfinsterte sich bei seinem Anblick. Der Dritte war Viktor. Der bullige Leibwächter des Neureichen hatte sich am Ausgang des Plenarsaales postiert und versperrte den Weg ins Freie. Man wird Sie nicht ohne Weiteres gehen lassen, schoss es Maria plötzlich in den Sinn.

„Was wollen Sie?", fragte sie empört. „Ich bin jetzt nicht für Sie zu sprechen! Lassen Sie sich gefälligst einen Termin geben, wie jeder andere auch."
Doch von Wanzen lachte nur und der Vizekanzler stimmte gekünstelt in das freudlose Gelächter ein.
„Was glauben Sie, wer Sie sind?", fragte Gregor spöttisch.
„Niemand kann es sich erlauben, einen von Wanzen warten zu lassen."
„Ich bin die Kanzlerin von Attika!", protestierte Maria trotzig. „Und ich befehle Ihnen, sofort von hier zu verschwinden!"
Mit einem Schlag wurde von Wanzen ernst und auch Gregor legte endlich sein gekünsteltes Feixen ab. Dann sagte der Neureiche in einem ruhigen, aber unmissverständlichen Tonfall. „Sie WAREN die Kanzlerin von Attika. Ab dem morgigen Tage werden Sie es nicht mehr sein."
Maria blieb für einen kurzen Moment vor Überraschung die Sprache weg, dann polterte sie wutentbrannt los. „Was erlauben Sie sich?? Sie glauben wohl, sich alles rausnehmen zu dürfen? Das ist eine Unverschämtheit. Verschwinden Sie aus meinen Augen! SOFORT!!!"
Doch die Herren machten keinerlei Anstalten zu gehen. Stattdessen musterte von Wanzen seine Kanzlerin mit einem abschätzenden Blick, dann setzte er sich neben sie.
„Maria…meine Liebe…bitte lass mich nicht noch deutlicher werden müssen. Du wirst morgen früh im Parlament deinen Rücktritt verkünden und unser Freund Gregor hier wird dein Nachfolger werden."
„Niemals! Niemals werde ich mein Amt diesem Verräter überlassen", fuhr Maria wütend dazwischen. Der Vizekanz-

ler zuckte kurz, ganz so, als wollte er etwas Zorniges erwidern, zwang sich dann aber, ruhig zu bleiben und abzuwarten.
Von Wanzen ergriff erneut das Wort. „Sollten Sie es vorziehen, im Amt zu bleiben, werde ich mich leider gezwungen sehen, mit anderen Mitteln arbeiten zu müssen. Vergessen Sie nicht. Die Hälfte aller Gestrandeten sind mittlerweile in meinen Betrieben beschäftigt. Wie wäre es wohl, wenn ich ab morgen ihren Lohn halbieren würde? Gleichzeitig könnte ich die Preise für die Essensrationen erhöhen und darüber nachdenken, die unterhaltsamen Abende im Stadion zu streichen… Was meinen Sie, wie zufrieden die guten Attikaner dann mit ihrer neuen Regierung wären, Maria? Man würde Sie mit Schimpf und Schande aus dem Amt jagen, noch bevor eine Woche vergangen ist. Glauben Sie mir, Sie wollen mich nicht zum Feind haben."
Die Kanzlerin schluckte hörbar und rang mühsam nach Luft. Sie hatte den dicken Wanzen offenbar gehörig unterschätzt. Eine solche Erpressung hätte sie selbst ihm nicht zugetraut. Wenn er seine Drohungen wahrmachen würde, wäre das das Ende, und zwar nicht nur für sie, sondern für die gesamte Fortschrittspartei.
„Soweit muss es nicht kommen", fuhr von Wanzen schließlich fort. „Geben Sie morgen ihren Rücktritt aus der Politik bekannt und Ihr guter Ruf bleibt bestehen. Ich bin mir sicher, dass es Ihnen ihre Parteifreunde danken werden. Glauben Sie mir, es wäre das Beste für alle. Über Ihre Zukunft brauchen Sie sich zudem keinerlei Sorgen zu machen. Ich persönlich werde Ihnen eine stattliche Rente auszahlen. Sie werden in Wohlstand leben können und den Gestrandeten in guter Erinnerung bleiben. Also, Maria, ich werde

Sie dieses hier nur einmal fragen: Werden Sie mein Angebot annehmen?"

Die Kälte machte uns sehr zu schaffen. Selbst bei noch so schweißtreibender Arbeit kam mir das Bibbern. Wenigstens hatten wir eine Tätigkeit, die mit viel Bewegung verbunden war, dachte ich, während ich damit beschäftigt war, ein besonders widerspenstiges Holzstück zu zersägen. Wenn man da an die armen Jäger dachte, die stundenlang auf der Pirsch liegen mussten, bis sich endlich mal eines der selten gewordenen Wildtiere sichten ließ…
Doch nichtsdestotrotz war unsere Truppe dennoch um ein weiteres Mitglied ärmer geworden. Heute hatte sich Jonas bei den anderen verabschiedet. Mein Freund verdiente nun offenbar genug mit den wöchentlichen Fußballspielen, sodass er es sich erlauben konnte, die restliche Zeit über blau zu machen. Mit einem grinsenden Schulterklopfer hatte er mir stolz verkündet, dass seine Tage bei den Bauarbeitern nun gezählt seien. Die anderen waren daraufhin mächtig neidisch gewesen. Zu allem Überfluss konnten wir ihn nun dabei beobachten, wie er sich am Lagerfeuer niederließ und gemütlich ein Nickerchen hielt, während wir vor uns hin schufteten.
So verging der Vormittag und als ich mich in der Mittagspause schließlich neben meinem Freund setzte, zwinkerte mir dieser zufrieden zu.
„Was für ein Tag", sagte Jonas glücklich und setzte sich hustend auf, weil er sich offenbar an einer Fleischkeule verschluckt hatte.

„Ja", antwortete ich matt und schlürfte, ohne aufzusehen, weiter an meiner viel zu mageren Suppe.
Die Nachricht von Marias überraschendem Rücktritt hatte sich wie ein Lauffeuer im Lager verbreitet. Kaum eine Stunde nach der betreffenden Parlamentssitzung wusste ausnahmslos jeder Attikaner Bescheid. Sie erntete für ihre Entscheidung, sich aus der Politik zurückziehen zu wollen, allgemeines Unverständnis. Maria war bei den Gestrandeten beliebt gewesen und weitaus mehr geachtet als dieser merkwürdige Gregor, der wohl ihre Nachfolge antreten würde. Gerüchte wurden laut, was wohl die Gründe für diese unnachvollziehbare Entscheidung seien könnten. Die Spekulationen gingen von Krebsleiden im Endstadium bis zu einer Schwangerschaft aus einer geheim gehaltenen Beziehung mit Herbert Schleicher, dem eher wenig attraktiv erscheinendem Oppositionsführer. Doch egal was der Grund für diesen seltsamen Entschluss gewesen sein mochte, es war nun Fakt, dass der bisherige Vizekanzler die Regierungsgeschäfte bis auf weiteres übernehmen würde. Ein Gedanke, bei dem ich missbilligend die Nase rümpfte.
Noch diesen Abend würde der neue Kanzler zu den Gestrandeten sprechen und ich war, wie viele andere auch, überaus gespannt auf seine Antrittsrede. Vielleicht würde ein neues Gesicht, ja sogar mal erfreuliche Neuerungen mit sich bringen, versuchte ich mir einzureden, doch die Grundstimmung in Attika war eher resignierend. Letztendlich sei es egal, wer an der Macht sei, es bleibe doch immer derselbe Trott. Arbeiten, Essen, Schlafen und aufs Wochenende warten, an dem man sich dann für ein paar Murmeln ein wenig Abwechslung in der Wanzenarena kaufen konnte.

Doch eine Neuerung sollte es wirklich geben. Als Gregor sich auf eine umgestülpte Kiste am Lagerfeuer stellte und mit seiner schmierigsten Stimme vor sich hin schwafelte, sprach er mit großzügigem Lächeln von einer bahnbrechenden neuen Innovation in unserer Gemeinschaft. Offenbar hatte das Parlament beschlossen, dass es nun möglich sein sollte, Banken zu gründen und Murmeln gegen Zinsen zu verleihen. Von Wanzen hatte selbstverständlich augenblicklich reagiert und die sogenannte „Wanzenbank" gegründet.

Laut Gregor ergab sich nun für jeden Gestrandeten eine einzigartige Chance. Es sollte nun auch für mittelständische Attikaner möglich sein, beispielsweise ein Haus zu kaufen und die Raten in Seelenruhe bei der Wanzenbank abbezahlen zu können. Eine geniale Neuerung, wie uns der Kanzler versprach.

Ich war da eher skeptisch, ob dieses neue Gesetz nicht nur noch mehr Abhängigkeit in unserem ach so freiheitlichen System bedeutete.

Auch hatte Gregor eine Erklärung für den Rücktritt Marias parat, die stumm und mit versteinerter Miene etwas abseits von der Menge auf einem Stein hockte und wie benebelt aufs Meer schaute. Die ehemalige Kanzlerin hätte sich einfach überarbeitet und brauche etwas mehr Zeit für sich selbst. Ein sogenanntes Burnout-Syndrom, bekräftige er, während Maria wütend auf den Boden spukte. Die Krankheit schien offenbar ansteckend zu sein in der oberen Politiketage.

Doch von wegen Traum vom Eigenheim… Für einen einfachen Arbeiter wie mich blieb es unerschwinglich, mir auch nur das Fundament eines Hauses leisten zu können. Von den halsabschneiderischen Zinsen der Wanzenbank ganz zu schweigen. Bei den Besserverdienern schien das System jedoch zu fruchten. Nahezu jeder Politiker stand inzwischen auf unserer Auftragsliste. Der Häusermarkt boomte wie noch nie. Selbstverständlich war der neue Reichtum der Abgeordneten auf das von ihnen geschaffene Bankwesen gestützt, was die einfachen Gestrandeten unter uns erzürnte. Man hörte Sätze wie: „Diese Verbrecher beschließen doch nur Gesetze zu ihrem eigenen Vorteil!" und ähnliches. Tatsächlich war die Anfrage an die Wanzenbank hoch und ihr Eigentümer brauchte ordentlich Kapital, um dem Andrang gerecht zu werden. Offenbar war er daher zu dem Schluss gekommen, dass es am ökonomischsten sei, einfach unsere Löhne zu kürzen, wodurch unser Wunsch nach Wohlstand in noch weitere Ferne gerückt wurde. Am liebsten wären wir damals auf die Barrikaden gegangen. Doch was hätte uns das schon gebracht? Von Wanzen hätte sicherlich keine Skrupel gehabt, uns allesamt zu entlassen. Und was dann? Keine Arbeit bedeutete kein Geld, kein Essen und letztendlich einen sozialen Abstieg, den sicher keiner von uns erleben wollte. Und dafür gab es viele Beispiele. Immer wieder schnappte man Schauergeschichten auf, von Arbeitern, die sich gegen die neuen Niedriglöhne auflehnen wollten und von von Wanzen erbarmungslos rausgeworfen wurden. Der ehemalige Erste-Klasse-Passagier hatte schon einige solcher Exempel statuiert. Viele dieser armen Schweine sah man jetzt jeden Abend am Lagerfeuer herumlungern und um Essen betteln.

Tatsächlich war von Wanzen nun auf dem absoluten Höhepunkt seiner Macht. Niemand konnte ihm mehr gefährlich werden. Viele Abgordnete schuldeten ihm Geld oder hatten schlichtweg Angst vor seinem Einfluss. Bei den meisten war sogar beides der Fall. Doch wie dem auch sei, jedenfalls brauchte der dicke Wanzen nur mit dem Finger zu schnippen und schon drängten sich die Politiker förmlich darum, seine Wünsche erfüllen zu dürfen. Abstimmungen verliefen so, wie der Neureiche es forderte. Gesetze wurden nur erlassen, wenn er sie für gut befand. Im Klartext: Attika war exakt nur noch so frei, wie von Wanzen es zuließ.

Ich stand am Grab von Paul und gedachte ehrfürchtig unseres Altkanzlers. Häufig kam ich in letzter Zeit hierher, wenn ich etwas Ruhe zum Nachdenken brauchte. Eine einsame Blume wuchs tapfer neben dem kunstvoll verzierten Grabstein und trotzte dem Winter. Er hatte recht gehabt. Hatte es von Anfang an gewusst. Aus unserer Demokratie war eine Ochlokratie geworden. Die Herrschaft der Habsucht.

Frierend schlenderte ich zurück zum Lager. Die Gestrandeten hatten sich in ihren Decken zusammengekauert. Die Temperaturen waren eisig. Noch immer gab es Häuser nur für die Wenigsten. Viele kleine Lagerfeuer waren entstanden, an denen sich die frierenden Attikaner zu wärmen versuchten. Die Stimmung war gedrückt. Ich hatte nun den siebten Tag in Folge eine magere Suppe essen müssen, mit mehr heißem Wasser als alles andere. Doch mir ging es im Vergleich noch gut, denn wenigstens hatte ich einen geregelten Beruf. Ich blickte mitleidig einer Gruppe Bettlern entgegen, die flehend von Tür zu Tür liefen, auf der Suche nach einer mitleidigen Seele, die ihnen ein paar Murmeln oder wenigstens eine warme Mahlzeit spendete. Doch die meisten Türen blieben verschlossen. Von Wanzen hatte sein Anwesen sogar mit einer großen Holzmauer weiträumig umzäunen lassen, um ungebetene Gäste nicht mal in die Nähe seines Hauses zu lassen. Häufig sah man Viktor um das Grundstück patrouillieren und nach dem Rechten sehen. Letztens hatte es einen Einbruch im Haus eines reichen Fellverkäufers gegeben. Alle Habseligkeiten waren gestohlen worden und den Hausherren fand man brutal zusammengeschlagen im Schlafzimmer liegend. Seitdem war man vorsichtiger geworden und die Nachfrage an Holzmauern und Leibwächtern stieg rasant an.

Jonas hatte sich inzwischen auch ein Haus leisten können. Seine Einnahmen aus den Fußballspielen waren üppig, denn die Eintrittsgelder flossen trotz aller Armut ungezügelt. Wahrscheinlich, weil der Fußball die einzige Freude im Leben war, die vielen Gestrandeten noch blieb.

Missmutig blickte ich zur Klippe hinüber und stellte mir vor, wie es wohl wäre, wenn sich hinter diesem großen Felsvorsprung erneut eine Gruppe Menschen versammeln würde, um etwas gegen diese untragbaren Zustände zu unternehmen. Eine neue Rebellengruppe. Wie damals…das wäre schön. Ein Grund zu hoffen, das war es, was viele von uns so dringend brauchten.

Manchmal ertappte ich mich dabei, wie ich während meiner morgendlichen Strandspaziergänge verzweifelt in die Ferne lauschte. Könnten da nicht Stimmen gewesen sein? Eine geheime Versammlung tapferer Revolutionäre? Doch es war aussichtslos. Ich wusste nicht einmal, wogegen wir hätten kämpfen sollten. Wir hatten doch schon das freieste

System, das möglich war. Diesmal gab es keinen Führer, den wir stürzen konnten. Wir lebten doch schließlich in einer Volksherrschaft und sollten daher zufrieden sein. Oder etwa nicht?

Von Wanzen sah sich um. Im Wald war es dunkel und nass, denn es hatte vor kurzem geregnet. Auf halbem Weg hatte er sich von Viktor getrennt, denn er wollte keine weiteren Zuhörer. Doch nun bereute er es ein wenig, auf den Schutz seines Leibwächters verzichtet zu haben. Was, wenn er geradewegs in eine Falle seiner Feinde lief. Für einen Moment war von Wanzen schon sichtbar beunruhigt und überlegte bereits ernsthaft, lieber wieder umzukehren, doch dann fiel ihm auf, wie lächerlich diese Vorstellung war und er lachte kalt. Wer würde schon wagen, ihm eine Falle zu stellen? Kein Politiker, der noch bei Sinnen war, würde sich mit ihm anlegen wollen. Dafür hatte er bereits zu oft bewiesen, wozu er fähig war.
Sie standen alle in seiner Schuld und er wiederum bot ihnen Gefälligkeiten, wo er nur konnte. Nein, Gregor würde nicht wagen, ihn zu verärgern. Es knisterte im Unterholz und von Wanzen zuckte erschrocken zusammen. Er stand auf einer kleinen Lichtung, in deren Mitte sich ein dicker und weit verästelter Baum befand. Hier war der Ort, an dem sich Paul das Leben genommen und seinen Posten für von Wanzens Schergen geräumt hatte. Konnte es einen besseren Treffpunkt geben?
Der Erste-Klasse-Passagier drehte sich langsam um und horchte in die Dunkelheit. War das Gregor? Oder doch nur

ein streunendes Tier? Plötzlich musste er an Räuber denken und sah sich hektisch um. Gesetzlose waren die Einzigen, vor denen sich von Wanzen noch fürchtete. In letzter Zeit war die Kriminalität in Attika massiv angestiegen. Nutzlose Bastarde, die es in ihrem Leben auf ehrliche Weise zu nichts haben bringen können, dachte er wütend und spuckte verächtlich auf den nassen Waldboden. Da war es wieder. Ein Knacken von brechenden Zweigen, diesmal direkt vor ihm.
„Gregor? Gregor, bist du das?", fragte von Wanzen mit bemüht selbstbewusster Stimme.
„Hier bin ich", sagte jemand plötzlich direkt hinter ihm. Von Wanzen erschrak dermaßen, dass er dem Kanzler fast eine verpasst hätte.
„Gregor! Guter Gott", keuchte er japsend. „Was soll denn der Blödsinn?"
„Entschuldige bitte, mein Herr! Ich wollte dich nicht erschrecken", erwiderte Gregor unterwürfig. Doch konnte er sich ein unterdrücktes Lächeln kaum verkneifen.
„Was ist denn nun so wichtiges, dass wir uns mitten in diesem dunklen Wald treffen müssen und nicht wie üblich in meinem gut geheizten Arbeitszimmer?", fragte von Wanzen immer noch verärgert.
„Nun, mein Herr. Es gibt eine neue Entwicklung, deren Erkenntnis größter Geheimhaltung bedarf."
„So? Was ist es? Los, raus mit der Sprache!"
„Nun, ab und an lasse ich meine Abgeordneten durch das Lager streifen und die Stimmung der einfachen Attikaner auspähen", begann der Kanzler langsam. „Und nun ja…was ich so hörte, klang alles andere als gut."
„Na und? Was interessiert mich, was diese ungebildeten Volltrottel so denken? Dann lass ich eben ab heute mehr Fußballspiele organisieren, dann geben die schon Ruhe."

Von Wanzen lachte kurz und selbstgefällig, dann fuhr er gelangweilt fort: „War´s das jetzt?"
Gregor schüttelte den Kopf. „Leider nein, mein Herr! Mir ist zu Ohren gekommen, dass es einen Störenfried gibt. Jemanden, der unsere gut organisierte Ruhe kippen will."
„Was?", von Wanzen wurde plötzlich hellhörig. „Wer soll das sein?"
„Sein Name ist Rolf. Einer dieser nutzlosen Arbeitslosen. Er tönt jeden Abend am Lagerfeuer rum, wie schlecht das Leben in Attika doch sei und gewinnt damit Tag für Tag mehr Zuhörer. Er ist ein guter Redner, das muss man ihm lassen. Aber wie ich hörte, will er jetzt sogar eine eigene Partei gründen und in den kommenden Wahlen gegen uns antreten…das geht eindeutig zu weit! Da müssen wir etwas unternehmen!"
Von Wanzen hatte die ganze Zeit über aufmerksam zugehört und was er da zu hören bekam, gefiel ihm gar nicht.
„Vielleicht hast du recht, Gregor", begann er langsam. „Gut, dass du damit direkt zu mir gekommen bist. Wir werden da etwas tun müssen, denke ich, bevor dieser obdachlose Spinner noch mehr Gehör findet."
Von Wanzen blickte gedankenverloren in den klaren Sternenhimmel. Der sichelförmige Mond leuchtete durch die hohen Baumkronen herab und erhellte die beiden Gestrandeten in seinem schimmernden Licht. Ein kleiner, rotbrauner Vogel landete sanft auf Pauls Baum und stimmte einen schrill zwitschernden Gesang ein. Ein Klagelied?

Ich hörte vom Unruhestifter erst im Laufe des nächsten Tages. Jonas kam, wie immer, wenn es spannende Neuigkeiten gab, mit verheißungsvollem Gesichtsausdruck zu mir und berichtete von einem arbeitslosen Bettler, der aufrührerische Reden hielt. Lange hatte ich nichts mehr von Jonas gehört gehabt. Eigentlich hatten wir, seit er nicht mehr bei uns am Strand schlief, nur noch wenig miteinander zu tun und so freute ich mich umso mehr, ihn endlich mal wiederzusehen.

„Das klingt interessant", antwortete ich ihm. „Vielleicht sollten wir uns mal eine seiner Reden anhören?"

„Ja, das wäre sicher lustig. Dann hätten wir bestimmt was zu lachen", gluckste Jonas erfreut und so verabredeten wir uns für den frühen Abend, um einer von Rolfs Reden zu lauschen.

Nach dem Essen machten wir uns also auf den Weg. Jonas, gut gelaunt und unbeschwert, ich, jedoch mit deutlich vernehmbarem knurrenden Magen.

Die Zuhörer versammelten sich an einem kleinen separaten Lagerfeuer, direkt am Waldrand. Ich war überrascht, wie viele gekommen waren. Dieser Rolf schien eine anziehende Wirkung auf sie zu haben und so war ich umso gespannter auf seine Person. Ich kannte diesen unscheinbaren Arbeitslosen nur sehr flüchtig. Früher war er einmal Jäger gewesen, doch seit seinem Rauswurf durch von Wanzen, womit dieser wenig lukrative Stellen abbauen wollte, hing er meist mit den anderen Arbeitslosen am Lagerfeuer herum oder bettelte vor der Essensausgabe. Ich erinnerte mich daran, ihm einmal aus Mitleid ein paar Murmeln zugesteckt zu haben.

Plötzlich wurde es mucksmäuschenstill. Jonas und ich beobachteten gebannt, wie die Menge eine kleine Schneise freigab, durch deren Mitte eine Gruppe Männer schritt. Ich erkannte Rolf an ihrer Spitze laufen. Sein Gang war selbst-

bewusst und bestimmt. Fast hätte ich ihn gar nicht wiedererkannt, denn früher lief er meist gebückt und wirkte schüchtern. Von seinem sonst zu unscheinbarem Äußeren war wenig geblieben. Er trug zwar immer noch dieselbe zerschlissene Hose zu einem mehrfach geflickten Oberteil, doch sein Wesen wirkte viel markanter und seine Gesichtszüge härter. Die dunklen Haare trug er streng nach hinten gebunden, was ihm ein einschüchterndes Aussehen verlieh. Mit seinen tiefblauen und gleichzeitig eiskalten Augen musterte er mit entschlossenem Blick die umstehende Menge.
Rolf blieb inmitten der Versammelten stehen, die andächtig zurückschritten und einen Kreis um den Redner bildeten. Wie gebannt blickten wir zu ihm hinüber und warteten gespannt darauf, dass es endlich losging.
Schließlich hob Rolf die Hand und ringsherum war kein Ton mehr zu hören. Selbst die Vögel im angrenzenden Wald schienen erwartungsvoll verstummt zu sein. Der Bettler begann leise zu sprechen. Seine Stimme war ein einziges ruhiges Flüstern, aber dennoch voller Intensität, sodass sie jeder deutlich vernehmen konnte.
„Gestrandete", fing er an. „Nun stehe ich bereits zum fünften Mal vor euch und spreche." Dann machte er eine kurze dramaturgische Pause, blickte in die gebannten Gesichter der umstehenden Zuhörer und fuhr langsam fort. „Es sind heute viele gekommen und von Mal zu Mal werden es mehr. Das ist ein Zeichen, liebe Gestrandete. Ein Zeichen. Wenn ihr alle zufrieden wärt und es euch gut gehen würde, dann würdet ihr bestimmt nicht hier stehen und eure Abende damit verbringen, einem arbeitslosen Weltverbesserer wie mir zuzuhören. Aber euch geht es nicht gut!" Rolfs

stechende Augen trafen kurz meinen Blick und mir lief ein eisiger Schauer über den Rücken. Mit jedem weiteren Wort wurde seine Stimme nun lauter und entschlossener. „Ihr seid hier, weil es euch schlecht geht! Weil ihr die Schnauze voll habt von der Politik. Von den Abgeordneten. Den Sklaven der Wirtschaft. Weil ihr ausgebeutet werdet. Hinters Licht geführt. Arbeitslose! Bettler! Schlechtes Essen! Armut, wo man nur hinschaut! Und ich sage Schluss damit!!!".

Der Tonfall des Redners hatte sich nun zu einem regelrechten Schreien ausgeweitet und die Menge zollte johlend Beifall. Wild und ausschweifend gestikulierend fuhr er brüllend fort. „Schluss mit den Unterdrückern in ihren riesigen Häusern! Nieder mit dieser angeblichen Freiheit! Vernichtung der Politbonzen!!!"

Abermaliger tosender Applaus der Menge. Ja, wir hatten die Schnauze voll. Hatten genug von dieser Zweiklassengesellschaft. Wir wollten endlich etwas dagegen unternehmen. Die Ungerechtigkeit bestrafen. Uns wehren.

Die Menge johlte und ich ertappte mich dabei, wie ich mit einstimmte, die Faust in die Luft reckte und die lange angestaute Wut aus mir herausbrüllte. Endlich wurde etwas gegen diese haltlosen Zustände unternommen. Ich war so euphorisiert darüber, dass ich gar nicht bemerkte, wie Jonas sich leise umdrehte und ohne ein weiteres Wort zu sagen verschwand.

Da ergriff Rolf wieder das Wort und wir verstummten. „Ich habe gehört, dass die feinen Herren Abgeordneten meine neue Partei nur belächeln. Doch wir werden sehen, ob sie auch noch lachen werden, wenn wir mit absoluter Mehrheit ins Parlament einziehen und dem Kaspertheater dort ein jähes Ende bereiten werden."

Die Menge lachte höhnisch.
„Gestrandete, wehrt euch! Befreien wir uns von der Tyrannei! Nieder mit dem Kanzler! Nieder mit dem Parlament! Wir werden siegen!!!"
Die Zuschauer tobten. Der Beifall war rasend und laut, durchdrang den Wald, überzog den Strand und selbst durch die geschlossenen Fensterläden der großen Wohnhäuser waren die Vorboten des Aufruhrs deutlich zu vernehmen.

Die Demokraten spürten die Bedrohung und fürchteten sie. Gregor versuchte mit allen Mitteln gegen die neue Bewegung vorzugehen. Mehrfach drängte er von Wanzen, doch endlich etwas zu unternehmen. Die Unruhestifter um den arbeitslosen Rolf hatten inzwischen eine eigene Partei gegründet. Sie nannten sich die NSI (Nationalsozialistische Inselpartei) und sagten der etablierten Staatsform Attikas mehr oder weniger offen den Kampf an.
Doch der dicke Wanzen verhielt sich eher zurückhaltend. Seiner Meinung nach war der Hype um diese Asozialen nur eine kurzzeitige Modeerscheinung, die sich früher oder später selbst aus dem Weg schaffen würde.
„Wenn wir sie zu sehr beachten, werden wir sie damit nur noch stärker machen", versuchte von Wanzen seinen aufgebrachten Kanzler zu beruhigen. „Am besten einfach ignorieren, dann wird dieser Mumpitz schon bald aufhören."
Doch Gregor war anderer Meinung. Mehrfach bat er den Neureichen, doch wenigstens einen Mindestlohn einführen zu dürfen, damit den Anführern der Wind aus den Segeln genommen werden konnte. Doch von solch haarsträuben-

den Veränderungen wollte von Wanzen nichts wissen. Die Gehälter zahlte schließlich er und solche Gesetze konnten nur die Beschneidung seiner Macht bedeuten. Schließlich ließ er sich lediglich dazu breitschlagen, die Eintrittsgelder für das Stadion zu verringern und dem enttäuschten Kanzler blieb nichts anderes übrig, als sich damit zufriedenzugeben.

Die Fußballspiele wurden mittlerweile fast täglich durchgeführt und mir schien es, als wollte man die Gestrandeten mit belanglosen Veranstaltungen bei Laune halten. Beschäftigte Attikaner hatten schließlich keine Zeit, auf dumme Gedanken zu kommen. Ständig dachte man sich neue Turniere mit fantasievollen Namen aus, was jedoch kaum darüber hinwegtäuschte, dass es lediglich zwei verschiedene Mannschaften gab, die immer wieder gegeneinander antreten mussten.
Doch die Stimmung im Lager besserte das alles kaum. Noch immer verdiente die Mehrheit der Gestrandeten wenig, konnte sich nur unzureichend ernähren und schufteten dafür immer härter. Einige hatten der Versuchung nicht widerstehen können und für eine kleine Essensration Fleisch, einen Kredit bei der Wanzenbank aufgenommen, den sie jedoch niemals würden zurückzahlen können und deren Zinsen sie langsam aber sicher erdrückten.
Der Einzige, so schien es, der einen Ausweg aus dieser ansonsten aussichtslosen Tristesse bieten konnte, war Rolf mit seiner NSI.
Täglich pilgerte ich zum Versammlungsort am Waldrand und lauschte mit den anderen Gestrandeten gespannt seinen Worten. Rolf war der beste Redner, den ich seit langem gehört hatte. Geschickt verband er die Sorgen und Ängste

seiner Zuhörer mit der Hoffnung auf Veränderung. Er schien beim Reden geradezu aufzublühen. Zunächst sprach er langsam, leise, ruhig und sachlich, um dann gegen Ende regelrecht zu explodieren.

„Raus mit den Politbonzen! Verbannt sie in den Wald! Wir werden unsere Feinde vernichten!!!" Und die Gestrandeten johlten, während Rolf schweißgebadet vor Anstrengung und zitternd vor Erregung von seinen Anhängern zurück durch die Menge geleitet wurde. Einmal klopfte er im Vorbeigehen auf meine Schulter und mir wurde sofort warm ums Herz. Bestimmt hatte er sich gemerkt, dass ich ihm früher mal Murmeln zugesteckt hatte, als er bettelnd vor mir stand, dachte ich voller Stolz.

Ja, Rolf war für mich damals ein Held gewesen. Ich bewunderte ihn, wie keinen anderen Gestrandeten, muss ich an dieser Stelle wohl zugeben. Ein Arbeitsloser, ein einfacher Mann wie wir, bereitete den Reichen und Übermächtigen Sorgen. Ach, wäre doch nur schon morgen Wahl, träumte ich sehnsüchtig. Schließlich war es Zeit für einen Politikwechsel in Attika.

Als ich mich an diesem Abend nach einer aufpeitschenden Rede von Rolf auf den Rückweg zu meinem Schlafplatz machte, war ich voller Tatendrang. Wenn es uns doch nur gelänge, diese verhasste Oberschicht loszuwerden, würde alles besser werden, davon war ich überzeugt.

Müde und frierend schlenderte ich Richtung Strand. Aus der Ferne konnte ich erkennen, dass in Jonas Hütte noch Licht brannte. Er war der einzige Reiche, den ich leiden konnte, dachte ich matt. Zwar hatte ich nur noch wenig

Kontakt mit ihm, doch hatte Jonas mir immer geholfen, wo er konnte. Ich erinnerte mich dankbar daran, wie mein Freund mir ab und an mal ein leckeres Fleischgericht spendiert hatte. Ach, was würde ich jetzt nicht alles für eine saftige Fleischkeule tun…

Endlich erreichte ich meinen Schlafplatz und freute mich schon auf meine wärmenden Laken, als mir plötzlich etwas Merkwürdiges auffiel.

Mein Platz war bereits besetzt. Ein mir nahezu unbekannter Mann saß wartend auf meiner Decke. Einen Moment lang stand ich nur so da und überlegte, was jetzt zu tun sei. Dann entschied ich mich, direkt auf den Unbekannten zuzugehen und ihn einfach anzusprechen.

„Hey, Sie", rief ich unsicher. Der Mann hob die Brauen und blickte zu mir hoch.

„Sie kommen von der Versammlung?", fragte er gewichtig.

Beobachtete er mich etwa schon länger?

„Ja, da komme ich her", antwortete ich langsam.

„Folgen Sie mir! Der Anführer möchte mit ihnen sprechen."

Verdutzt sah ich zu dem Fremden hinunter, der sich langsam aufstellte und mit einer winkenden Geste seine Forderung unterstrich. Da plötzlich fiel mir auf, dass ich den Mann schon mal gesehen hatte. Er war einer von Rolfs Männern, der den Bettler immer zu seinen Auftritten begleitet hatte. Einer von der NSI.

Eilig schloss ich zu dem Fremden auf und fragte neugierig. „Was will Rolf denn von mir?"

Doch dieser erwiderte nur knapp. „Wirst schon sehen" und beschleunigte seine Schritte.

Wir liefen den direkten Weg zurück, den ich gerade gekommen war; also erneut auf den Waldrand zu. Doch

kaum hatten wir die ersten Bäume erreicht, bog mein Führer nach links ab und geleitete mich schließlich auf einen kleinen Waldweg. Mir war etwas unbehaglich zumute, denn noch hatte ich keine Ahnung, was mich am Ende dieses kleinen Trampelpfades wohl erwarten würde.
Nach einer gefühlten Ewigkeit blieb der NSI-Mann schließlich stehen und entzündete eine Fackel, die den dunklen Wald ringsherum ein wenig erleuchtete.
„Ich bin Alex", sagte er bei dieser Gelegenheit und streckte mir seine Hand entgegen. Unsicher reichte ich ihm die Meine. „Wieso führst du mich hierher?"
„Vorsichtsmaßnahme", antwortete Alex wichtigtuerisch. „Man weiß nie, was der Feind vorhat. Deshalb müssen wir Rolf schützen und verstecken. Wenigstens bis zur nächsten Wahl ist es das Sicherste, wenn er hier im Wald lebt. Hier kann ich am besten auf ihn aufpassen. Ich würde für ihn sterben, verstehst du?"
Ich nickte langsam, dann drehte sich Alex, ohne ein weiteres Wort zu sagen, wieder um und lief weiter.
Schließlich erreichten wir eine kleine Lichtung. Als das Licht der Fackel die Umgebung erhellte, erkannte ich, dass der Boden mit Decken ausgekleidet war und so als Schlafplatz für mindestens sechs Menschen diente. Es roch herrlich nach gebratenem Fleisch und das Wasser lief mir im Munde zusammen.
Dann endlich sah ich ihn. Rolf saß, umgeben von einigen NSI-Männern, am Ende des Lagers auf einem kleinen Hocker und unterhielt sich wild gestikulierend. Als sie mich sahen, verstummte die Gruppe und ihr Anführer stand auf, um mir die Hand zu schütteln.

„Ahhh, unser Gast. Willkommen", rief er erfreut, während seine eiskalten Augen mich aufmerksam musterten.
„Es ist mir eine Ehre, sie einmal persönlich kennenlernen zu dürfen", murmelte ich verlegen.
„Setz dich mein Freund und nimm dir etwas zu essen. Du siehst hungrig aus", forderte mich Rolf auf.
Dankbar griff ich nach einer Wildschweinkeule und biss voller Genuss hinein. Der Geschmack des zarten Fleisches war das wunderbarste, was ich je in meinem Leben gekostet hatte. Gierig kaute ich Stück für Stück dieses göttlichen Geschenkes und knabberte am Ende sogar noch den Knochen ab, bis dieser völlig blank war.
Geduldig saßen die Männer da und sahen mir schweigsam zu. Ich musste ein jämmerliches Bild abgeben. Die harte Arbeit, gepaart mit der Nahrungsmittelknappheit, hatten mein Äußeres arg gezeichnet. Ich war mager geworden, hatte ein eingefallenes Gesicht und schlaffe, ausgetrocknete Haut bekommen. Als ich endlich fertig gegessen hatte, ergriff Rolf schließlich das Wort.
„Wir haben dich schon länger beobachtet. Du erscheinst regelmäßig zu meinen Reden und scheinst der Bewegung wohlgesonnen zu sein", begann er. „Ich will es kurz machen. Wir suchen dringend Mitglieder und Wahlkampfhelfer. Du scheinst ein fähiger Kerl zu sein. Was meinst du?"
Ich konnte es kaum glauben. Der Führer der NSI bat mich, einfachen Gestrandeten, in seine Partei einzutreten. Vollauf begeistert und immer noch euphorisiert vom Wildschwein sagte ich zu und so also wurde aus mir ein engagiertes Mitglied der Nationalsozialistischen Inselpartei.

Der Sommer brach an in Attika. Die Tage wurden länger und die Sonnenstrahlen intensiver. Die Zeit des Umbruches.
Ich lag am Strand und blickte über das blaue Meer, hinaus in den Horizont. Es waren kaum Wellen zu sehen, denn es herrschte vollkommene Windstille. Die Hitze brachte mich zum Stöhnen. Sie erschöpfte mich und wie mir erging es auch den anderen Gestrandeten, die von Woche zu Woche immer träger wurden.
Doch nun war endlich der Tag der Wahl gekommen. Ich hatte meine Freizeit in den letzten Monaten damit verbracht, auf Wählerfang zu gehen und Plakate aufzuhängen. Doch dies alles war kaum nötig. Dem Großteil der Gestrandeten ging es unverändert schlecht. Es gab viel Armut, hohe Verschuldung, zu wenig Essen und immer länger werdende Arbeitszeiten. Der Kanzler und die Parteien hatten sich nach Leibeskräften bemüht im Angesicht der anstehenden Wahl die Situation der einfachen Attikaner zumindest ansatzweise zu verbessern und die Ausbeutung einzuschränken. Doch jeder größere Eingriff in das Staatswesen wurde von von Wanzen und den anderen Reichen bedingungslos verhindert. Was der dicke Wirtschaftsboss sagte, war mittlerweile quasi Gesetz und keiner der Abgeordneten wagte es, ihm auch nur zu widersprechen. Schließlich war er derjenige, bei dem sie ihre Hauskredite aufgenommen hatten und ähnliches.
So war es für uns NSI-Leute denkbar einfach, um Stimmen zu werben und unsere Bewegung erreichte regen Zulauf. Die täglichen Wahlkampfreden unseres charismatischen Führers hatten inzwischen Volksfestcharakter erreicht. Fast

alle Gestrandeten trafen sich Abend für Abend, lauschten ihm andächtig und freuten sich immer wieder, wenn er jene Verhältnisse wüst beschimpfte, die ihnen schon lange auf der Seele brannten. Mit Sprechchören wie „Nieder mit den Politbonzen!" oder „Macht euch frei von den Geldhaien!" verabschiedete sich die versammelte Menge dann jeden Abend wieder in Richtung ihrer Schlafplätze.
Die Ausgangssituation war also denkbar gut und so war ich sehr stolz auf die Leistungen unserer Bewegung. Die NSI war inzwischen mehr für uns geworden, als eine einfache politische Partei. Sie war eine Art Familie mit Rolf als ihr strenges Oberhaupt. Sicher waren unsere Forderungen radikal, doch ich war überzeugt, dass wir genau das jetzt brauchten. Jemanden, der anpackt. Jemand, der durchgreift. Wir wollten Rolf an der Spitze unseres Inselstaates.
Ich stand auf und machte einen kleinen Spaziergang am Strand entlang. Heute also war der Tag endlich gekommen. Heute würde sich in einer freien Wahl der Zorn der Attikaner auf die etablierten Parteien zeigen.
Glücklich schlenderte ich am Meer entlang und beobachtete die anderen noch schlafenden Gestrandeten. Was für ein schöner Tag. Die Sonne lachte und erfreute sich mit mir an dem bevorstehenden Aufschwung. Ich würde heute nicht zur Arbeit gehen. Was hätte das jetzt auch noch für einen Sinn? Wenn die NSI erst einmal gesiegt haben würde, würde mit dieser Ausbeutung sowieso ein für alle Mal Schluss sein.
Ich kam am Friedhof vorbei und machte einen kurzen Abstecher an Pauls Grab. Wie sehr sich der ehemalige Kanzler doch geirrt hatte. Er hatte geglaubt, es gäbe keinen Ausweg. Doch den gab es. Wir würden es ihm beweisen.

Nachdem ich mich im Meer gewaschen und anschließend meiner Notdurft entledigt hatte, machte ich mich auf den Weg zurück zum Lager, wo bereits reges Treiben herrschte. Die meisten Gestrandeten waren jetzt wach und um das Lagerfeuer versammelt. Fritz ging gerade rum und verteilte mit seinen zittrigen Händen die Tonscheiben. Der Vorsitzende schien in den letzten Monaten um weitere Jahre gealtert zu sein und der ohnehin schon gebrechlich wirkende Mann machte nun den Eindruck eines Sterbenden. Die Parkinson'sche Krankheit hatte ihn mit all ihren Zügen erfasst, sein Gesicht wirkte erschöpft und sein Haar grauer denn je.
Die Prozedur war schnell geschafft. Schleicher und Gregor hielten beide ihre abschließenden Wahlkampfreden, die sich vollkommen identisch anhörten und den üblichen Geschwätz von Freiheit und sozialer Gerechtigkeit enthielten. Es wurde kaum geklatscht. Lediglich ein paar Unverbesserliche und die anwesende Oberschicht applaudierten artig.
Dann kam Rolf an die Reihe und der Führer blühte förmlich auf vor geballter Redekunst. Unter dem johlenden Beifall der Menge beschimpfte er die anwesenden Bonzen und drohte sogar damit, sie allesamt aufhängen zu lassen.
Er stellte für die Menschen eine echte Alternative zu dem bekannten Übel dar, und ich war überzeugt, dass wir gewinnen würden.
Schließlich warf jeder Gestrandete in alter Tradition seine Tonscherbe in den dafür aufgestellten Krug. Anschließend stolzierte Fritz mit dem vollgefüllten Gefäß davon, um mit der Auszählung zu beginnen.

„Das…das kann ich nicht tun. Unmöglich", stammelte der greise Vorsitzende verzweifelt. Der Raum war fast vollkommen dunkel, denn Viktor hatte vorsorglich die Fenster verbarrikadiert und die große Holztür fest verriegelt.
„Wir haben keine andere Wahl, Fritz. Das wäre das Ende", entgegnete der Kanzler scharf.
„Aber bedenken Sie doch", murmelte der Alte. „Das könnte einen Aufruhr geben. Und was dann? Volksentscheid bedeutet, dass man die Entscheidungen des Volkes akzeptieren sollte, gerade auch, wenn sie einem nicht gefallen."
Gregor wollte etwas Aufbrausendes entgegnen, verstummte dann aber sofort, als sich eine Stimme aus dem Hintergrund zu Wort meldete.
Von Wanzen saß in einer Ecke seines Arbeitszimmers auf einen Stuhl gekauert. Unruhig wippte er hin und her. Seine Haare waren schon ganz zerzaust, weil er immer wieder verzweifelt hindurchstrich. Der mächtige Wirtschaftsboss machte den Eindruck eines gebrochenen Mannes.
„Schluss mit dem Geschwafel! Ich will nichts mehr hören. Gregor hat recht…wir haben keine Wahl. Gehen Sie raus und sagen Sie den Menschen, die Fortschrittspartei hätte mit knappen Vorsprung gewonnen." Sein Ton war scharf und ließ keinen Widerspruch zu. Was hätte er auch anderes tun sollen? Der gezählte Erdrutschsieg für die NSI würde das Ende seiner Herrschaft bedeuten und dies galt es, um jeden Preis zu verhindern.
Fritz zögerte kurz, schließlich nahm der alte Mann all seinen Mut zusammen und entgegnete: „Nein! Das werde ich nicht tun! Wir sind den Attikanern die Wahrheit schuldig." Mit diesen Worten drehte er sich abrupt um und schritt

entschlossen Richtung Tür. Plötzlich stellte Viktor sich ihm in den Weg.
„Was soll das? Lassen Sie mich gefälligst durch! Ich bin der Vorsitzende des attikanischen Parlamentes und habe jetzt meines Amtes zu walten."
Dann ging alles ganz schnell. Von Wanzen gab seinem Leibwächter ein kurzes Zeichen, woraufhin dieser ausholte und den Vorsitzenden mit einem gezielten Fausthieb an der Schläfe traf. Der alte Mann fiel sofort zu Boden und blieb regungslos dort liegen.
„Wohl bewusstlos", kommentierte Viktor knapp.
„Bleib hier und sorg dafür, dass er liegenbleibt!", befahl von Wanzen. „Kommen Sie, Gregor. Wir haben ein Wahlergebnis zu verkünden."
Mit diesen Worten machten sich die beiden auf den Weg zurück zum Lagerfeuer, wo eine gespannte Menschenmenge auf sie wartete.

Ich sah die Verbrecher auf uns zusteuern und mir fiel gleich auf, dass etwas nicht stimmte. Wo war Fritz? Gemäß Verfassung hatte der Vorsitzende das Ergebnis zu verkünden, doch von ihm gab es keine Spur. Stattdessen baute sich von Wanzen vor der Menge auf und erklärte:
„Liebe Gestrandete. Ich verkünde hiermit, dass die Fortschrittspartei 55% aller ausgezählten Stimmen bekommen hat. Die RGV erreichte 15% und die NSI 30%. Damit gilt das Wahlkampfergebnis als offiziell verkündet und das Parlament wird sich dementsprechend zusammensetzen."

Für einen Moment herrschte Totenstille. Wie konnte das möglich sein? Wir hatten doch fast alle die NSI gewählt. Dann schließlich erste ungläubige Kommentare. Plötzlich stand Alex auf und brüllte. „Wahlbetrug! Sie mieses Schwein!" Es war wie der erste Schneeball, der die Lawine ins Rollen brachte. Auf einmal brachen überall Tumulte aus. Wild schreiend machten wir unserem Ärger Luft. Es konnte sich nur um Betrug handeln. Da dauerte es nicht lange, bis die ersten Steine flogen und von Wanzen trat mit seinem Kanzler rasch den Rückzug an.

„BETRÜGER!", schallte es auf einmal durch die Menge und es wurde mit einem Schlag wieder still. Rolf hatte sich zu Wort gemeldet. Die Gesichtszüge unseres charismatischen Führers waren voller Zorn. „Wir werden ihnen ihre Lügenmäuler schon noch stopfen. Auf geht's, Gestrandete. Dringt in ihre Häuser ein! Durchsucht die Wanzenvilla nach den Wahlzetteln und lasst uns das wahre Ergebnis erfahren!"

Und wir gehorchten wie selbstverständlich. Ein wütender Mob zog Richtung Wanzens Behausung und versammelte sich um die verschlossene Eingangspforte. Hier hatten sie sich verschanzt. Doch bevor wir uns gewaltsamen Zutritt verschaffen konnten, öffnete sich zu unserer Überraschung die Tür. Offenbar hatten die Verbrecher vom Schicksal Kapitän Webers gelernt und gaben nach. Viktor trat aus dem Eingang und gab jemandem den Durchgang frei. Zunächst konnte ich zwischen den ganzen Köpfen kaum erkennen, wer da hinaustrat, doch dann sah ich ihn. Zu meiner großen Verwunderung war es Fritz. Er wirkte benommen und torkelte leicht. Aus seiner Schläfe tropfte ein Gerinnsel Blut, doch trotz allem bemühte er sich, aufrecht zu stehen. Tapfer bewegte sich der Vorsitzende wankend

Schritt für Schritt auf uns zu. Meine Aufmerksamkeit jedoch gehörte voll und ganz dem Gegenstand, den der Vorsitzende wie ein Heiligtum in seinen Händen hielt. Es war der Tonkrug mit den Wahlzetteln.
Bei diesem Anblick brach die Menge in freudigen Applaus aus. Wir hatten es geschafft. Nun endlich würde es Gerechtigkeit geben. Fritz wankte unsicher vorwärts, erblickte Rolf an der Spitze der Menge und hinkte direkt auf ihn zu. In einem Akt letzter Kraftanstrengung überreichte er dem NSI-Führer zitternd den Krug und brach anschließend in sich zusammen…

Der Endsieg!

Sieg auf ganzer Linie. Nach dem Auszählen aller Stimmen waren wir hellauf begeistert: 87% für die NSI. Ein beachtliches Ergebnis. Endlich hatten wir es geschafft. Nun würde alles besser werden. Wir johlten, feierten und tanzten den ganzen Abend lang und noch bis tief in die Nacht. Das Zeitalter der Ausbeutung war vorüber. Jetzt konnte etwas Neues beginnen.
Ich erinnere mich, dass ich an diesem Tag besonders gut schlief. Das Gefühl des Triumphes bescherte mir wohlige Träume. Ganz anders musste es wohl der Oberschicht in ihren protzigen Häusern ergangen sein. Sie bekamen wahrscheinlich kein Auge zu, in dunkler Vorahnung, was da noch alles auf sie zukommen würde.

Am nächsten Morgen war ich bereits besonders früh wach. Schließlich kam jetzt ja auch eine Menge Arbeit auf uns alle zu und dabei spreche ich von nützlicher Arbeit zum Wohle der Partei und keinesfalls von Schufterei für einen Hungerlohn wie bisher. Nein, denn als NSI-Mitglied war ich von Rolf persönlich ins Parlament berufen worden und daher schon wahnsinnig gespannt auf die erste Sitzung. Der Führer würde es den Politbonzen der etablierten Parteien ordentlich zeigen, davon war ich überzeugt.

Gut gelaunt marschierte ich zum Meer, wusch mich und zog mir saubere Klamotten an, um einen guten Eindruck zu machen. Schließlich war ich jetzt Abgeordneter und damit Vorbild und Aushängeschild meiner Partei.
Als es dann endlich soweit war und ich mich auf den Weg zum Parlamentsgebäude machte, sah ich, dass viele Gestrandete es mir gleich getan hatten. So viele Besucher gab es hier noch nie, so gespannt waren die Leute auf die erste Sitzung. Es waren nicht einmal genug Bänke für alle da, sodass einige von ihnen draußen vor dem Parlament Platz nehmen mussten. Als frischgebackener Abgeordneter konnte ich natürlich gemütlich an der langen Sitzschlange vorbeischlendern und auf einer der für die NSI reservierten Bänke in der ersten Reihe Platz nehmen.
Das Parlament war fast ausschließlich mit unseren Leuten gefüllt. Nur hier und da mal sah man ein paar Abgeordnete der anderen Parteien. Ich erblickte Gregor und Schleicher, die als Vertreter der Oppositionsparteien auf den vorderen Plätzen saßen. Hämisch blickte ich zu ihnen hinüber. Die Luft war eng für sie geworden. Umzingelt von politischen Feinden wirkten sie keinesfalls mehr so souverän und überlegen wie früher.
Rolf betrat das Podium, und wir verstummten sofort. Der neue Kanzler schritt ans Rednerpult und blickte achtungsheischend in die Runde.
„Liebe Gestrandeten!", begann er. „Ich muss leider mit einer traurigen Nachricht anfangen." Verwirrt sahen wir uns an. Was mag wohl passiert sein, an einem so wunderschönen Tag wie heute?

„Ich muss Ihnen leider mitteilen, dass unser geliebter Vorsitzender in den Morgenstunden an den Folgen seiner Verletzungen verstorben ist…", sagte der Führer ohne einen Anflug von echter Trauer in seiner Stimme. „Aus diesem Grund beschließe ich hiermit, seine Aufgaben gemeinsam mit den Meinigen zu übernehmen."
Unter der Opposition erhob sich ein wütender Aufschrei. „Niemals", hörte ich einen dicken RGV-Mann rufen. Gregor ergänzte. „Das können Sie doch wohl nicht einfach so entscheiden."
Rolf zuckte nur mit den Schultern und fuhr dann an seine Parteigenossen gewandt fort. „Wer ist dafür, mich neben meinen Kanzlertätigkeiten auch zum Vorsitzenden zu erklären?"
Ausnahmslos alle NSI-Abgeordneten hoben die Hand und somit war der Wunsch des Führers beschlossene Sache. Die Menge johlte triumphierend. Erneut hatten wir den Politbonzen eine Lektion erteilt. Ein schönes Gefühl nach so viel Unterdrückung…
Rolf lächelte seinen Widersachern böse zu. „Sehen Sie, meine Herren? Ihre Stunden in diesem Parlament sind gezählt! Sie haben lange genug ihr Unheil mit den Gestrandeten getrieben."
Erneuter höhnischer Applaus.
„Ab heute weht hier ein anderer Wind! Dieser Ort ist Symbol von unsinniger Zeitverschwendung", fuhr der Führer fort. „Doch genug ist genug! Es ist Zeit, dafür zu sorgen, dass dieser Blödsinn aufhört. Die NSI braucht das Parlament nicht. Die Menschen brauchen keine Politiker, die sie hinters Licht führen. Die Gestrandeten wissen, wem sie vertrauen können – nämlich mir. Nur ich allein werde den nationalen Inselstaat zu Macht und Wohlstand führen. Was

die Gegner unserer Bewegung angeht – euch werden wir zeigen, wie man mit Verbrechern verfährt."
Die Menge johlte und applaudierte. Der Mann war großartig. Ihm könnte man vertrauen. Er war der Richtige.
Rolf hob die Hand, und wir verstummten erneut. Dann fuhr er mit ernster Stimme fort: „Abgeordnete, ich frage euch hiermit. Wollt ihr mich zu dem Führer ermächtigen, der ab heute eure Geschicke leiten soll? Wollt ihr die Auflösung dieses verbrecherischen Parlamentes?"
Für einen Moment herrschte Stille, dann erhob sich Alex von seinem Platz und klatschte laut hörbar in die Hände. Der Schall seines Beifalls hallte durch den Raum und schließlich stimmten auch andere mit ein. Gestrandeter für Gestrandeter erhoben sich von ihren Plätzen und zollten Beifall, bis schließlich fast der gesamte Parlamentssaal aufgestanden war und frenetisch applaudierte. Das also war die Lösung – weg mit dem Parlament. Der Führer wird´s schon richten!
Nur ganz vereinzelt, auf den Bänken der Opposition, waren einige trotzig sitzengeblieben und warfen sich vielsagende Blicke zu. Es wurde eng für die Volksverräter…

Mir war klar, dass Rolf seine Ziele noch nicht vollständig erreicht hatte. Solange unsere Feinde in der Lage waren zu protestieren, würde seine Herrschaft immer auf wackligen Beinen stehen. Mit allen Mitteln hatte er bereits versucht, alles zu vernichten, was an das alte Parlamentssystem erinnerte, um eine Rückkehr zu alten Gewohnheiten unmöglich zu machen. Selbst den Lagernamen hatte er umbenannt. Statt Attikaner nannten sich die Gestrandeten jetzt „Bewohner des nationalen Inselstaates".

In den ersten Tagen seiner Herrschaft hatte Rolf die Oberschicht antreten lassen und ihnen die neuen Spielregeln erklärt. Sie sollten ihm die Treue schwören und ihn bedingungslos als ihren Führer anerkennen. Die reichsten und mächtigsten von ihnen, darunter auch von Wanzen, sollten enteignet werden. Es durfte schließlich niemanden geben, der ihm auch nur annährend das Wasser reichen konnte. Doch wie nicht anders zu erwarten, endete das Treffen in einem Desaster. Die versammelte Oberschicht verweigerte ihm kollektiv die Treue und ein Mann wie von Wanzen ließ sich natürlich nicht widerstandslos entmachten.

Es half alles nichts. Nun galt es, entschieden zu reagieren. Die Zeiten des langwierigen Verhandelns waren mit dem Fall Attikas zu Ende.

Rolf beschloss also, dass es das Beste sei, sich mit dem versammelten Kern des NSI-Parteikaders über das weitere Vorgehen zu beraten und so trafen wir uns eines späten Abends im ansonsten leeren Parlamentsgebäude.

Es war etwas seltsam für mich, jetzt hier zu sitzen. In der Zentrale der Macht. Doch nun war ich endlich mit von der Partie, gehörte zur Riege der Entscheidungsträger und das erfüllte mich mit großem Stolz. Natürlich war es letzten Endes Rolf, der bestimmte, was zu tun sei, aber allein das Gefühl, nach seiner Meinung gefragt zu werden, war sehr angenehm für mich.

„Meine Herren, ich erwarte Vorschläge", eröffnete der Führer die Diskussion. Schüchtern blickten wir uns an, ohne dass sich jemand traute, etwas zu sagen. Schließlich meldete sich Alex zu Wort. „Ihr wart zu gütig zu den Volksverrätern, mein Führer. Wir haben alles versucht, das Problem

im Guten zu lösen. Es wird Ihnen keiner übel nehmen können, wenn wir jetzt mit härteren Mitteln arbeiten."
Rolf nickte anerkennend. „Guter Einwand! Das ist auch meine Meinung. Es wird Zeit zu reagieren! Lassen wir die Bonzen den Volkszorn spüren! Jeder, der nicht für uns ist, ist gegen uns! Vielleicht sollten wir am dicken Wanzen ein Exempel statuieren?"
„Eine vortreffliche Idee, mein Führer", entfuhr es plötzlich meinem Nebenmann und auch Alex nickte freudig. Mir fiel auf, wie sehr die NSI´ler Rolf schmeichelten und alle seine Vorschläge eifrig bejubelten. Jeder wollte in seiner Gunst weiter vorrücken, doch mich ekelte so ein Verhalten eher an.
Unsicher fragte ich: „Was ist damit gemeint? Ein Exempel statuieren?"
„Wir werden ihn hinrichten!", antwortete Rolf sofort und mit todernster Stimme.
„Wie bitte?", ich war vollkommen verstört. Das konnte nur ein Scherz sein…
„Die Bonzen haben lange genug ihr Unwesen getrieben. Wenn wir sie jetzt verschonen, würden sie doch nur auf eine passende Gelegenheit warten, uns zu stürzen. Wir müssen Stärke zeigen!"
Im Nachhinein kann ich zu meiner Verteidigung sagen, dass ich dieser Idee zunächst sehr negativ gegenüberstand. Gewalt war für mich nie eine legitime Option gewesen. Mir leuchtete zwar ein, dass die geprellte Oberschicht eine große Gefahr für unsere Bewegung darstellen konnte, aber deshalb gleich eine Hinrichtung?

Der Führer musterte mich lange und eindringlich. Schließlich begann er langsam wieder zu sprechen „Ich habe vor, den Inselstaat zu Größe und Wohlstand zu bringen. Ein Umbruch ist immer mit Opfern verbunden, und ich bin bereit, so viel Gewalt wie nötig einzusetzen, um die nationale Revolution zu vollenden. Dafür brauche ich Männer, die bedingungslos hinter mir und meinen Entscheidungen stehen und meinem Urteil vertrauen. Wenn einer von euch meint, sich nicht mehr mit meiner Bewegung identifizieren zu können, so sollte er uns jetzt umgehend verlassen oder für immer schweigen. Entweder ihr seid für oder gegen mich."
Ich bemerkte, wie ich von den anderen missfällig beäugt wurde, ganz so, als wäre ich ein lästiger Unruhestifter. Meine Situation war alles andere als einfach. Ich hatte es an die Hebel der Macht geschafft. Sollte ich das nun aufgeben? Für jemanden wie von Wanzen?
„Nein, quatsch", entgegnete ich hastig „Ich wollte ihre Entscheidungen auf keinen Fall in Frage stellen, mein Führer. Wenn das Ihre Meinung ist, so ist es auch die meine!" Ich wusste nicht, was ich besseres hätte sagen sollen, doch Rolf schien sich damit zufriedenzugeben und nickte mir anerkennend zu. Auf keinen Fall jetzt rausgeworfen werden, dachte ich nur. Endlich war ich mal aktiv an einer Systemgründung beteiligt. Endlich hatte ich die Chance mitzugestalten. Das durfte ich nicht aufgeben. Nicht für einen Ausbeuter wie von Wanzen. Wenn ich es mir recht überlegte, hatte sich der dicke Bonze ein solches Schicksal ja auch redlich verdient. Ein politischer Neuanfang ist eben nicht ohne Kollateralschaden zu ermöglichen. Mithilfe dieser Betrachtungsweise konnte sich mein Gewissen mit dem Todesurteil abfinden.

Die Festnahme geschah noch in derselben Nacht. Wir drangen in das Anwesen des Neureichen ein und überraschten ihn im Schlaf. Viktor hatte noch versucht, seinen Chef zu beschützen. Es brauchte sage und schreibe fünf NSI´ler, um ihn zu überwältigen. Alex hatte Seile dabei, mit denen wir die beiden Männer fixierten und schließlich Richtung Lagerfeuer abtransportierten, wo Rolf bereits ungeduldig auf uns wartete.
Von Wanzen schimpfte wie von Sinnen auf die Umstehenden ein, Viktor dagegen blieb vollkommen ruhig und blickte nur finster in die Runde.
„Weckt die Gestrandeten!", befahl der Führer und sofort liefen wir in alle Himmelsrichtungen davon, um seinen Wunsch zu erfüllen. Die Inselbewohner reagierten zunächst verwirrt darauf, mitten in der Nacht aus dem Schlaf gerissen zu werden, doch dann begriffen sie. Es war Zeit für Rache! Ich sah, wie einige begeistert johlten. Der Hass auf von Wanzen war inzwischen so groß geworden, dass sich jeder von ihnen schon oft seinen Tod gewünscht hatte. Aber war Rache wirklich der richtige Weg? Ich war mir noch immer unsicher, doch die Freude auf den Gesichtern meiner Mitgestrandeten überzeugte mich schließlich. Der Ausbeuter hatte den Tod verdient und wenn seine Hinrichtung dazu beitrug, dass der Schrecken der Parlamentsherrschaft damit für immer beendet war, dann musste es wohl so sein.
Aus der Ferne sah ich Alex auf uns zu laufen. Er bahnte sich mühselig einen Weg durch die Menschenmenge, die einen Kreis um die NSI´ler mit ihren Gefangenen gebildet hatte.

Unter dem Arm trug er einen großen, schweren Baumstumpf. Was er jedoch in der rechten Hand hielt, ließ mein Herz aufgeregt schlagen. Es war eine mannsgroße Axt, die er wohl aus dem Lager der Holzfäller herbeigeschafft hatte.
Bei uns angekommen, platzierte er den losen Baumstumpf wie eine Opfergabe vor den Füßen des Führers.
Anerkennend nickte Rolf seinem treuen Diener zu und befahl: „Positioniert ihn!"
Zwei NSI-Männer packten den gefesselten von Wanzen an den Schultern, drängten ihn nach vorne und drückten seinen Kopf herunter, sodass dieser knapp über dem Baumstumpf in der Luft hing. Die Menge applaudierte begeistert. Angeekelt beobachtete ich, wie sogar kleine Kinder johlend die Faust reckten. Ich wurde offensichtlich gerade Zeuge davon, wie sich der angestaute Hass der gesamten Menschenmenge entlud. Von Wanzen brüllte: „Ich werde euch alle fertigmachen, ihr einfältigen Bauern! Was glaubt ihr, wer ihr seid? LASST MICH SOFORT LOS!"
Doch niemand hörte mehr auf ihn. Rolf gab ein Zeichen und Alex stellte sich direkt neben den dicken Erste-Klasse-Passagier, die Axt schlagbereit in beiden Händen. „Gestrandete! Hiermit liefere ich euch den Grund für eure Armut aus. Den Grund für euren Hunger. Und ich frage euch: Wollt ihr seine Schreckensherrschaft beenden? Wollt ihr Rache?"
Die Menge applaudierte begeistert. Rolf nickte Alex kurz zu, woraufhin dieser seine Axt langsam über Kopfhöhe hinweg anhob.
Der Himmel war klar. Ich konnte hunderte Sterne herabfunkeln sehen. Dann schloss ich meine Augen. Wollte nicht zuschauen, wofür ich mitverantwortlich war. Wolle nicht sehen, was mich schockieren würde. Nur meine Ohren

konnte ich leider nicht verschließen. Die Geräusche des Todes drangen erbarmungslos in meine Ohren. Die herabsausende Axt durchpeitschte die Luft. Der Schrei ihres Opfers durchriss die Stille und der dumpfe Aufprall des Kopfes ließ mich erschüttern. Ein angeekeltes Zittern durchfuhr meine Glieder.
Verängstigt von dem, was ich wohl sehen würde, öffnete ich die Lieder. Die Menge war verstummt. Alles voller Blut. Der Sand war durchtränkt von roter Farbe. Eine letzte Fontäne ergoss sich noch aus dem leblosen Stumpf, bevor auch das letzte Rinnsal versiegte. Von Wanzens Kopf sah mich vom Boden aus an. Seine vor Schreck geweiteten Pupillen blickten mir direkt in die Augen. Ich erschauderte erneut.
Zu meiner Erleichterung schienen die anderen Gestrandeten nicht weniger verstört vom Anblick dieses gewaltsamen Todes zu sein. Niemand johlte mehr. Ich hörte ein Kind weinen.
Friedhelm von Wanzen war tot. Das war kein Spiel. Unsere Rache war bitterer Ernst geworden, mir wurde schlecht. Hierfür waren nur wir verantwortlich. Was hatten wir getan?
Alex jedoch wirkte alles andere als beeindruckt. Im Gegenteil, er schien Blut geleckt zu haben.
„Was ist mit dem anderen?", fragte er gierig an den Führer gewandt und zeigte auf den gefesselten Viktor. Entsetzt blickte ich zu Rolf hinüber und gab ein kurzes Stoßgebet ab. Der Führer würde erbarmen zeigen, hoffte ich. Er war weise und klug. Doch Rolf antwortete nur. „Er war Unterstützer des Systems. Unterstützer des Teufels. Ihm gebührt

das gleiche Schicksal wie seinem Herrn. Zeigen wir, was mit unseren Gegnern gemacht wird."

Alex lächelte böse. Aus der Menge kam keine Reaktion. Keine Spur mehr von der rachsüchtigen Freude, wie bei der ersten Hinrichtung. Aber auch kein Wort des Widerspruchs. Vielmehr hatte ich das Gefühl, dass sich gegenüber dem Tod eine gewisse Gleichgültigkeit ausgebreitet hatte. Einer mehr oder weniger… Was machte das schon noch aus?

In dieser Nacht bekam ich kein Auge zu. Was hatten wir getan? Diese Frage quälte mich noch bis in die frühen Morgenstunden. Viktors Tod war nicht weniger blutig, nicht weniger grausam gewesen, als die Hinrichtung von Wanzens. Derselbe Todesschrei, derselbe gequälte Gesichtsausdruck.

Nach Verrichtung der grausamen Tat waren die Versammelten schweigsam zu Bett gegangen. Keiner hatte große Lust gehabt, sich noch zu unterhalten. „Die haben es verdient", versuchten sie ihr Gewissen zu beruhigen, doch ich wusste, dass wir große Schuld auf uns geladen hatten. Vielleicht aber, so hoffte ich, konnte nun endlich der Aufschwung beginnen und das neue System Früchte tragen. Der Führer würde schon alles richten. Besser nicht zu viel nachdenken…

Gregor, die Abgeordneten sowie einige Mitglieder der Oberschicht waren am nächsten Morgen verschwunden. Als sie von der Hinrichtung von Wanzens und seinem Leibwächter gehört hatten, mussten sie es wohl mit der Angst zu tun bekommen haben und waren in den Wald geflüchtet. Wer konnte ihnen das schon verübeln? Sie fürchteten eben, dass der Durst nach Rache noch immer nicht versiegt sei.

Auch von Jonas gab es keine Spur. Insgeheim war ich etwas enttäuscht darüber, dass mein bester Freund mir keine Nachricht, über seinen Plan abzutauchen, hat zukommen lassen. Ob er wohl gefürchtet hat, dass ich ihn verraten würde? Schließlich war ich ja ein NSI'ler. Vielleicht wollte er mich auch nur nicht in Gewissenskonflikte bringen. Wie ich an dieser Stelle aber noch einmal betonen möchte, hätte ich meinen Freund niemals verpfiffen, auch wenn es als treuer Anhänger unserer nationalen Bewegung eigentlich meine Pflicht gewesen wäre. Doch es sei wie es sei. Jonas war jedenfalls weg, was mich sehr traurig stimmte.

Als Rolf im Laufe des Tages von den Abtrünnigen erfuhr, regte er sich furchtbar auf. Diese Feinde des nationalen Inselstaates waren seiner Meinung nach Volksverräter. Man hätte sie allesamt hinrichten sollen, als man noch in der Lage dazu gewesen war. Auch beschloss er, ein Kopfgeld für die Ergreifung eines jeden Flüchtigen auszusetzen.

Seit diesem Tag streiften freiwillige Kopfgeldjäger, sowie eigens dafür abgestellte Männer der NSI, Nacht für Nacht durch den Wald, um eben diese Aussätzigen zu finden und gefangen zu nehmen. Tod oder lebendig. Man nannte diese Trupps Fänger. Ihre Mitglieder waren für ihre Skrupellosigkeit im ganzen Lager bekannt und gefürchtet. Jeder, der von ihnen gefasst wurde, musste um sein Leben fürchten und die Fänger waren keinesfalls erfolglos. Oft gingen ihnen die einen oder anderen Volksverräter ins Netz. Viele der Gefangenen waren politische Gegner und ehemalige Abgeordnete der längst aufgelösten RGV oder Fortschritts-

partei. Sie hatten sich mit ihren Familien im Wald verkrochen und gehofft, irgendwie zu überleben. Doch auf sich allein gestellt war es schwer, genügend Nahrung für sich, seine Ehefrau und etwaige Kinder zu finden. So hatten die Fänger leichtes Spiel, die abgemagerten und geschwächten Menschen zu finden und gewaltsam ins Lager zurückzutreiben.
Doch diese Tatsache stellte eine neue Herausforderung für die NSI dar, denn was sollte man mit den ganzen Gefangenen anstellen? Der Führer war schlau genug zu erkennen, dass weitere Hinrichtungen, gerade auch an Frauen und Kindern, der Moral der nationalen Inselbevölkerung massiv schaden könnte. So beschloss Rolf, ein Lager im Wald errichten zu lassen, in dem die Gefangenen untergebracht werden konnten. Hier hätte man sie unter Kontrolle und zudem konnten sie nützliche Arbeiten verrichten.
Rolf beauftragte seinen treuen Untergebenen Alex mit der Errichtung und Führung eines solchen Gefangenenlagers. Dazu wurden eifrig Bäume gefällt und Palisaden errichtet. Zunächst führten Bauarbeitertrupps diese Arbeiten durch, dann jedoch entschloss man sich, die Gefangenen selbst an ihrer neuen Behausung mitwirken zu lassen. So schufteten die Zwangsarbeiter fast pausenlos an ihrem eigenen Gefängnis, bis dieses schließlich in Rekordzeit fertiggestellt wurde.
Ich selbst hatte das Gefangenenlager zu dieser Zeit noch nie gesehen, sondern lediglich von seiner Existenz im Wald gehört und dass, obwohl ich vollwertiges Mitglied der NSI war. Diese Tatsache beweist, wie wenig in der einfachen Bevölkerung über das Projekt bekannt war. Nur von den Bauarbeitertrupps hörte man abends am Lagerfeuer gelegentlich mal das Gemunkel über neue Festgenommene

oder begeistertes Fachsimpeln vom hohen schöpferischen Potenzial der Zwangsarbeiter.
„Diese Verbrecher könnten uns noch eine Menge Arbeit abnehmen, für die wir früher hätten hart schuften müssen", hörte ich eines Abends einen von ihnen sagen, während er voller Freude genüsslich in einen Apfel biss.

Ich muss gestehen, dass es mir zu dieser Zeit recht gut ging. Finanziell gesehen sogar besser als je zuvor. Durch die vielen wohlhabenden Gefangenen wurde eine Menge Eigentum enteignet, wodurch ihre Häuser direkt in den Besitz der NSI übergingen. Der Führer ließ sich nicht lumpen und verteilte die Besitztümer fleißig an seine treuen Gefolgsleute. So kam es dann also dazu, dass ich endlich meinen Traum von einem eigenen Haus verwirklicht sah. Das Einzige, was meine Freude daran schmälerte, war jedoch, dass mir ausgerechnet das Haus von Jonas zugewiesen wurde. Ich muss gestehen, dass ich mich sehr schämte, in seinem Bett zu liegen und sein Eigentum zu nutzen, während er irgendwo im dunklen Wald frieren musste. Ich beschloss, sein Hab und Gut nur solange zu verwalten, bis mein Freund wieder im Lager wäre, wo ich ihm dann alles wieder zurückgeben würde. Besser ich passte auf die Sachen auf, als irgendein anderer. Jonas hätte es doch sicherlich auch so gewollt.
Eines Abends jedoch kam dann alles ganz anders. Ich war gerade schlafen gegangen und genoss das herrliche Gefühl, in einem richtigen Bett zu liegen, da klopfte es plötzlich laut an meiner Wohnungstür.

Verwirrt schreckte ich hoch. Wer konnte das sein? Zu so später Stunde war gewöhnlich niemand mehr im Lager wach. Noch etwas schlaftrunken stand ich auf, entzündete eine Fackel und suchte nach etwas zum Anziehen. Über einen Stuhl gelehnt fand ich ein altes Shirt von Jonas. Er schien es zurückgelassen zu haben. Müde schlüpfte ich also hinein und schlurfte zur Haustür, an der es erneut und diesmal sogar noch energischer klopfte.

„Ja, ja! Ich komme schon", rief ich verärgert, dann zog ich den Riegel zurück und öffnete.

Vor mir stand ein Mann in einem dunklen Pullover. Die dazugehörige Kapuze hatte er tief ins Gesicht gezogen, sodass ich nicht gleich erkennen konnte, um wen es sich bei meinem späten Gast handelte.

Der Mann begann mit einer mir vertrauten Stimme zu sprechen. „Ich habe eine Nachricht für dich. Von Jonas."

Verblüfft sah ich ihn an. Langsam gewöhnten sich meine Augen an die vollkommene Dunkelheit draußen und da erkannte ich den Ankömmling. Es war Francois. Ich hatte gehört, dass der Sänger zunächst auch in den Wald geflüchtet war, sich jedoch vor einigen Tagen freiwillig den Fängern gestellt hatte. Rolf persönlich soll ihn begnadigt haben, da er sich bereit erklärt hatte, sich nun für die nationale Bewegung stark zu machen und einen Star wie ihn konnte der Führer für seine Zwecke durchaus gebrauchen.

„Francois?", begann ich langsam. „Was ist mit Jonas? Lebt er? Was weißt du von ihm?"

Der Sänger sah sich hektisch um, als fürchtete er, belauscht zu werden. „Er hat sich mit mir gemeinsam gestellt. Ich habe ihn überredet, verdammt!" Francois klang hysterisch und vollkommen von der Rolle. Ich überlegte kurz, dann

sagte ich. „Komm erst einmal rein, dann können wir in Ruhe reden."
Vorsichtig trat der Sänger ein und ich schloss leise die Tür hinter ihm. Als ich anschließend den Riegel wieder vorschob, schien er beruhigter und fuhr fort. „Wir waren gemeinsam geflüchtet, doch irgendwann hatten wir kein Essen mehr. Ich hab´s nicht mehr ausgehalten. Ich hoffte auf Gnade wegen unserer besonderen Stellung. Rolf würde uns nicht einfach hinrichten lassen, habe ich gedacht. Schließlich genießen wir als Stars die Sympathie der Gestrandeten. Darum habe ich Jonas gedrängt, uns zu stellen! Naja, mich haben sie dann ja auch begnadigt, aber Jonas…"
„Was ist mit Jonas?", wollte ich sofort wissen und ein ungutes Gefühl machte sich in mir breit. Francois schluckte kurz, dann fuhr er fort. „Sie haben ihn in so ein Gefangenenlager gesteckt. Ich war auch da, bis sie mich entlassen haben… Es ist schrecklich dort. Die Menschen sterben. Sie müssen arbeiten bis zur völligen Erschöpfung. Keiner bekommt ihr Leiden mit. Der Gefängnisführer Alex kennt kein Erbarmen. Wenn wir nichts unternehmen, wird Jonas dort sterben! Es ist alles meine Schuld… Wir hätten uns weiter verkriechen sollen…" Dann brach Francois weinend zusammen. Ich musterte ihn aufmerksam. Tatsächlich erschien mir der Sänger seltsam mager. Seine sonst so hübschen Gesichtszüge waren knochig und eingefallen, von seinem gepflegten Äußeren war nichts mehr geblieben. Er war nur noch ein Schatten seiner selbst. Ich malte mir aus, wie mein Freund Jonas wohl aussehen würde, nach Wochen im Wald und in diesem schrecklichen Straflager.

Dann verscheuchte ich diese Gedanken eilig wieder. Wir mussten handeln, das stand fest.
„Francois, hör mir jetzt gut zu! Wieso bist du zu mir gekommen? Was hat Jonas dir gesagt?"
Der Sänger hörte auf zu weinen und sah mir direkt in die Augen. „Er hat gesagt, ich solle zu dir gehen, denn du wärst der Einzige, der helfen könnte. Du hättest Einfluss."
Ich dachte angestrengt nach. Dachte an den Führer und seinen Zorn auf die Aussätzigen. Ich würde ihn niemals überreden können, auch nur einen von ihnen freizulassen. Es war sinnlos. Aber ich musste doch etwas unternehmen.
„Francois?", sagte ich. „Kannst du mich zum Gefangenenlager führen?" Der Sänger zuckte erschrocken zusammen. „Jetzt?". Ich nickte.

Das perfekte System

Es war stockfinster, doch wir trauten uns trotzdem nicht, eine Fackel zu entzünden. Das Risiko, von einer Gruppe jagender Fänger entdeckt zu werden, war einfach viel zu groß. Knapp eine halbe Stunde waren wir schon schweigsam durch den dichten Wald gewandert. Francois ging vorneweg, und ich folgte ihm stumm. Hier und da hörten wir die Schreie eines aufgeschreckten Vogels oder das schaurig klingende Heulen eines Wolfes, irgendwo in den tiefen Weiten des Waldes. Die Dunkelheit zwang uns, langsam und vorsichtig voranzuschreiten, doch nichtsdestotrotz stieß ich immer wieder gegen dichtes Geäst mit widerspenstigen Dornen. Meine Beine waren inzwischen schon arg gezeichnet, doch der starke Wille, Jonas unbedingt helfen zu wollen, trieb mich an. Es war schließlich auch meine Partei gewesen, die ihn in diese missliche Lage gebracht hatte. Ich fühlte mich schuldig.
Plötzlich blieb Francois abrupt stehen und wurde kreidebleich.
„Da vorne ist es", schluckste er zitternd. „Näher gehe ich auf keinen Fall heran! Habe schon genug riskiert. Es laufen ständig Wachen ums Lager, und ich bin nicht scharf darauf, nochmal da rein zu müssen."

Ich nickte dem Sänger verständnisvoll zu. „In Ordnung. Danke, dass du mich hergebracht hast. Den Rest schaff' ich schon alleine. Du kannst gehen, wenn dir danach ist."
Doch Francois hörte mich schon gar nicht mehr. Ohne ein weiteres Wort zu verlieren, hatte er umgehend auf dem Absatz kehrt gemacht und war in der Dunkelheit verschwunden.
Doch was jetzt? Da stand ich nun. Alleine im finsteren Wald und ohne die Spur eines Plans. Selbst wenn ich bis an das Straflager herankommen würde, ohne von den Wachen entdeckt zu werden; wie könnte es mir gelingen, unbemerkt mit Jonas zu sprechen oder ihn gar zu befreien. Mit einem unguten Gefühl im Magen kämpfte ich mich weiter vorwärts durch das Gestrüpp.
Francois sollte Recht behalten. Das Lager war keine hundert Meter weit entfernt gewesen. Kaum hatte ich mich an den dichten Bäumen vorbeigekämpft und einen kleinen Hügel erreicht, konnte ich auch schon die hohen Palisaden erkennen, die die Gefangenen an einer möglichen Flucht hindern sollten.
Vorsichtig schlich ich voran, aufmerksam darauf bedacht, keine unnötigen Geräusche zu erzeugen. Von etwaigen Wachen war nichts zu sehen und so gelang es mir, unbemerkt an die große Holzabsperrung heranzutreten. Als ehemaliges Mitglied des Bautrupps wusste ich, was es für eine Anstrengung bereitet haben musste, eine solche Palisade aus meterhohen Baumstämmen zu errichten und dachte mitleidig an die armen Zwangsarbeiter, die hier hatten schuften müssen.
Vorsichtig lugte ich durch einen Spalt zwischen zweier dieser Stämme hindurch und blickte auf den Innenhof des Gefangenenlagers. Die Szenerie wurde erhellt durch mehre-

re vor und hinter den Palisaden aufgestellte Fackeln, die den eingezäunten Bereich großzügig erhellten. Doch was ich da zu sehen bekam, gefiel mir ganz und gar nicht. Eingepfercht wie Vieh standen hier eine ganze Schar von Gefangenen, darunter auch Frauen und Kinder, die zu dieser späten Stunde noch immer damit beschäftigt waren, Erde umzuschütten und Holz zu zerhacken. Offenbar wurde an einem Wachturm gearbeitet, um die Eingepferchten noch besser kontrollieren zu können. Doch das eigentlich erschreckende war ihr Zustand. Einige dieser Menschen schienen nur noch aus Haut und Knochen zu bestehen, andere waren kaum mehr in der Lage, eine Schaufel zu halten. Eine junge Frau brach unter einem schaurigen Stöhnen zusammen, während ein hochgewachsener Mann, offenbar eine Wache, höhnisch lachend auf sie zugerannt kam und ihr mit einem festen Fußtritt neue Motivation einhauchte.

Angeekelt wendete ich meinen Blick ab und erschauderte. Die Wache hatte das NSI-Wappen getragen. Jetzt endlich begriff ich viel zu spät, was ich angerichtet hatte. Ich war ein blinder Mitstreiter dieser grausamen Bewegung gewesen. Ich hatte mich für die Herrschaft des Führers stark gemacht, doch nur weil ich ein anderes Leben wollte. Ich hatte letztendlich ja auch ein anderes Leben bekommen. Doch zu welchem Preis? Das konnte es niemals Wert gewesen sein.

Die Wache brüllte wütend. „Na, wie gefällt dir das? Hast noch nie in deinem Leben gearbeitet, immer nur auf Kosten anderer gelebt, was? Damit ist jetzt Schluss."

Was konnten Menschen einander alles antun? Zu was hatten uns Neid und Rachsucht getrieben?

Mein Blick wanderte mitleidig durch die Reihen der Gefangenen. Dann plötzlich sah ich ihn: Jonas! Er schaufelte ganz außen an einem tiefen Loch. Er war zwar dürr und vollkommen verdreckt, doch ich war mir ganz sicher, dass er es sein musste. Er arbeitete nahe an der Palisade auf der anderen Seite. Ich schrie vor Freude innerlich auf. Wenn ich mich herüberschleichen würde, könnte ich versuchen, mit ihm Kontakt aufzunehmen.

Hastig drehte ich mich um und schritt an der hohen Holzmauer entlang. Jetzt bloß nicht entdecken lassen. Doch die Luft schien rein. Keine Wache weit und breit. Ich sollte mich beeilen, sonst würde Jonas womöglich seine Position wechseln. Leise tastete ich mich vorwärts, immer am Zaun entlang. Jetzt war es nicht mehr weit. Nur noch ein paar Meter und ich wäre am Ziel.

„ALARM!", rief plötzlich eine laute Stimme hinter mir. Entsetzt wandte ich mich um. Ein Trupp aus drei Wachen hatte mich entdeckt und lief direkt auf mich zu. Offenbar waren sie gerade um die Palisaden patrouilliert. Ich konnte von weitem ihre NSI-Abzeichen sehen. Der Lärm hatte die Gefangenen aufgeschreckt und zusammenzucken lassen. Ich konnte sehen, wie Jonas den Kopf hob, an die Palisaden lief, durch die Holzstämme spähte und schließlich ein überraschtes Keuchen ausstieß. Die Fackeln der herbeieilenden Wachleute hatten ihr flackerndes Licht auf mich geworfen, und ich war mir sicher, dass mein Freund mich erkannt haben musste. Erschrocken starrte er mir direkt in die Augen. In seinem Blick lag der hoffnungslos flehende Ausdruck eines Sterbenden, der bereits jede Kraft zu leben verloren hatte. Mein Freund sah mich an, und ich konnte

nichts anderes tun, als tatenlos zurückblicken. Ich nickte ihm in stummer Verzweiflung ein letztes Mal zu und mir wurde schmerzlich bewusst, dass ich sein Shirt trug, während er nichts zum Anziehen hatte, abgesehen von einer alten, zerschlissenen Hose.
Dann zwang ich mich, meinen Blick abzuwenden und rannte los. Ich rannte wie von Sinnen, so wie ich noch nie in meinem Leben gerannt war. Ich bemerkte nicht mehr, wie sich meine blutigen Beine immer wieder in scharfen Dornen verfingen, nahm nicht wahr, wie sehr ich keuchte, wusste nicht einmal mehr, in welche Richtung ich eigentlich lief. Das Einzige, was mir im festen Bewusstsein lag, waren die Tränen, die meine Augen gefüllt hatten. Wie sie über meine bebenden Wangen flossen und mich zu einem markerschütternden Schrei verleiteten. Schließlich brach ich zusammen, vollkommen am Ende meiner Kräfte. Ich sackte auf die Knie, während meine Tränen die Erde durchflossen. Ein erneuter Schrei, dann glitt ich gänzlich zu Boden, wo ich wimmernd liegenblieb.

Ich hatte versagt. Hatte meinen Freund nicht retten können. Doch noch war es nicht zu spät. Tatsächlich hatte ich Glück im Unglück gehabt. Ich war den Wachen entkommen. Die Männer hatten mich nicht erkannt, wussten nicht, wer der nächtliche Besucher war. Sicherlich würden sie ihre Sicherheitsvorkehrungen jetzt noch weiter verstärken, doch ich hätte niemals aufgegeben. Was hatte ich schon zu verlieren? Sollte ich etwa im Haus meines Freundes weiterleben, in seinem Bett schlafen und seine Kleider anziehen, als wäre er nur kurz in den Urlaub gefahren?

Nein, das konnte ich nicht. Ich hätte die Schuldgefühle nicht ertragen können, musste etwas unternehmen und wenn es das Letzte war, was ich tat.

Ich hatte mich aufgerappelt, war zum Strand zurückgekehrt und im tobenden Meer gebadet. Die Wellen wuschen mich rein vom Dreck und vom Blut. Seltsam aufgewühlt war das Wasser. Eine solche Strömung hatte ich hier noch nie gesehen. Dann war ich in Jonas Haus gegangen und hatte mich abgetrocknet. Hier saß ich nun auf einem kleinen Hocker und keuchte noch immer vor lauter Aufregung.

Ich brauchte einen echten Plan. Das nächste Mal würde ich nicht mehr unvorbereitet sein und den Wachen naiv in die Arme laufen. Es musste eine Möglichkeit geben, Jonas zu befreien und wenn es mein Leben kostete. Wütend schlug ich mit der Faust gegen die Wand und das Holz erzitterte. Doch jetzt brauchte ich erst einmal Schlaf. In diesem Zustand konnte ich schließlich keinen klaren Gedanken fassen. Erschöpft legte ich mich aufs Bett und kaum hatte ich meine Augen geschlossen, war ich auch schon eingeschlafen.

Ich schlief lange und träumte wild. Als ich endlich erwachte, war es bereits später Nachmittag. Es brauchte einen Augenblick, bis ich mich wieder daran erinnern konnte, was letzte Nacht passiert war. Das Straflager, die hungernden Zwangsarbeiter, der gefangene Jonas. Das alles drang mir durch den Kopf und beflügelte meinen Entschluss, etwas zu unternehmen.

Doch was konnte ich tun? Ich brauchte Seile, eventuell sogar eine Stickleiter, um die Palisaden zu überwinden und vor allem brauchte ich etwas oder jemanden, um die Wachen abzulenken. Doch wem konnte ich vertrauen und in

meinen Plan einweihen? Mir viel nur Francois ein. Der Sänger würde sicherlich nicht besonders erpicht darauf sein, ein solches Risiko einzugehen, doch er musste mir einfach helfen. Schließlich besaß er eine Mitschuld daran, dass Jonas sich gestellt hatte und das schreckliche Schicksal der Gefangenen konnte doch schließlich auch ihn nicht kaltlassen. Ich überlegte erneut, ob es wohl einen Sinn hatte, Rolf ins Gewissen zu reden, doch abermals verwarf ich den Gedanken. Dem Führer fehlte jedes Mitleid. Er war erbarmungslos, wenn es um die Durchsetzung der nationalen Bewegung ging.
Ich entschied mich also, zunächst einmal aufzustehen und ein Seil zu organisieren. Doch wie konnte man das am besten anstellen, ohne viel Aufsehen zu erregen?
Ich schlenderte scheinbar gedankenverloren durchs Lager, während ich meine Umgebung aufmerksam mit den Augen durchforschte. Irgendwo musste ich doch etwas Brauchbares finden. Die anderen Gestrandeten schienen nicht viel Notiz von mir zu nehmen und so konnte ich mich ungestört fortbewegen. Überhaupt schienen sie von besonders guter Laune zu sein, was ich absolut nicht mehr nachvollziehen konnte. Gestern, dachte ich bitter, war ich auch noch einer von ihnen gewesen; erfreut über all die Veränderungen und frohen Mutes im Hinblick auf die Zukunft. Sie waren in dem Glauben, es würde alles gut werden, doch das würde es nie. Am liebsten hätte ich ihnen das in ihre glücklichen Gesichter geschrien, doch es galt, kein Aufsehen zu erregen. Wenn ich auch noch ins Straflager gesperrt werden würde, hätte das schließlich niemanden genützt.

Plötzlich sah ich den Führer. Rolf grüßte mir im Vorbeigehen freundlich zu und ich grüßte zurück. Am liebsten wäre ich ihm an die Gurgel gesprungen. Ruhig Blut, du musst einen kühlen Kopf bewahren, dachte ich und ging weiter.
Ein Seil…irgendwoher…doch ich fand kein Seil. Es wurde schon langsam wieder dunkel, und ich hatte immer noch nichts gefunden. Enttäuscht machte ich mich auf den Rückweg. Vielleicht hatte Francois ja eine Idee. Es schien der Zeitpunkt gekommen, ihn jetzt in meine Pläne einzuweihen und so machte ich einen Abstecher zum Haus des Sängers.
Aufmerksam blickte ich mich um, um sicherzugehen, dass ich nicht beobachtet wurde, dann klopfte ich an seine Tür. Von diesem Treffen sollte besser keiner erfahren. Je weniger die anderen Gestrandeten wussten, desto besser. Es dauerte eine ganze Weile. Ungeduldig klopfte ich ein zweites Mal, diesmal eine gute Spur lauter. Doch abermals keine Reaktion. Was soll's dachte ich und hämmerte nun deutlich hörbar gegen die verschlossene Eingangstür.
Dann endlich bemerkte ich Schritte auf der anderen Seite. Ein Riegel wurde zurückgezogen und die Tür öffnete sich einen spaltbreit. Francois sah mich an. Verängstigt blickte er nach links und rechts, um sich zu vergewissern, dass uns niemand belauschte.
„Was willst du hier?", flüsterte er verärgert. „Verdammt nochmal, die Wachen haben dich gestern gesehen. Du solltest gar nicht hier sein. Bringst mich nur in Gefahr."
„Ganz ruhig", versuchte ich ihn zu beruhigen. „Es war dunkel. Keiner hat mich erkannt und es ist noch nichts verloren. Ich werde Jonas befreien. Heute Nacht. Wirst du mir helfen?"

Der Sänger zuckte bei diesen Worten erschrocken zusammen. „Sei bloß leise mit sowas! Wenn uns gerade ein NSI-Spitzel belauscht, dann ist es aus mit uns. Es gibt inzwischen eine Menge solcher Spitzel, weißt du? Meinen Nachbarn haben sie vor kurzem erst abgeholt und ins Straflager gesperrt, weil er schlecht über die Bewegung gesprochen hat. Im Übrigen ist es eh zu spät."
„Was meinst du damit?", fragte ich verdutzt.
Francois sah sich erneut um, dann seufzte er. „Na los, komm rein." Ich folgte dem Sänger in seine warme Stube und sah geduldig dabei zu, wie er die Tür sorgsam mit drei dicken Holzriegeln hinter sich verschloss. Als er endlich damit fertig war, flüsterte er schließlich. „Setz dich!"
„Ich will sofort wissen, was los ist!", antwortete ich, ohne auf seine Forderung einzugehen.
„Ich hab gesagt, du sollst dich setzen!", wiederholte er wütend. Schließlich zuckte ich mit den Schultern und ließ mich auf einen kleinen Baumstumpf nieder, der hier offenbar als Hocker diente.
„Also was ist nun?", wollte ich ungeduldig wissen. „Warum zum Teufel soll es zu spät sein? Sicherlich werden die ihre Wachen verstärken, aber was soll's? Ich habe einen Plan. Diesmal wird es klappen, diesmal…"
„Schluss mit dem Unsinn", unterbrach Francois mich scharf. Der Sänger sah mir lange und schweigsam in die Augen, als suche er nach den richtigen Worten. Dann endlich öffnete er den Mund und fuhr mit zitternder Stimme fort. „Jonas ist tot."
Stille – einen Moment lang war ich nicht in der Lage, irgendwas zu entgegnen, so verblüfft war ich. Dann plötzlich

sprang ich auf und schrie. „Lügner!!! So ein Unsinn. Wie kannst du nur so etwas behaupten? Ich habe ihn gestern noch gesehen. Er stand vor mir, zwar schwach, aber eindeutig am Leben."
Aber Francois senkte nur traurig den Blick. „Alex hat es mir vorhin erzählt. Er ist die Nacht zusammengebrochen und nicht mehr aufgewacht. Vielleicht war es der Hunger und die harte Arbeit, vielleicht hat es ihn auch so sehr aufgewühlt, dich zu sehen. Womöglich war es alles zusammen. Jedenfalls ist Jonas tot und nichts, was wir unternehmen könnten, würde ihn wieder zurückbringen."
Mein Herz pochte, ich zitterte am ganzen Körper. Das konnte einfach nicht wahr sein. Jonas durfte nicht tot sein. Ich hätte ihn retten müssen. Das konnte nicht wahr sein. Es war alles meine Schuld.
Francois beobachtete mich eine ganze Weile, wie ich nur so dasaß, völlig in mich zusammengesunken, das Gesicht in den Händen begraben. Schließlich trat der Sänger einen Schritt auf mich zu, legte mir seine Hand auf die Schultern und murmelte leise. „Es tut mir Leid…"

Der Himmel war bewölkt. Ein Sturm war aufgezogen und durchzog die nächtliche Luft mit seinen kalten Winden. Ich blickte nach oben. Es war nur ein einziger Stern zu sehen, doch dieser leuchtete dafür besonders hell.
Wir hatten versagt. Versagt in unserem Ziel, eine Gesellschaft aufzubauen, die alle zufriedenstellte, gerecht und frei war und unser aller Überleben in Wohlstand sichern konnte. Wir hatten so viel versucht. Ich dachte an unsere ersten Tage auf dieser Insel. Alles war drunter und drüber gegangen, doch die Ordnung kam schnell. Kapitän Weber gehör-

te unsere Hoffnung, doch auch er enttäuschte sie. Daraufhin wollten wir alles besser machen, für Gerechtigkeit und Freiheit sorgen. Am Ende blieb uns nur die Ungerechtigkeit, Abhängigkeit und Ausnutzung. Aus großem Frust heraus haben wir uns schließlich mit all unseren Wünschen Rolf zugewandt, und ich hatte erst viel zu spät erkannt, wem wir da vertraut hatten.

Anfänglich war immer alles gut durchdacht gewesen, die Ziele groß und ehrenvoll. Doch liegt es nicht in der Natur des Menschen, immer nach eigener Macht und Ansehen zu streben? Dieses egoistische Verlangen konnte letztendlich niemand überwinden, sodass wir kläglich scheitern mussten, egal was für edle Ziele wir uns zuvor vorgenommen hatten. Kanzler Paul war weise gewesen. Er hatte diese Tatsache erkannt, lange bevor ich sie begreifen konnte.

Der tobende Sturm durchfuhr meine Haare und ließ mich vor Kälte bibbern. Ich stand auf einem Felsvorsprung. Es war jene Klippe über dem Meer, die den Strand in zwei Hälften teilte. Auf der einen Seite der ehemalige Versammlungsort der Rebellen, auf der anderen konnte ich das entfernte Lager sehen. Von diesem Felsen aus war Frank, der Terrorist, tot ins Meer geworfen worden. Ein geschichtsträchtiger Ort…

Ich blickte hinunter und sah ins brodelnde Nass. Einen solch starken Sturm hatte es hier lange nicht mehr gegeben. Die Wellen hatten seit dem Nachmittag noch weiter zugenommen und tobten in einem wilden Kampf mit den Steinen des Felsens. Eine tödliche Kraft, die mir Furcht und Respekt einflößte.

Ich trat einen Schritt vor und schloss die Augen.

Wir hatten versagt. Waren gescheitert auf der Suche nach dem perfekten System.
Eine letzte gewaltige Windböe durchzog mich und erfasste meine Glieder. Aus der Ferne schrie ein einsamer Vogel.

Ich sprang.

Milton Keynes UK
Ingram Content Group UK Ltd.
UKHW020856211223
434780UK00017B/719

9 783734 790324